後窗的女人

THE WOMAN IN THE WINDOW

A.J. FINN
A.J.芬恩

林師祺——譯

獻給喬治

我覺得你內心深處，

有件誰也不曉得的事情。

——《辣手摧花》（一九四三年）

十月二十四日　星期日

1

她的丈夫快到家了，這次會逮到她。

二一二號的磚紅樓房沒有窗簾、百葉窗；以前這間房子住著新婚的莫茲夫妻，他們最近離婚才搬走。我從沒碰過這對，但是我偶爾會上網，看看這個丈夫的領英檔案或臉書頁。梅西百貨依舊留著他們的賀禮登記網頁，我現在還能買餐具送給他們。

我剛剛說過，窗子沒有一點遮蔽，因此二一二號就赤裸裸地望著對街，我也看著樓房的女主人領工頭進客房。那棟房子究竟有什麼毛病？無疑是愛情的墳墓。

她很美，是貨眞價實的紅髮女郎，草綠色的雙眸，黑痣群島般地分布在背上，長相遠比她的丈夫俊俏。丈夫名喚約翰．米勒醫生——是的，他提供夫妻諮商——而網路上有四十三萬六千個同名同姓男子。這一位在格拉梅西公園附近工作，而且是自費診所。根據賣契，他花三百六十萬美元買下這棟屋子，診所肯定生意興旺。

我對他妻子的了解說多不多，說少不少。顯然她不擅理家，因爲米勒夫妻八週前就搬進來，窗戶竟然還光禿禿，嘖嘖。她一週做三次瑜伽，腳步輕盈地走下台階，瑜伽墊夾在手下，腿上穿的是

lululemon 瑜伽褲。而且她一定在某個地方擔任志工，週一、週五都是十一點出頭就出門，也是我起床的時間；五點到五點半之間回家，那時正是我每晚的電影時間。（今晚要看《擒凶記》第一萬次，男主角知道得太多，我則是電影看太多。）

我發現她下午喜歡喝一杯，和我一樣。她早上也貪杯嗎？也和我一樣嗎？

至於她的年紀則是個謎，雖然她絕對比米勒醫生年輕，也比我小（也更輕盈）。我只能瞎猜她的名字，就當她是麗泰，因爲她樣貌像《蕩婦姬黛》的麗泰．海華絲。「我一點興趣也沒有」——愛死那句台詞了。

我本人倒是非常有興趣。不是對她的胴體——蒼白的脊柱凹溝、如同退化翅膀的肩胛骨、裹住胸部的粉藍色胸罩：以上任何一樣出現在鏡頭中，我都會別開頭——而是對她的生活感興趣。她有兩個人生，比我多了兩個。

她的丈夫剛剛拐過街角，此時正午剛過，他的妻子才領著包商關上前門。這件事情不尋常，米勒醫生週日都是三點十五分回家，從無例外。

此時醫生卻在人行道上邁開步子，嘴巴規律地吐氣，一手晃著公事包，婚戒閃啊閃的。我瞄準他的腳：紅褐色的牛津鞋閃閃發亮，每走一步便踢開鞋上的秋陽。

我舉起相機瞄準他的頭。這部尼康 D5500 配有 Opteka 鏡頭，什麼都照得清清楚楚：亂七八糟的花白頭髮、廉價細框眼鏡、兩頰凹陷處有鬍碴。看來他照顧鞋子勝過打理門面。

鏡頭回到二一二號屋，麗泰和包商正在迅速寬衣解帶。我大可查電話，打去她家警告她，但是我不會這麼做。觀賞鄰居就像自然攝影，不能干擾野生動物的作息。

米勒醫生再半分鐘就會走到前門，他妻子已經脫下上衣，嘴湊到包商的頸項。

再四步，五、六、七。頂多只要二十秒了。

她咬住他的領帶，對他笑。他的手摸索著襯衫，啄著她的耳朵。

她的丈夫跳過人行道變形的石板。十五秒。

我幾乎可以聽到領帶滑下衣領的聲音，她丟到房間另一頭。

十秒。我再度拉近，相機鏡頭迅速往前伸。他伸進口袋，拿出一串鑰匙。七秒。

她鬆開馬尾，頭髮瀉到肩上。

三秒。他走上台階。

她兩手繞到他背後，深深吻著他。

他將鑰匙插進門鎖，轉動。

我對準她的臉拉近鏡頭，她睜大雙眼，發出聲音。

我拍照。

接著他的公事包頭下腳上地掉下。

一疊紙隨風飄揚。我將鏡頭拉回米勒醫生身上，對準他說「靠」的嘴。他將公事包放在門階上，用閃閃發亮的鞋子踩住幾張紙，兩隻胳膊夾住了幾張。其中一張淘氣地飛到枝頭，但是他沒注意到。

麗泰趕忙將手伸進袖子，綁好馬尾，匆忙走出房間。漲紅了臉的包商跳下床，撿起領帶，塞進口袋。

我吐氣，彷彿一只洩氣的氣球，先前都沒發現自己屏氣凝息。

前門開了，麗泰走下台階，喚了丈夫。他轉身，大概笑了，但是我看不到。她彎腰，撿起人行道上的紙。

包商走到門邊，一手放在褲袋，舉起一手打招呼。米勒醫生也向他揮手，走上台階，提起公事包，兩個男人握了手。他們走進屋裡，麗泰跟在後面。

好吧，也許下一次囉。

十月二十五日　星期一

2

那部車子片刻前低聲駛過，緩慢又陰鬱，如同靈車，尾燈在黑暗中發亮。「新鄰居。」我告訴女兒。

「哪間屋子？」

「公園對面，二〇七號。」他們已經下車從行李廂搬出箱子，朦朧的身影猶如暗夜中的鬼魂。

她吃東西發出稀里呼嚕的聲音。

「妳吃什麼？」我問。想當然耳，今天吃中國菜，她吃的是撈麵。

「撈麵。」

「和媽咪講電話不能吃東西，不可以。」

她又發出稀里呼嚕的聲音，然後是咀嚼聲。「媽——」這是我們之間的拉鋸戰，她明知道我不喜歡，卻故意縮短媽咪的叫法，改成更短的版本。「算了。」艾德勸我，因爲她還是叫他爹地。

「妳應該過去打招呼。」奧莉薇亞建議。

「我想啊，小親親。」我飄上二樓，才能看得更清楚。「喔，到處都看得到南瓜。每個鄰居都有一個，葛雷家還放了四個。」我已經走到樓梯頂端，手裡拿著杯子，紅酒蕩到我的唇邊。「眞希望能幫妳選個南瓜，叫爹地幫妳買一個。」我啜飲，吞下。「叫他幫妳買兩個，一個給妳，一個給我。」

「好。」

我在小廁所陰暗的鏡子裡瞥見自己。「寶貝，妳開心嗎？」

「開心。」

「不會覺得孤單？」她在紐約始終沒交到朋友，她太害羞、太瘦小。

「不會。」

我凝視著樓梯頂端上方的幽冥。白天時，陽光會灑進半球狀的天窗，晚間就成了盯著樓梯井的大眼睛。「妳想念拳拳嗎？」

「不想。」她和貓咪處得不好，某年聖誕節早晨，牠抓傷她的手腕，迅速兩爪就抓出兩直兩橫的抓痕，猶如井字遊戲，鮮血立刻滲出皮膚；艾德差點把牠丟出窗外。我開始找牠，發現牠縮在書房沙發上看著我。

「小親親，請把電話轉給爹地。」我又登上一級，腳下的地氈踩起來粗粗的，這是籐料。我們當時在想什麼？這種材質很容易髒。

「嗨，懶蟲。」他和我打招呼。「有新鄰居？」

「對。」

「不是上次才有新鄰居嗎？」

「那是好幾個月前了，是二一二號的米勒夫妻。」我原地轉身，下樓。

「這次又是誰？」

「他們住二〇七號，公園對面。」

「附近的鄰居都不一樣了。」

我走到樓梯底部，拐個彎。「他們沒帶多少行李，只開了一部車來。」

「搬家公司可能晚點才到。」

「大概吧。」

靜默。我啜飲紅酒。

我又回到客廳壁爐邊，影子在角落漾開。「我說啊……」艾德開口。

「他們有個兒子。」

「什麼？」

「那一家有個兒子。」我又重複，額頭壓在窗戶冰涼的玻璃上。哈林這區還沒安裝高壓鈉燈，只有檸檬皮般的月兒照亮街道。但是我依舊可以辨別他們的身影：一個男人、一個女人，一個高個子少年，三人將箱子搬到大門。「是少年。」我補充。

「不要太興奮，熟女媽媽。」

我還來不及阻止自己，就說：「眞希望你們也在這裡。」

光是這句話的聲音就嚇到我，也嚇到艾德，我們之間一陣靜默。

然後是：「妳還需要一點時間。」

我不語。

「醫生說，接觸太頻繁並不健康。」
「說這句話的醫生就是我。」
背後傳來劈啪聲，壁爐有火花。火焰又恢復正常，在爐架中低吼。
「不如妳請新鄰居來家裡做客？」
我喝乾紅酒。「今晚就講到這裡吧。」
「安娜。」
「艾德。」
我彷彿能聽到他的呼吸聲。「抱歉我們無法陪妳。」
我彷佛聽得見自己的心跳。「我也很抱歉。」
拳拳跟著我下樓，我單手抱起牠，走向廚房。電話姑且放在流理臺上，睡前再喝一杯吧。
我握住酒瓶頸，轉向窗邊，看著徘徊在人行道上的三個鬼影，舉高瓶子向他們敬酒。

十月二十六日　星期二

3

去年此時，我們盤算著賣掉屋子，甚至找了仲介。隔年九月，奧莉薇亞就要進入米德爾敦的小學，艾德在倫諾克斯丘找到需要全面翻修的物業。「一定很有趣，」他保證。「我會專門爲妳裝個坐浴盆。」我打他的肩膀。

「坐浴盆是什麼？」奧莉薇亞問。

可是後來他離開了，她也跟著走。昨晚我想到我們尚未出示的廣告標語：重新裝修的知名物業，哈林區十九世紀風格的珍寶！溫馨的家庭住宅！心又抽痛了一下，我不確定我們家是不是知名物業或珍寶，但是哈林區、十九世紀風格（一八八四年）倒是無庸置疑。重新裝修，這點我可以證明，而且所費不貲。溫馨的家庭住宅，那也不假。

我的領土和前哨如下：

地下室：仲介則說是「小屋」。地下一樓整層，有自己的出入門，附廚房、浴室、臥房、小書房。八年來都是艾德的工作室，以前桌上放滿藍圖，牆上釘著工頭的簡報。現在出租中。

院子：其實是陽台，從一樓可到。地上鋪著石灰磚，放了兩張沒人坐的戶外木椅。角落裡長了一棵白臘樹，看起來笨拙又孤單，猶如交不到朋友的青少年，我時不時都想過去抱抱它。

一樓：英國人口中的齊地樓層，法國人口中的「premier étage」。（我既不是英國人，也不是法國人，只有擔任住院醫生時住過牛津，而且就是住小屋；此外，我今年七月開始上網學法文。）廚房是開放式，而且設計「雅致」（又是仲介的形容詞），後門通往院子，側門通往公園。地上鋪的是白樺木板，只是現在多了紅酒漬。走廊邊有洗手間，我都稱爲紅房間，班傑明．摩爾油漆目錄則稱爲「番茄紅」。客廳有沙發、茶几，地板是波斯毯，踩起來還毛茸茸。

二樓：有圖書室（艾德的；架子上擺滿書籍，毫無縫隙，書背有裂縫，包書紙發黃）、書房（我的；空蕩蕩、冷颼颼，IKEA 書桌上放著一台 Mac——那是我上網下西洋棋的戰場）和第二個洗手間，這種藍色的名稱是「普天同慶」，就一個裝了馬桶的房間而言，這個形容詞似乎野心太大。這層樓還有個很深的儲藏室，如果哪天我從數位攝影轉換成膠卷，我可能會將這裡改成暗房。只不過我對攝影越來越沒興趣。

三樓：主（只是現在只剩下女主人）臥室和浴室。這一年，我多半都待在床上，我們用的是智能床墊，雙邊都能調整。艾德將他那側設得軟綿綿，我則是喜歡紮實的硬度。「妳簡直是睡在磚頭上。」他用手指撥打床墊之後，曾經這麼說過。

「你才是睡在積雲上。」我說。然後他吻我，既深情又緩慢。

他們離開之後，我進入黑暗茫然期，幾乎與床褥難分難捨。我會像浪濤般，緩緩滾到床鋪另一端，將自己捲進被子裡，再從被子裡鬆脫。

這一層還有附衛浴的客房。

四樓：原本是傭人房，後來改爲奧莉薇亞的臥室和第二間客房。夜晚，有時我遊魂般地在她的房間晃蕩。白天，我站在她的房門口，看著光束中的塵埃慢慢飄動。有時我一連幾週沒上四樓，女兒的房間漸漸融入回憶，就像記憶中雨水打在肌膚上的感覺。

總之我明天再和他們通話。此時，公園對面的人已經不見蹤影。

十月二十七日　星期三

4

一個瘦高的少年從二〇七號門口衝出來，態勢猶如奔出起跑柵門的馬兒，經過我家前面的窗戶，一路往東飛奔。我沒看清楚，因為今天比較早起，昨晚又熬夜看《漩渦之外》，正思量是否該喝杯梅洛紅酒。總之我瞥到一頭金髮、一個掛在單肩上的背包，隨後就沒再見到他的身影。

我喝了一杯，飄到二樓，坐到書桌前，拿起我的尼康相機。

我在二〇七號廚房看到那家的父親，身形壯碩高大，電視螢幕在他背後閃爍著。我將相機湊到眼睛前，拉近鏡頭，他看的是《今日秀》。我沉吟自己是否該下樓扭開電視，和鄰居一起觀賞，或是坐在這裡，透過鏡頭看他的電視。

我決定就這麼辦。

我已經很久沒看到房子的正面，但是Google 就能提供街景：白色石牆、略帶布雜（Beaux-Arts）風格的設計，屋頂有個眺望風景的平台。當然啦，我在家裡只看得到這間屋子的側面，只看得到它的東面，所以能清楚望進廚房、二樓起居室和樓上的臥房。

昨天來了大批搬家工人，搬來沙發、電視和一口骨董大衣櫃。那家的丈夫負責指揮方向，妻子則從搬來的那晚就不見蹤影，眞不知道她長什麼模樣。

下午門鈴響時，我正要將死「城堡」。我拖著步伐下樓，揿了按鈕，開了大門的鎖，看到房客出現，看起來「勉強可拿來塞牙縫」。他的確英俊，下顎線條修長，雙眼猶如地板暗門，神祕深邃，就像熬夜之後的亨利．方達。（不只我一人這麼認爲。我發現，應該是聽到，大衛偶爾會在家裡招待女性朋友。）

「我今晚會去布魯克林。」他知會我。

我一手耙梳頭髮。「喔。」

「我離開之前，妳需要我幫忙做什麼嗎？」聽起來像性暗示，猶如黑白老片的台詞，只要合攏嘴唇，吹，就對了[1]。

「謝謝，不用了。」

他斜眼望向我的背後。「燈泡需要換嗎？這裡好暗。」

「我喜歡室內昏暗。」我說，還想補上一句，就像姊的男人。那是不是《空前絕後滿天飛》的笑話?!「祝你……」玩得開心？玩得盡興？有砲可打？「玩得盡興。」

他轉身要走。

「你可以從地下室直接上來，」我想裝活潑。「我應該都在家。」希望能逗他一笑。他搬來兩個月，我從沒看過他露齒笑。

他點頭離開。

我關上門。

我對著鏡子打量自己。眼睛周圍布滿輻射狀的皺紋，花白的頭髮披在肩上，腋毛沒刮乾淨。腹部鬆垮，大腿散布著橘皮。肌膚接近慘白，四肢浮現青筋。

橘皮、腋毛、皺紋，我需要健身。有些人，包括艾德　曾認爲我有純樸不造作的魅力。「我以爲妳是鄰家女孩。」後來他悲傷地說。

我低頭看蜷縮在磁磚上的腳趾，它們修長、美麗，是我的優點之一（或者該說是之十），現在卻像小型肉食動物的爪子。我在堆得像圖騰柱的藥罐之間到處找，尋到一支指甲剪。終於有個問題是我自己就能解決。

1 這句台詞出自電影《逃亡》（*To Have and Have Not*），改編自海明威的同名小說。

5

十月二十八日　星期四

昨天網路貼出房屋買賣契約了。新鄰居是羅素夫妻亞歷斯泰和珍，花了三百四十五萬美元買下這間蝸居。Google說他是中型顧問公司的合夥人，以前定居於波士頓。她的資料則不得而知，否則你自己在搜尋引擎上輸入珍・羅素試試看。

他們選的社區相當活潑。

對街的米勒家——「汝等一入此門，希望兩相離分」[2]——是我從南面窗戶可以看到的五戶連棟排屋之一。東邊兩棟猶如長得一模一樣的葛雷姊妹[3]：窗簷一模一樣，深綠色大門也毫無二致。我認爲右邊那棟又更老舊一點，裡頭住著亨利和麗莎・瓦瑟曼夫妻。他們已經是老住戶，我們剛搬來時，她就吹噓自己「住了四十年，年分還在累積中。」她特地過來（「我要親口告訴你們」），說她（「和我的亨利」）有多痛恨「這個正宗社區」又住進「另一群臭雅痞」。

艾德大發雷霆。奧莉薇亞的兔子娃娃名字就是「雅痞」。

我們口中的「瓦瑟曼黨」從此沒再和我說過話，即使我現在獨居，根本沒和任何人成群結黨。他們對另一間灰撲撲建築的住戶也沒比較客氣，妙的是那家就姓葛雷。那戶人家有兩個青春期的雙胞胎女兒，父親是頂級投顧銀行的合夥人，母親熱衷於舉辦讀書會。這個月的選書就登在她們的網頁上，此刻八個中年女子正在客廳如火如荼討論《無名的裘德》（*Jude the Obscure*）。

我也讀了，想像自己是讀書會一員，吃著蛋糕（手邊沒有），啜飲紅酒（這就不成問題）。克麗絲汀・葛雷會問我：「安娜，妳對裘德有什麼看法？」我會說我覺得很模糊[4]呢，然後我們放聲大笑。事實上，她們正笑開懷，我也試著一起笑。我喝了一口酒。

米勒家西邊是武田家。丈夫是日裔，妻子是白人，他們的兒子俊俏得像天使。他會拉大提琴，天氣溫暖的那幾個月，他便推開窗戶練習，以前艾德也會接著開窗。許久許久之前的某個六月夏夜，艾德和我曾就著巴哈組曲在廚房翩翩起舞：對街的少年拉琴，我的頭靠在艾德肩上，他的手指在我背後交叉。

今年夏季，他的悠揚琴音向我家飄來，客氣地敲著玻璃說：讓我進去。我沒開，也開不了——我沒再開過窗，一次也沒有——但仍舊聽到大提琴低聲懇求：讓我進去，讓我進去！

二〇六到二〇八號的赤褐色樓房是兩戶打通，目前暫無人居，就坐落於武田家隔壁。某家中小型公司在兩年前的十一月買下，但是沒有人搬進去，眞是令人不解。後來將近有一年，屋外都搭著鷹架，猶如空中花園，後來一夜之間全拆光；那是艾德和奧莉薇亞離開的幾個月前，接下來又毫無動靜。

這就是我南方帝國的臣民。沒有一個是我的朋友，多數人也只碰過一、兩次。也許這就是所謂的都會生活。瓦瑟曼夫妻可能知道些什麼，或許他們清楚我這一路的變化。

我家東邊是一間荒廢的天主教學校「聖鄧娜」，兩個物業可說是緊緊相連。我們搬來之後，學校就關閉至今。以前奧莉薇亞不守規矩，我們曾經威脅要送她去那裡上課。學校大樓是斑駁的褐石建築，陰暗的窗戶布滿汙垢，至少在我印象中是這個模樣，因爲我也有一陣子沒看過。

西側是個小公園，整個公園被分成四小塊，東西、南北各兩塊。中間有一條窄窄的紅磚路連接我們這條街和北邊的道路，紅磚路兩頭分別立著一棵梧桐，樹葉如同張狂的火焰。公園兩側有低矮的鐵圍籬，就像那位房仲所說，相當古色古香。

公園另一頭就是二〇七號。羅茲夫妻兩個月前脫手，後來火速搬走，飛到南邊佛羅里達州的維羅海灘別墅養老。亞歷斯泰和珍・羅素一家是新屋主。

珍・羅素！我的物理治療師以前沒聽過她。「《紳士愛美人》啊。」我說。

「在我看來可不一定。」她回答。也許是因爲碧娜比較年輕。

這是今天稍早的對話，我還來不及解釋，她就將我的一條腿擺到另一條腿上，將我全身重量壓到右側，痛得我無法呼吸。「妳的後腿腱需要伸展。」她向我保證。

「妳這個臭婆娘。」我倒抽一口氣。

她將我的膝蓋往地上壓。「妳不是花錢請我來溫柔對待妳的。」

我皺眉。「可以花錢請妳離開嗎？」

我總說碧娜一週來一次，就是爲了讓我痛恨人生，報告她性生活的最新消息，可惜她那方面和我一樣「乾柴烈火」，不過她是因爲挑剔。「交友軟體上有一半的男人用五年前的照片。」她發牢騷，長髮瀑布般地披在一邊肩頭。「另外一半有老婆，剩下的另一半單身不是沒理由。」

三個一半加起來是一點五，但是她正在扭我的脊柱，還是別和她辯論數學爲妙。

一個月前，我也註冊使用 Tinder，我告訴自己：「只是開開眼界。」碧娜向我說明，Tinder 會幫你找生活有交集的對象。可是如果你和任何人都零交集呢？倘若你的生活只局限於某塊一百多坪的物業呢？

我也不知道。結果我看到的第一個對象就是大衛，我立刻刪除自己的帳戶。

我已經四天沒瞥見珍・羅素。她的比例不像先前那位胸如魚雷、腰如蜂的偶像，但我也不是。我只有昨天早上見過她兒子，那位寬肩、濃眉、鼻梁線條利得像刀刃的丈夫則永遠在家：在廚房打蛋、在客廳看書，偶爾望向臥室，彷彿尋覓著誰。

2 這是但丁作品《神曲》中，地獄入門的文字。
3 Gray Sisters，希臘神話中共用一眼、一牙的三姊妹。
4 書名的 Obscure，除了意指「無名」「出身低微」外，也有「模糊」之意。

十月二十九日　星期五

6

今天要上法文課，晚上看《浴室情殺案》。電影描述渾球丈夫、弱不禁風的妻子、情婦、謀殺案和消失的屍體。什麼情節比得過屍體不見蹤影？

不過正事還是要先辦。我吞下藥丸，坐到電腦前，敲敲滑鼠，輸入密碼，登入「空曠」網站。無論何時，網站上隨時都有幾十個用戶登入，這些人分布在世界各地。有些人用的是普通名字，例如灣區的妲莉雅、波士頓的菲爾、曼徹斯特某個名字完全不像律師的米齊、英文程度與我的破爛法文不相上下的玻利維亞人沛卓。有些人用的則是網路專用化名，包括我在內——某次心血來潮，我自稱「恐曠症小安」，後來我又化身為心理學家，消息也傳得很快。如今我的名字是「醫生來也」。醫生可以見你了。

恐曠症：顧名思義就是害怕公開場合，也是許許多多的焦慮症之一。文獻上第一個病例出現於十九世紀，一世紀後「正式成為某種獨立疾病」，儘管大多數病患也會併發恐慌症。有興趣的人可以拜讀《精神疾病診斷與統計手冊》第五版，簡稱《精疾手冊五》。我總覺得這個名字怪趣味，聽起來像是賣座系列電影。喜歡精神疾病第四版？那你一定會喜歡續集！

手冊的文字敘述異常充滿想像力。「恐曠症患者的恐懼……包括獨自離開家；身處人群、排隊；或站在橋上。」我眞希望站在橋上啊。媽的，我也好想排隊啊。還有一句也很妙：「坐在電影院正中央。」一定要是正中央喔。

如果有興趣，請參閱第一一三到一三三頁。

我們當中有許多人——面對創傷後壓力失調的重症患者——足不出戶，徹底躲開龐雜紛亂的世界。有人害怕人群，有人害怕車陣。我害怕浩瀚的天空、一望無際的地平線，光是暴露在天空下，光是踏出門就讓我喘不過氣。《精疾手冊五》模糊地稱之爲「開放空間」，似乎急著要開始寫正文後的一百八十六個註腳。

身爲醫生，我認爲受苦的人想找尋他們所能掌控的環境，這是醫護人員的標準口吻。身爲受苦受難的人（這就是正確名稱），與其說恐曠症摧毀我的人生，不如說它就是我的人生。

我進入「空曠」網站首頁，先瀏覽留言板，看過討論串。三個月沒踏出家門。我聽到了，「卡拉八八」，我自己也快滿十個月，將來只會更久。心情會影響恐曠症？「早起的鳥兒」問起，我想這應該是社交恐懼症，或是甲狀腺出問題。依舊找不到工作。噢，梅根，我知道，我很同情妳。多虧艾德，我不需要上班，但我想念我的病患，也擔心他們。

有個新用戶傳電郵給我。我介紹她看我春天迅速編纂的指南：「你只是患了恐慌症」——我覺得這個口吻還算討喜。

問：吃飯怎麼辦？

答：有食譜食材外送的「藍圍裙」、「擺盤」、「新鮮食材」等……美國有各式各樣的宅配服務！國外的朋友也找得到類似的公司。

問：我怎麼取藥？

答：美國所有知名藥房都提供送藥服務，否則就請你的醫師聯絡附近藥局。

問：我如何維持家中清潔？

答：打掃啊！自己整理或請清潔公司。

（我兩者皆否，我家超級需要打掃。）

問：垃圾如何處理？

答：清潔公司可以負責，或是請朋友幫忙。

問：怎麼過日子才不無聊？

答：這個問題可不簡單……

諸如此類的問題。一般而言，我光看這串討論都覺得很有意思，要是自己也能參與就更棒了。

螢幕突然跳出一個對話框。

第四個莎莉：哈囉，醫生！

我嘴角不自覺抽動。莎莉，二十六歲，住在澳洲伯斯，今年的復活節週日遭人襲擊，導致她斷了一隻胳膊、眼睛和臉都有嚴重挫傷。至今無人指認強暴犯，歹徒也未落網。莎莉足不出戶四個月，孤伶伶住在全世界最偏僻的城市，不過她這十週以來已經較常出門，根據她自己的說法，她好棒棒。只消一個心理學家、厭惡療法和心康樂。沒什麼比貝它阻斷劑更棒的仙丹了。

醫生來也：嗨，一切都好嗎？

第四個莎莉：都好，早上還去野餐!!

她向來喜歡用驚嘆號，即使最沮喪時也不例外。

醫生來也：怎麼樣？

第四個莎莉：我活下來了！:)

她也喜歡用表情符號。

醫生來也：妳是鬥士！恩特來效果如何？

第四個莎莉：很好，我的用量減到八十毫克

醫生來也：一天兩顆？

第四個莎莉：一顆!!

醫生來也：這是最小劑量呢！太好了！有副作用嗎？

第四個莎莉：只有眼睛很乾

好幸運。我也服用類似藥物（當然不止這種），有時覺得頭痛欲裂。心康樂可能導致偏頭痛、心律不整、呼吸急促、沮喪、出現幻覺、嚴重皮膚過敏、噁心、腹瀉、性慾不振、失眠和頭昏。「這種藥物的副作用可真少。」艾德對我說。

「應該再加個自燃。」記憶中我這麼說。

「腹瀉不止。」

「慢慢凌遲，至死方休。」

醫生來也：病情復發過嗎？

第四個莎莉：上禮拜嚴重顫抖

第四個莎莉：但是我撐過去了

第四個莎莉：我利用呼吸練習

醫生來也：古老的紙袋方法。

第四個莎莉：我覺得自己像個白痴，結果真的有效

醫生來也：的確有效，做得好。

第四個莎莉：謝了:)

我喝口紅酒，另一個對話框又跳出來，是安德魯，我在經典電影討論區認識的男子。

這週末去安潔莉卡電影院看格雷安·葛林（Graham Greene）作品？

我頓了一下。我喜歡《墮落的偶像》——那可憐的管家、那關鍵的紙飛機——而且我上次看《恐怖內閣》已經是十五年前。當然了，經典電影就是撮合我和艾德的原因。但是我沒對安德魯提過自己的狀況，就用沒時間一語帶過。

我回到莎莉的對話。

醫生來也：妳有繼續和心理醫生約診嗎？

第四個莎莉：有:) 謝謝。現在一週只去一次，她說我進步顯著

第四個莎莉：關鍵就在藥物和睡眠

醫生來也：妳睡得好嗎？

第四個莎莉：我還是會做惡夢

第四個莎莉：妳呢？

醫生來也：我睡得很多。

恐怕睡太多了。我應該告訴費丁醫生，但是我不確定會不會提。

第四個莎莉：妳呢？好一點了嗎？

醫生來也：不如妳恢復得好！創傷後壓力症候群很可怕，但是我很堅強。

第四個莎莉：真的！

第四個莎莉：只是想看看這裡各位好不好，隨時想著你們喔!!!

家教用 Skype 打來時，我便向莎莉道別。「日安，伊夫。」我先自言自語，才接聽電話。我發現自己很期待見到他，看到他墨黑的頭髮、黝黑發亮的肌膚。每當他聽不懂我的腔調，兩道眉毛就糾結成一條線，猶如法文的長音符，何況他常聽得滿頭霧水。

如果這時安德魯再出現，我會先忽略他，甚至永遠不再理他。經典電影，只有艾德能與我共同分享，其他人都不行。

我將沙漏翻過來，看著沙子金字塔隨著細沙流瀉的規律脈動。好長的一段時間，幾乎一年，我幾乎一年沒踏出家門。

呃，也不是一次都沒有。八週以來，我五度鼓起勇氣走回院子。套句費丁醫生口中的話，我的「祕密武器」就是雨傘——其實那是艾德的傘，一把破舊的「倫敦霧」雨具。費丁醫生本人也頗老邁，當我推開門，他就稻草人般地站在院子。我按下按鈕，雨傘就自動展開，我專心盯著傘骨和撐開的傘面。這是一把深色格紋傘，傘骨之間的每塊布都有四個黑色方塊，每條經紗和緯紗之間各有四條白線。四個方塊、四條線。四個黑正方形、四個白正方形。吸氣，數到四；吐氣，數到四。四，好個奇妙數字。

雨傘就往前張開，如刃又如盾。

我踏出去。

吐、二、三、四。

吸、二、三、四。

尼龍傘布映著陽光。我走下台階（自然有四級），傘面稍稍指向天空，但角度很小，我隱約能看到醫生的鞋子、小腿。五彩繽紛的世界在我的眼角餘光中盛開著，彷彿即將淹沒潛水鐘的海水。

「別忘了，妳有祕密武器。」費丁醫生呼喊。

我想出聲吶喊，這不是祕密，只是他媽的雨傘，還是在大白天揮舞。

吐、二、三、四。吸、二、三、四。出乎意料，這招竟然有用。我遵照指示走下台階（吐、二、三、四），在草皮上走了幾步（吸、二、三、四）。最後恐慌情緒排山倒海而來，遮蔽我的視線，淹沒費丁醫生的聲音。接著……最好別再想了。

十月三十日　星期六

7

有暴風雨。白臘樹巍巍顫顫，濡濕的深色石灰磚閃閃發光。我記得以前在陽台打翻玻璃杯，杯子泡泡般炸開，紅酒飛濺到地上，血紅色的酒淹蓋石磚紋理，緩緩蔓延到我腳邊。

烏雲密布時，我偶爾會想像自己在天上，可能是搭飛機或是飄在雲上，望著底下的島嶼：橋梁從東岸向外輻射，開上橋的車輛就像撲火的飛蛾。

我好久沒淋過雨。也沒吹過風——風兒的輕撫啊，我輕聲對自己說，只是這句話就像超市販售的羅曼史小說的句子。

然而這是我眞切的感受。我也好久沒摸到雪，但是我再也不想接觸雪。

早上的「新鮮直達」宅配貨品中，有個水蜜桃混在我的澳洲青蘋果之間。我好生納悶。

艾德和我是在某藝術電影院播映《國防大機密》那晚認識的，當時我們就比對了彼此的觀影史。我告訴他，母親領我入門觀賞驚悚老片和黑白電影，少女時期，我寧可看珍・泰妮和詹姆斯・史都華，也提不起勁和同儕爲伍。「眞不知道妳這是可愛還是可悲。」艾德說，他在當晚之前從沒看過黑白電影。

不消兩小時，他的嘴就壓在我的唇上。

應該說妳的嘴唇壓上來吧，我想像他會這麼說。

奧莉薇亞出生前，我們一週至少看一部電影，全都是我童年時期看過的驚悚老片：《雙重保險》、《煤氣燈下》、《海角擒凶》、《大鐘》[5]……那些夜晚，我們的世界只有黑與白。對我而言是探訪老友，艾德則是藉由這些機會認識新朋友。

我們還會列清單。「瘦子」系列[6]從最精采（原著改編的第一集）排到最雞肋（《瘦人之歌》）、一九四四美國影史豐收年的最佳作品、約瑟夫．考登表現最出色的片段。

當然，我也可以獨自排名，好比排出非希區考克拍攝卻極具希區考克風格的作品。如下：《屠夫》，克勞德．夏布洛早期的電影，據說希區考克巴不得那是他的作品。亨弗萊．鮑嘉與洛琳．白考兒主演的《逃獄雪冤》，這部的場景是舊金山，整部電影都蒙著一層薄霧，也是影史上第一部有主角整形易容隱藏身分。瑪麗蓮．夢露主演的《飛瀑怒潮》、奧黛麗．赫本主演的《謎中謎》、瓊．克勞馥的濃眉所主演的《驚懼驟起》。《盲女驚魂記》，赫本飾演被困在地下室公寓的盲女，如果是我，光住在那裡就發狂了。

接著可以列出希區考克之後的電影：結局令人措手不及的《神祕失蹤》、波蘭斯基向大師致敬的《驚狂記》。至於《藥命關係》，表面看來反對藥廠的劇情，最後卻狡猾地鋪陳為另一種作品。

排完了。

還有，常見的錯誤引述。「再彈一次，山姆」——大家都說出自《北非諜影》，只是鮑嘉和褒曼都沒說過這句話。「他還活著」，弗蘭肯斯博士從未說怪物是什麼性別，原文應該是「它還活著」。第一部福爾摩斯有聲電影的確提到「這是最基本的推理，親愛的華生」，但是柯南・道爾的小說中從未出現這個句子。

列完了。

接下來要做什麼？

我打開筆記型電腦，登入「空曠」網站。曼徹斯特的米齊留言給我，亞歷桑納的「酒窩二〇一六」出於禮貌傳來的進度報告。沒有重要訊息。

二一〇號的前廳，武田家的少年用琴弓拉過大提琴。東邊較遠處，葛雷家四人笑鬧著冒雨衝上前門階梯。公園對面，亞歷斯泰・羅素轉開廚房流理臺的水龍頭，裝了一杯水。

---

5 片名分別是：《*Double Indemnity*》、《*Gaslight*》、《*Saboteur*》和《*The Big Clock*》。

6 這系列電影共有五集，改編自 Dashiell Hammett 的《*The Thin Man*》，然而作者只有寫這一本，後來都是編劇照第一集故事編寫，精采程度自然大不如前。

8

傍晚，我正把加州黑皮諾紅酒倒入平底杯時，門鈴響了，酒杯落地。碎片四飛，紅酒流過白樺地板。「幹。」我大叫。（我發現，四下無人時，我更常口出穢言，音量也更大。艾德一定很震驚，連我自己都很意外。）

我剛撕下紙巾，門鈴又響了。他媽到底是誰？我心想，還是我說出口了？大衛一小時前到東哈林上工，我從艾德的圖書室看著他出門，也沒有任何包裹未寄到。我彎腰，用紙巾胡亂擦拭潑出來的酒，起身走向大門。

對講機螢幕上有個穿著合身外套的高䠷少年，兩手捧著一個白色小盒子，是羅素家的兒子。

我按開對講鈕。「什麼事？」我大叫，這比哈囉更有防衛心，又比你他媽是誰有氣質。

「我住在公園對面，」他幾乎扯開喉嚨，聲音也不見得親切。「我媽請我拿這個過來。」他將盒子湊向對講機，因爲不知道攝影機的位置，他緩緩轉動，雙手在頭頂繞圈。

「你可以……」我開口。我是不是該請他放在門口？這個行爲恐怕不太客氣，但是我已經兩天沒洗澡，貓咪也可能抓傷他。

他還彎著腰，盒子舉在半空中。

「……進來。」語畢，我按開門。

我聽到門鎖打開，就像拳拳湊到陌生人身邊一樣，小心翼翼地走過去。我應該說像以前的拳拳，因爲以前還有陌生人會上門來。

毛玻璃外的身影越來越大，那影子昏暗、孱弱，猶如一株小樹苗。我轉動門把。

他的確很高，生了一張娃娃臉，一對藍色眼睛和沙金色的頭髮，一側眉毛上有一道淺淺的疤痕往額頭延伸。大概十五歲，那模樣就像我以前認識的少年，像我曾親吻過的男孩，那是緬因州的夏令營，距離現在已有二十五年之久。我喜歡他。

「我是伊森。」他說。

「進來。」我又說一次。

他進門。「這裡好暗。」

我打開牆上開關。

我打量他時，他環顧四周，看著畫、躺在長椅上的貓、廚房地上濕答答的餐巾紙。「怎麼了？」

「出了點意外。」我說。「我是安娜。姓福克斯。」我補充，以免他想客套稱呼我，畢竟我的年紀也可以當他母親（是年輕了一點就是）了。

我們握手，然後他遞出盒子，盒子顏色鮮豔，打著緞帶。「送妳的。」他害羞地說。

「放在那邊就好，要喝點什麼嗎？」

他走向沙發。「可以給我水嗎？」

「沒問題。」我回到廚房清理殘骸。「要冰塊嗎？」

「不用，謝謝。」我裝了一杯水，接著又裝第二杯，無視流理臺上的黑皮諾。

禮物就放在茶几上，旁邊是我的電腦，我還沒登出「空曠」網站。先前和「迪斯可米奇」討論他不久前的初期恐慌症，螢幕上就是他的道謝訊息。「來。」我坐在伊森旁邊，水就放在他面前，我蓋上電腦，拿起禮物。「我們看看這是什麼。」

我拉開緞帶，打開蓋子，從薄紗紙間拿出蠟燭，就是那種蠟裡還有連莖花朵的款式，猶如困住了小蟲子的琥珀。我拿到眼前，展示給他看。

「是薰衣草。」伊森自動接話。

「我猜也是。」我吸氣。「我薰愛衣草。」又再說了一次：「我愛薰衣草。」

他笑了一下，一邊嘴角上揚，彷彿被線頭牽動。我發現，再過幾年，他就會長成俊俏的男子。那道疤只會讓女人更愛他，少女可能已經瘋狂迷戀，也許還包括其他少年。

「我媽要我拿過來，好幾天前就吩咐我了。」

「眞貼心，新鄰居的目的就是來送禮物。」

「有位女士已經去過我家。」他說。「她說我們家是小家庭，不需要住這麼大的房子。」

「那一定是瓦瑟曼太太。」

「對。」

「別理她。」

「我們的確不鳥她。」

拳拳從長椅上跳到地面，活力充沛地向我們走來。伊森往前傾，手掌放在地毯上，手心向上。貓咪停住腳步，然後徐徐走來，嗅聞伊森手指之後舔了舔。伊森呵呵笑。

「我喜歡貓咪的舌頭。」語氣彷彿自白。

「我也是。」我喝了一口水。「貓舌上有小倒鉤，就像針。」也許他不知道倒鉤這個詞。我發現，自己不知道如何和青少年交談，以前我最大的病患只有十二歲。「要不要點蠟燭？」

伊森聳肩微笑。「好啊。」

我在書桌抽屜找到櫻桃紅的火柴盒，上面寫著「紅貓咪」。我想起我和艾德在那裡吃過飯，那是兩年多前的事，也許三年了。好像點了塔吉鍋燜雞吧，我記得他稱讚了那裡的紅酒，當時我還沒喝這麼多。

我劃了一枝火柴。「你看看。」一小朵火焰撲向空中，開出火花，閃閃發亮。「很美吧。」

接著是一陣靜默。拳拳在伊森兩腿間穿梭，然後跳到他腿上。伊森開懷大笑，笑聲清朗。

「牠喜歡你。」

「大概吧。」他用一根手指輕輕搔著貓咪耳朵後側。

「牠不太喜歡人，脾氣很糟糕。」

拳拳發出低吼聲，如同安靜的引擎，原來牠咕嚕嚕地撒嬌。

伊森咧嘴笑。「牠只在屋裡活動嗎？」

「廚房有牠的寵物門。」我指給他看。「但是牠多半待在家裡。」

「好乖。」伊森低聲說，拳拳往他的腋窩鑽。

「你喜歡新家嗎？」我問。

他頓了一下，用指節揉揉貓咪的腦袋。「我想念舊家。」他終於開口。

「一定的。你們以前住哪兒？」當然，我早知道答案了。

「波士頓。」

「怎麼會搬來紐約？」這我也知道。

「我爸換新工作。」理論上說來是調職，但是我不可能和他辯。「我在這裡的房間比較大。」他似乎剛想到這一點。

「之前的業主曾經大整修。」

「我媽說是大工程。」

「沒錯，是大工程。當初他們打通樓上某些房間。」

「妳去過我家嗎？」

「去過幾次，我和羅茲夫妻不太熟，但是他們每年都辦派對，所以我才去過。」事實上我最後一次去是將近一年前，艾德和我一道，兩週後，他就離開了。

我漸漸放鬆。起初以爲是因爲伊森的陪伴，畢竟他語調溫柔又好相處，甚至連貓咪都喜歡他；後來發現自己是恢復心理醫生模式，重拾一進一退、一問一答的對談。好奇加上同理心，就是我這一行的基本技巧。

一瞬之間，我回到東八十八街的診間，那個燈光柔和的安靜小房間，裡面擺著兩張面對面的單人沙發，中間有塊圓形的藍色毯子，旁邊的暖氣發出低鳴。

門自動打開，候診室有沙發、木桌，旁邊堆著許多《精采》、《巡守員瑞克》等兒童雜誌，桶子裡裝滿樂高積木，角落有台白色噪音助眠器。

還有衛斯理的門。衛斯理是診所的夥伴，研究所的良師，也是他找我去開業。他的全名是衛斯理・利爾，我們都稱他衛斯理・厲害，此人一頭亂髮、襪子不成對、思緒快如閃電、嗓門大如洪鐘。我看到他駝著背坐在伊姆斯長椅上，長腿伸向房間中央，腿上擺著一本書。辦公室的窗戶開著，在寒冬中屏氣凝息。

「哈囉，福克斯。」他說。

「現在的房間比以前大。」伊森又說一次。

我往後靠，蹺起二郎腿，簡直是裝模作樣到荒謬的程度。我都不記得上次蹺腳是何時了。「你上哪間學校？」

「我自學，」他說。「我媽負責教我。」我還來不及接話，他點頭示意茶几上某幅照片。「那是妳的家人嗎？」

「對，是我的丈夫和女兒。他名叫艾德，她是奧莉薇亞。」

「他們在家嗎？」

「不在，他們不住在這裡，我們分居了。」

「喔，」他撫摸拳拳的背。「她幾歲？」

「八歲。你呢？」

「十六歲，二月就滿十七歲。」

奧莉薇亞也會這麼回答。他看起來沒那麼大。

「我女兒也是二月出生，就是情人節那天。」

「我的生日是二十八日。」
「晚一天就是閏年了。」我說。
他點頭。「妳做哪一行？」
「我是心理醫生，專門看小朋友。」
他皺起鼻子。「小朋友為什麼需要心理醫生？」
「有各式各樣的理由。有些人在學校遇到麻煩，有些人的家庭出狀況，有些人搬家之後難以適應。」
他沒搭腔。
「如果你是自學，就得在學校之外的地方認識朋友囉。」
他嘆氣。「我爸幫我找了一個游泳隊。」
「你游多久了？」
「從五歲開始。」
「一定很厲害。」
「還可以。我爸說我還算會游泳。」
我點頭。
「我滿擅長的。」他謙虛地承認。「我是游泳教練。」
「你教游泳？」
「學生是有殘疾的人。不過，不是身體的殘疾。」他補充說明。

「發育遲緩。」
「對，我以前在波士頓常去教課，我也想在這裡教。」
「你怎麼開始走上這條路？」
「我朋友的妹妹有唐氏症，她幾年前看過奧運，想學游泳。所以我就教她，也教她學校的其他孩子。因緣際會，我就進入那個……」他斟酌合適的字眼。「領域吧。」
「很棒啊。」
「我不喜歡狂歡那類的事情。」
「你沒興趣。」
「對。」他笑了。「一點興趣也沒有。」
他轉頭看著廚房。「從我房間可以看到妳家，」他說。「就在那邊。」
我轉頭。如果他看得到這間屋子，表示他的房間向東，面對我的臥房。這個念頭小小困擾我，畢竟他是青少年。這是我第二次懷疑他也許喜歡男生。
後來我看到他眼眶泛淚。
「喔……」我轉頭看右邊，那裡應該有衛生紙，以前衛生紙就放在我診間右側。現在只看到相框，缺了牙的奧莉薇亞對我燦爛微笑。
「抱歉。」伊森說。
「不必道歉。」我說。「怎麼了？」
「沒事。」他揉揉眼睛。

我等了一會兒。他還是孩子，我提醒自己，雖然他很高，聲音沙啞，但終究還是個孩子。

「我想念朋友。」他說。

「一定會。」

「這裡我誰也不認識。」有顆淚珠落下臉頰，他用掌丘擦乾。

「搬家很難捱。我搬來這裡也花了一段時間才交到朋友。」

他大聲吸鼻子。「妳什麼時候搬來？」

「八年前，應該說是九年了。從康乃狄克州搬來。」

他又抽噎，還用一根手指抹過鼻子。「不如波士頓遠。」

「對。無論如何，搬家還是很難捱。」我想抱抱他。但是不行，隱居婦人騷擾鄰家少年。

有一會兒我們都默默坐著。

「可以再給我一杯水嗎？」他問。

「我去幫你倒。」

「別麻煩。」他準備起身，拳拳從他腿上跳下，改躺在茶几下。

伊森走向廚房水槽。他打開水龍頭時，我起身走向電視，拉開電視櫃抽屜。

「你喜歡看電影嗎？」我大聲說，沒有回應。我轉身看到他站在廚房門邊，看著公園。他旁邊就是垃圾桶，酒瓶在桶子裡發亮。

一會兒後，他轉向我。「什麼？」

「你喜歡看電影嗎？」我重複問。他點頭。「過來看看，我有很多ＤＶＤ，超級無敵多。我先生說，太多了。」

「我以爲你們分居了。」伊森低聲說，朝我走來。

「他還是我的丈夫。」我看看左手的戒指，又轉了一會兒。「但是你沒說錯。」我比著打開的抽屜。「如果你想借，不要客氣。你有ＤＶＤ播放機嗎？」

「我爸爸的筆記型電腦有外接播放器。」

「那就可以。」

「他也許准我借用。」

「希望如此。」我漸漸對亞歷斯泰・羅素有些許認識。

「什麼類型的電影？」

「大部分是老片。」

「例如黑白片？」

「大部分都是。」

「我從沒看過黑白片。」

我眼睛睜得老大。「你賺到了，所有經典電影都是黑白片。」

他看起來半信半疑，依舊探頭看抽屜。裡面擺了將近兩百片ＤＶＤ，包括標準收藏[7]、Kino[8]、環球電影公司發行的希區考克盒裝典藏組、各式各樣的經典黑色電影和《星際爭霸戰》（我也只是凡夫俗子）。我瀏覽盒子側標：《四海本色》、《女逃亡者》、《愛人謀殺》[9]。「拿去。」我抽出一個盒子，遞給伊森。

「《荒林髗骨》。」他讀出片名。
「這部很適合當入門片，懸疑卻不恐怖。」
「謝了。」他清清喉嚨，咳了幾聲。「不好意思，」他啜飲開水。「我對貓咪過敏。」
我盯著他看。「你怎麼不早說？」我瞪了貓一眼。
「牠很友善，我不想對牠不禮貌。」
「太扯了。」我說。「我這不是批評你喔。」
他微笑。「我該走了。」他走回茶几邊，放下杯子，彎腰透過玻璃對拳拳說話。「不關你的事，夥計，你很乖。」他打直腰桿，兩手在大腿附近揮動。
「你需要毛絮滾輪嗎？清清貓毛？」其實我不確定家裡有沒有。
「沒關係。」他環顧四周。「可以借用洗手間嗎？」
我指向紅色的房間。「請便。」
趁他在廁所時，我用餐具櫥的玻璃照鏡子。今晚一定要洗澡，最遲明天。
我回到沙發上，掀開電腦。「謝謝幫忙，」迪斯可米奇傳來這段。「妳是我的英雄。」
傳出沖水聲時，我正在迅速回訊。不久後，伊森走出來，兩手在牛仔褲上抹乾。「好了。」他告訴我，然後走向大門，雙手插在口袋，走路姿勢就是標準的少年模樣。
我跟著他。「謝謝你過來。」
「回頭見。」他拉開門。
你在外面見不到我，我心想。「沒問題。」我說。

7 **Criterion**，美國專門發行重要傑作和經典電影的公司。

8 類似 **Criterion** 的公司。

9 三部電影分別是：《*Night and the City*》、《*Whirpool*》、《*Murder, My Sweet*》，都是犯罪驚悚片。

9

伊森離開之後，我又看起《羅蘭祕記》。本來這部電影應該不出色：克里夫頓．韋博搶了多數光芒，文森．普萊斯初次嘗試南方口音，線索又牛頭不對馬嘴。結果卻出奇精采，那配樂更是動聽。「他們寄給我的是腳本，不是配樂。」海蒂．拉瑪曾這麼抱怨。

我沒吹熄蠟燭，微小的火焰彷彿有生命脈動。

我一邊哼著《羅蘭》的主題曲，一邊刷開手機，上網搜尋我的病患，以前的病患。十個月前，我失去了他們每個人：我失去了九歲的瑪莉，她因爲父母離婚而受創；我失去了八歲的賈斯汀，他的雙胞胎弟弟因爲黑色腫瘤過世；我失去安瑪麗，她已經十二歲，依舊怕黑；我失去拉席德（十一歲，跨性別）、艾蜜莉（九歲，有暴力傾向）；我還失去異常沮喪的男孩，他的名字竟然是喬伊（Joy）。我失去了他們的眼淚、煩惱、憤怒和寬慰。我總共失去了十九個孩子，如果加上女兒，就是二十個。

想當然耳，我知道奧莉薇亞的下落，其他人則持續追查中。頻率並不高——心理醫生不該調查病患，即使是前病患也不成——約莫一個月一次，往往都是想念到難以忍受才上網看看。我有幾個網路搜尋工具供我使用：臉書假帳戶和許久沒更新的領英會員檔案。然而只要扯到年輕人，就只能用Google。

我看到艾娃拼字比賽拿冠軍、傑卡競選中學學生會會長、看過葛瑞絲母親在Instagram上的相簿、瀏覽小班的推特發言（他實在應該更重視隱私），擦掉淚水、灌下三杯紅酒之後，我回到臥室，看起自己手機裡的相片。然後再和艾德通話。

「猜猜我是誰。」我向來都是這句開場白。

「懶鬼，妳很醉了。」他直言不諱。

「今天發生很多事情。」我看看空酒杯，覺得有點歉疚。「小莉在幹嘛？」

「準備明天的東西。」

「她要扮成什麼？」

「鬼。」

「你眞走運。」

「什麼意思？」

我大笑。「她去年扮成消防車。」

「天啊，那次忙了好幾天。」

「忙了好幾天的人是我。」

我可以聽到他咧開嘴。

從窗外可以看到公園對面的三樓房間深處，有電腦螢幕發出亮光，電燈亮起，整個房間立刻大放光明。我看到一張書桌、一個檯燈，接著便看到伊森正在脫毛衣。果不其然，我們的臥室面對面。

他轉過來，低下頭，脫掉上衣。我別開頭。

10

十月三十一日　星期日

微弱的日光拚命擠進臥室窗戶，我翻個身，臀部撞到電腦。昨晚熬夜下棋，表現奇差。我的騎士失足，城堡崩毀。

我拖著步伐進出浴室，用浴巾擦乾頭髮，在腋下抹體香劑。隨時準備上戰場，就如同莎莉所言。萬聖節快樂！

當然，我今晚一次也不會應門。我記得大衛說他七點出門去市區，一定很有趣。

他建議我們在門口放一盆糖果。「任何小朋友都會一次捧走整碗。」我說。

他似乎很不高興。「我又不是兒童心理醫生。」

「不必當兒童心理醫生，只要當過孩子就知道。」

我要關掉電燈，假裝家裡沒有人。

我上了電影網站，安德魯在線上。他轉貼寶琳・凱爾對《迷魂記》的評論的連結——「愚蠢」又

「膚淺」——他在底下列出一串清單：「最適合牽手觀賞的黑色電影？」（《黑獄亡魂》，光是最後一個鏡頭就夠了。）

我讀了凱爾的文章，傳個訊息給他。五分鐘後，他就登出了。

上次和別人牽手是何時，我已經不記得。

11

砰。

又是前門。這次我蜷縮在沙發上看《男人的爭鬥》，正看到盜竊場面，那段沒有一句台詞，也沒有任何配樂，只有劇中人也聽得到的聲音和我們耳裡的血液奔流聲。伊夫建議我多看法國電影，但他想的可能不是類默劇的老片。Quel dommage（眞遺憾）。

又是悶悶的砰，第二次了。

我掀開腿上的被子，起身找遙控器按暫停。

外面的光線照入屋內，我走向門口，打開房門。

砰。

我踏入走廊，這是家裡我不喜歡也不信任的地帶，這是我的地盤和外面世界之間的灰色地帶。現在因爲黃昏而光線微弱，暗色牆壁向我迫近，猶如即將拍掌合攏的兩隻手。

大門邊嵌了毛玻璃，我走近其中一塊往外望。

啪的一聲，窗戶震動。有人丟東西，碎裂的雞蛋滑過玻璃，我聽到自己倒吸一口氣。在蛋黃漬間看到街上有三個孩子，表情歡天喜地，個個咧著嘴笑，其中還有一個手裡拿著一顆雞蛋。

我轉身，一手壓著牆壁。

這是我家，那是我的窗戶。

我的喉嚨縮緊，眼眶泛淚，先是意外，緊接著覺得羞愧。

砰。

再來則是憤怒。

我無法迅速開門，嚇跑孩子。我無法奪門而出，找他們理論。我急促地敲玻璃——

砰。

我用掌丘打門片。

我握拳敲門。

我發出低吼，然後咆哮。我的聲音在牆壁之間迴盪，昏暗的門廳充滿回音。

我無能為力。

不，妳不是。我可以聽到費丁醫生這麼說。

吸、二、三、四。

不，我不是。

我不是無能為力。我努力攻讀研究所將近十年，在市中心學校受訓十五個月，執業七年。我很堅強，我答應過莎莉。

我將頭髮往後耙，回到客廳，深呼吸之後用手指用力按開對講機。

「離開我家。」我咬牙切齒。他們在外面一定會聽到我的抗議。

砰。

我的手指在對講機按鈕上發抖。「走開！」

砰。

我搖搖晃晃上樓，衝到我的書房窗邊。看到了，他們搶匪似地聚集在路上，包圍我家，日落前的餘暉將他們的影子拉得無邊無際。我敲玻璃。

其中一人指著我笑，投手般地揮動胳膊，擲出另一顆雞蛋。

我敲窗戶敲得更用力，力道大到可以敲下一片玻璃。那是我的門，這是我的家。

我的視線變得模糊。

突然間，我衝下樓；突然間，我回到黑暗的門廳，赤腳踩在磁磚上，一手握著門把。怒火掐住我的喉嚨，視線一片水茫茫。我吸一大口氣，再吸另一口。

吸、二、三——

我倏地打開門。光線和空氣迎面撲上。

一瞬間，萬籟俱寂，安靜得如同默片，緩慢地彷彿日落。對面的房屋。兩排房子之間的三個孩子。他們身邊的街道。周遭一片靜默，時間似乎暫停。

我發誓我聽到喀啦聲響，就像有棵樹被砍下。

然後——

然後有個物體往我這裡衝來，速度飛快，是彈弓射出的大石頭；石頭用力打中我的腹部，我立刻站不直。我的嘴巴窗戶般地張開，風猛力灌進喉嚨。我是個空屋子，屋裡只有腐朽梁柱和呼嘯的強風。我的屋頂轟地崩塌——

——我哀號、倒下、坍塌，一手擦過磚塊，另一手撲向空中。視線如同魚竿捲線器般轉動著：先是火紅的葉子，接著便是一片黑；下一個景象就是一名黑衣女子，我的視線漸漸變白、脫色，最後眼前是一片難以望穿的白熱光芒，就此滯留不去。我想大聲呼喊，張嘴卻是砂石。我嘗到水泥，我嘗到鮮血。四肢風車般打轉，地面盪出一圈圈漣漪，空氣也震得我的身體漾出波紋。

在閣樓般的大腦深處，我依稀記得以前也發生過這種事情，也在同樣的門階上。我記得潮水似的低語聲，那些奇怪的字眼清楚地躍出水面：跌倒、鄰居、誰啊，瘋子。這一次什麼聲音也沒有。

我的手臂晃到某人的脖子後。有頭髮掠過我的臉頰，髮質比我的粗糙。我的雙腳無力地拖過地面、木板，現在進了屋子，穿過冰冷的門廳，進入溫暖的客廳。

12

「妳跌倒了！」

眼前的景象就像立可拍照片。我看著天花板，看到嵌燈的燈座回望著我，猶如一隻亮晶晶的眼睛。

「我去幫妳拿點東西——等等……」

我別過頭，絨毛在我耳邊嘶嘶響。是客廳的躺椅，貴妃椅的名字真是名不虛傳。哈。

「等一下，等一下喔……」

廚房水槽前有個女人背對著我，背上流瀉著一頭深色長髮。

我雙手湊到面前罩住口鼻，吸氣，呼氣。冷靜。冷靜。嘴唇好痛。

「我正要往隔壁走，剛好看到那些小屁孩丟雞蛋。」她解釋。「我對他們說，『你們在幹嘛，小屁孩？』然後妳就……搖搖晃晃地開門，倒下時活像……」她沒說完，不知道她是否要說屁。

結果她只是轉身，一手拿著一個杯子。一個杯子裝水，另一個是金褐色的液體，希望是酒櫃裡的白蘭地。

「不知道白蘭地有沒有用。」她說。「我好像正在演《唐頓莊園》，我是妳的南丁格爾！」

「妳是公園對面那個女人。」我喃喃自語。咬字含糊不清，就像喝醉的酒鬼。什麼我很堅強。真是笑話。

「什麼？」

我竟然脫口說出：「妳是珍．羅素。」

她停下腳步，驚訝地看著我，然後放聲大笑，牙齒在昏暗光線中閃閃發光。「妳怎麼知道？」

「妳剛剛說妳要到隔壁？」我努力清楚咬字。吃葡萄不吐葡萄皮、塔滑湯灑，湯燙塔。「妳兒子來過。」

我從睫毛間打量她。艾德可能會說她是成熟女人，而且是讚賞的語氣，她有豐胸翹臀、清澈的藍眼睛、豐滿的嘴唇、緊實的皮膚、愉快的神情。她穿著深藍色的牛仔褲、U領黑毛衣，胸口有個銀墜子。我猜她將近四十歲，她自己生孩子時都還很年輕。

他們母子都一樣，我第一眼就覺得投緣。

她走到躺椅邊，膝蓋碰到我的膝蓋。

「坐起來，以防妳有腦震盪。」我乖乖聽話，勉強起身。她放下杯子，坐到對面，昨天她兒子也坐在同樣的地方。她轉頭面對電視，皺起眉毛。

「妳在看什麼？黑白電影？」她很困惑。

我伸手拿遙控器關掉電源，螢幕一片黑。

「這裡很暗。」珍觀察到。

「可以麻煩妳開燈嗎？」我問。「我有點……」話都說不完整。

「沒問題。」她伸手到沙發後面，打開落地燈。房間大亮。

我頭往後仰，盯著天花板的線板。吸、二、三、四。需要稍微整修，我再問大衛。吐、二、三、四。

「呃，」珍兩手撐在膝蓋上打量我。「剛才是怎麼一回事？」

我闔上眼睛。「恐慌症發作。」

「噢，親愛的——怎麼稱呼妳？」

「安娜。我姓福克斯。」

「安娜，他們只是一群小屁孩。」

「原因不在這裡。我不能出門。」我低頭，伸手拿白蘭地。

「但妳還是出門了，不要喝太急。」看到我一口喝乾，她提醒我。

「我不應該。不該出門。」

「爲什麼？妳是吸血鬼？」

可以這麼說，看著自己蒼白的胳膊，我心想。「我有恐曠症？」

她嘟起嘴。「這是問句嗎？」

「不是，我只是不知道妳是否認得這個詞。」

「當然認得，妳不能到戶外。」

我再度闔上眼睛，點點頭。

「我以爲恐曠症只是不能，妳知道，不能去露營或從事戶外運動這類。」

「我哪裡也去不了。」

珍倒抽一口氣。「妳這種情況多久了？」

我喝乾最後幾滴白蘭地。「十個月。」

她沒再追問，我深呼吸，咳嗽起來。

「妳需要吸入器嗎？」

我搖頭。「那只會讓情況惡化，害我心跳加速。」

她想了想。「紙袋呢？」

我放下杯子，伸手拿水。「不用。有時可以，現在沒用。謝謝妳扶我進來，眞的很不好意思。」

「不要客氣——」

「我眞的非常不好意思。絕對不會習慣成自然，我保證。」

她又嘁嘴。我發現，她的嘴巴很生動。可能有抽菸，不過她身上都是乳油木果油的味道。「以前也發生過？妳出去之後就……？」

我扮個鬼臉。「那次是春天。快遞把貨放在門外，我以爲我可以……快速拿進來。」

「結果不能？」

「沒辦法。但是那次有很多人經過，他們花了一點時間才確定我不是瘋子，也不是遊民。」

珍環顧四周。「妳肯定不是遊民，這裡簡直……哇。」她慢慢欣賞，然後從口袋拿出手機查看。

「我得回去了。」她站起來。

我想起身送她，但是兩腿不肯合作。「妳兒子很乖，」我告訴她。「他送那個過來。謝謝妳。」我補上一句。

她看著桌上的蠟燭，摸摸頸上的鍊子。「他是好孩子，從小就是。」

「也很帥。」

「從小就是！」她用大拇指指甲按開墜子，她彎腰向著我，墜子在半空中晃盪，她的意思是要我接住。這個陌生人湊到我面前，我的手拉著她的項鍊，這是很親密的動作。也許是我太久不習慣與人接觸。

墜子裡有張霧面的迷你照片：是四歲左右的男孩，一頭狂暴的黃髮，牙齒就像龍捲風吹過的圍籬，一邊眉毛上有個傷疤。錯不了，就是伊森。

「他這時候幾歲？」

「五歲，但是妳不覺得他看起來更小嗎？」

「我以爲是四歲。」

「看吧。」

「他何時開始抽高？」我放開墜子。

她溫柔地闔上。「那張照片之後到現在的某一年吧！」她大笑，突然問我：「我現在可以丟下妳嗎？妳不會換氣過度吧？」

「不會的。」

「妳還要白蘭地嗎？」她向茶几彎腰，桌上放了一本陌生的相簿，一定是她帶來的。她把相簿夾在腋下，指指空杯子。

「我喝水就好。」我說謊。

「好。」她打住，目光停在窗戶上。「好，」她又說了一次。「有個大帥哥走過來。」她看我。

「那是妳先生嗎？」

「喔，不是，那是大衛，我的房客。他住樓下。」

「他是妳的房客？」她的聲音高八度。「眞希望我有這種房客！」

晚上門鈴沒響過，一次也沒有。也許黑漆抹烏的窗戶讓要糖的孩子打了退堂鼓，也可能是因爲他們看到乾掉的蛋黃。

我早早就寢。

研究所讀到一半時，我認識了一個患有柯塔爾症候群的七歲男孩，這種病會導致患者以爲自己已經過世。這是罕見的疾病，兒童案例更是少之又少。一般醫生建議採取治療精神分裂症的療法，如果病情嚴重，可能還會用電療法。但是我成功引導他恢復健康，那是我第一次的大成功，衛斯理也是因此注意到我。

那個孩子應該已經是青少年，約莫和伊森同年，比我小一半有餘。今晚盯著天花板時，我想起他，覺得自己也成了死人。雖然死了，卻還沒入土，只能看著旁邊的人兀自過得精采，我卻無力參與。

13 十一月一日　星期一

早上下樓進廚房，我看到通往地下室的門縫塞了一張紙條。雞蛋。

我端詳了一下，好生困惑。大衛要吃早餐嗎？我轉到背面，看到折到下半部的字，清掉了。謝謝你，大衛。

回頭想想，雞蛋挺好的，因此我打了三顆蛋，煎了太陽蛋。幾分鐘後，我坐在書桌前，吸光最後的蛋黃，登入「空曠」網站。

早上是站內流量最大的時刻，恐曠症患者往往一起來就覺得焦慮。不消說，今天早上也一樣。我花了兩小時幫人打氣、加油；介紹合適的藥物（我最近的最愛是伊米帕明，當然，贊安諾永遠不退流行）；調解兩派對「厭惡療法」好處（不容置疑）的爭論；應「酒窩二〇一六」的要求，觀賞貓咪打鼓的影片。

我即將登出，轉移到西洋棋論壇，一雪週六的恥辱，卻看到螢幕上跳出一個對話框。

迪斯可米奇：醫生，再次謝謝妳上次幫忙。

他說的是上次恐慌症發作。那次我打了將近一小時的鍵盤，因爲「迪斯可米奇」，套句他自己的話，「嚇壞了。」

迪斯可米奇：好多了。

醫生來也：不客氣。你好多了嗎？

迪斯可米奇：我先前和一位新來的用戶聊天，她問我站內有沒有任何專業人士，我把妳的「常見問題」傳給她了。

有人介紹我呢。我看看時鐘。

醫生來也：我今天的時間可能不多，但是你可以請她聯絡我。

迪斯可米奇：酷。

迪斯可米奇離開聊天室。

一會兒之後又跳出另一個對話框。莉莉奶奶。我點開名字，大略看過用戶資料。年齡，七十歲。住處，蒙大拿州。加入日期，兩天前。

我又看了一眼時鐘。七十歲的蒙大拿州民比下棋重要。

螢幕底下出現一排字，顯示莉莉奶奶正在打字。我等了又等，她不是打一長串字，就是因為年紀大動作慢。我爸媽兩人都用一指神功打字，就像紅鶴在淺水灘裡啄食；他們光打一個「哈囉」都要花上半分鐘。

莉莉奶奶：哈囉！

很友善。我還來不及回應。

莉莉奶奶：迪斯可米奇把妳介紹給我，我急著找人問意見！

莉莉奶奶：當然也很想喝巧克力，不過那是另外一回事……

我趕快插話。

醫生來也：妳好！妳剛加入論壇？

莉莉奶奶：沒錯！

醫生來也：希望迪斯可米奇好好歡迎妳了。

莉莉奶奶：有的！

醫生來也：請問妳需要什麼？

莉莉奶奶：恐怕你沒辦法幫我泡熱可可！

她是太興奮或太緊張？我決定等一等。

莉莉奶奶：其實……

莉莉奶奶：我實在不想承認……

重頭戲來了……

莉莉奶奶：我這個月都沒辦法出門。

莉莉奶奶：問題就在這裡！

醫生來也：很遺憾。我可以稱呼妳莉莉嗎？

莉莉奶奶：當然可以。

莉莉奶奶：我住在蒙大拿州。第一個身分是奶奶，第二個身分是美術老師。

以後會聊到個人資料，至於現在……

醫生來也：莉莉，一個月前發生了什麼事情嗎？

沒有回應。

莉莉奶奶：我先生過世了。
醫生來也：原來如此。請問妳先生怎麼稱呼？
莉莉奶奶：理查。
醫生來也：請節哀，莉莉。我父親的名字也是理查。
莉莉奶奶：你父親過世了嗎？
醫生來也：他和我母親都在四年前過世。她是癌症，他五個月後中風。很多大好人都叫理查。
莉莉奶奶：尼克森也是!!!

很好，我們開始建立友誼。

醫生來也：你們結婚幾年？
莉莉奶奶：四十七年。
莉莉奶奶：我們是工作認識。順道一提，還是一見鍾情！
莉莉奶奶：他教化學，我教美術，異性相吸！
醫生來也：太棒了！你們有孩子嗎？

莉莉奶奶：兩個兒子、三個孫子。

莉莉奶奶：我兒子還滿帥的，但是孫子更是超級無敵英俊！

醫生來也：好多男生啊。

莉莉奶奶：真的！

莉莉奶奶：妳不知道我看過多少恐怖的事！

莉莉奶奶：也不知道我聞過多臭的東西！

我發現她的語氣輕快，而且始終很爽朗。我檢查她的措辭，隨和但充滿自信，標點符號正確，鮮少有錯誤。她學歷高、外向，也很仔細，她拼出數字，而不是直接打阿拉伯數字，她打出完整的「順道一提」，不是簡化成「對了」，不過這可能是年齡使然。無論如何，我可以幫助這個成年人。

莉莉奶奶：你是男生嗎？

莉莉奶奶：如果你是，我要道歉。只是有時候醫生也可能是女孩，即使在蒙大拿州這裡也不例外。

我笑了，我喜歡她。

醫生來也：我的確是女生。

莉莉奶奶：很好，我們需要更多女醫生！

醫生來也：莉莉，我問妳，理查過世之後，發生了什麼事情？

她果然據實以報。她說從葬禮回家之後，她連送親友出去都害怕。她說後來她更覺得「外面的世界似乎要衝進我家」，所以她關上百葉窗。她說起住在美國東南部的兒子，說他們多麼不解，又是多麼擔心。

莉莉奶奶：說真的，我告訴妳，這種日子真難捱。

我該捲起袖子幹活了。

醫生來也：一定的。我認為，妳的狀況就是理查過世徹底改變了妳的世界。而外面的世界沒有他也繼續運轉，妳很難面對，接受事實。

我等她接話，沒有回應。

醫生來也：妳提到妳沒整理理查的遺物，這點我明白。但是我希望妳可以考慮一下。

依然毫無反應。

接著：

莉莉奶奶：我真感恩我找到妳，真的真的。

莉莉奶奶：這是我孫子的語氣，他們看《史瑞克》學到「真的真的」。

莉莉奶奶：我可以再找妳聊聊嗎，希望妳不介意？

醫生來也：真的真的！

我就是忍不住。

莉莉奶奶：我真的真的（!!）感謝迪斯可米奇介紹我認識妳，妳真是大好人。

醫生來也：我的榮幸。

我先等她登出，但她還在打字。

莉莉奶奶：我發現我連妳的名字都不知道！

我猶豫了。我從沒在「空曠」網站公開名字，就連莎莉也不知道。我不希望任何人找到我，比對我的名字和職業肉搜我。但是莉莉的故事打動我，這個年邁的寡婦孤單又傷心，還得在那片廣闊天空下強打起精神。無論她如何插科打諢，就是無法踏出家門，她一定很害怕。

醫生來也：我的名字是安娜。

我準備登出時，最後一段留言跳出來。

莉莉奶奶：謝謝妳，安娜。

莉莉奶奶離開聊天室。

我很激動。我幫了某個人，我和世界產生聯繫。唯有聯繫。我在哪聽過這句話？

我這麼努力，喝杯酒不爲過。

14

踏著輕快腳步走進廚房時，我扭轉頭部，做頸部伸展，聽到骨頭喀喀響。上面有樣東西吸引了我的目光，三層樓高的樓梯井上方天花板凹處，有塊汙漬與我遙遙相望，應該就是天窗旁邊的屋頂活門。

我敲敲大衛的門，等了一會兒，他才開門。他打赤腳，穿著皺巴巴的T恤和低腰牛仔褲，看來我剛吵醒他。「抱歉，你在睡覺？」

「沒有。」

明明就是。「可以幫我看個東西嗎？我好像看到天花板有水漬。」

我們經過書房、我的臥室，走到奧莉薇亞房間和第二間空房之間。

「很大的天窗。」大衛說。

我聽不出他是不是恭維。「這是原來的設計。」我說這句話只爲了搭腔。

「是橢圓形。」

「對。」

「不常見。」

「你說橢圓形嗎？」

但是對話到此結束。他打量汙漬。

「那是黴菌。」他輕聲說，彷彿對病患宣告壞消息的醫生。

「能不能刷掉就行？」

「沒辦法。」

「否則怎麼辦？」

他嘆氣。「首先，我得檢查屋頂。」他伸手拉活門鍊子，門片震開。我看他走上階梯，牛仔褲臀部線條繃緊，身影漸漸消失。

「看到什麼了嗎？」我呼喊。

沒有回應。

「大衛？」

我聽到哐噹聲。一道水柱澆到樓梯上，水流在陽光之下猶如明鏡般清亮，我閃到一旁。「抱歉，」大衛說。「是灑水壺。」

「沒關係，有看到什麼嗎？」

靜默，接著又傳來大衛的聲音，語氣近乎恭敬。「上面有一整片叢林。」

那是艾德的主意，四年前，我媽剛過世。「妳需要找件事情做。」他認定。我們便著手將屋頂改造成花園，有花床、菜圃、一排黃楊屬灌木。主題，也就是仲介口中的重頭戲，是六呎寬、十二呎長的棚架拱門；每到春夏，架子上滿是茂密綠葉，是個遮陽的蔽蔭隧道。後來我父親中風過世，艾德在拱門裡擺了一張追思長凳。凳子上刻著 Ad astra per aspera，披星戴月，登峰造極。春天或夏季傍晚，我常在金綠色的光線下看書，啜飲冰茶。

我最近幾乎沒想到屋頂花園，上面一定亂七八糟。

「植物太過茂密，」大衛證實我的疑慮。「簡直成了森林。」

真希望他下來。

「那邊有棚架嗎？」他問。「是不是用防水布蓋住了？」

我們每到秋天就用防水布蓋住。我沒說話，我也剛想起來。

「妳上來要小心，不要踩到天窗。」

「我不打算上去。」我提醒他。

他用腳輕點，玻璃發出嘎嘎響。「很脆弱。如果樹枝掉在這上面，整片玻璃都會破掉。」又過了一會兒。「其實很美呢，要不要拍張照片給妳看？」

「不用了，謝謝。那塊水漬要如何處理？」

他一腳一腳往下踩。「需要找專業人員，」他踏上地板，把梯子放回去。「目的就是把屋頂封起來。我可以先用刮刀清掉黴菌。」他關起活門。「然後用砂紙打磨，再上底漆，塗乳膠漆。」

「這些材料你都有？」

「我會去買底漆和乳膠漆。如果這裡能通風，會更有幫助。」

我僵住。「什麼意思？」

「開幾扇窗，不一定要開這層樓的窗戶。」

「我不開窗，哪一樓都不行。」

他聳肩。「開窗比較好。」

我轉身，他跟在後面，我們一語不發地走下樓。
走到廚房之後，我說：「謝謝你幫我清理屋外。」只是為了打破僵局。
「誰搞的？」
「某些小鬼。」
「妳知道是誰嗎？」
「不知道。」我打住。「怎麼了？你要幫我教訓他們？」
他眨眨眼。我打蛇隨棍上。
「你在樓下住得還舒服嗎？」他已經搬進來兩個月，因為費丁醫生建議我找個房客比較有幫助，用較便宜的房租找個人跑腿、丟垃圾、處理家裡雜事等等。我在「愛彼迎」網站登廣告，第一個找上門的就是大衛。我記得當初覺得他的電郵寫得很簡潔，甚至短到唐突，見到他本人才知道他相當健談，剛從波士頓搬來，是經驗老到的雜工，沒有抽菸習慣，銀行戶頭有七千美元的存款。我們當天下午就擬定租約。
「還不錯。」他抬頭看著天花板的嵌燈。「妳故意把燈調得這麼暗？是醫療理由還是……？」
我覺得兩頰通紅。「如果燈光太亮，很多我這類的……」我該怎麼說？「……人會覺得太赤裸。」
我指指窗戶。「況且屋裡有充足的自然光。」
大衛想了想，點點頭。
「地下室的光線夠嗎？」我問。
「還可以。」

這下換我點頭。「如果樓下還有艾德的藍圖再告訴我，我要留下來。」

我聽到拳拳寵物門的咿呀聲，看到牠溜進廚房。

「非常感激你的幫忙，」我繼續說，但是時間沒抓準，他已經走向地下室。「幫忙……丟垃圾等等。你是我的救命恩人。」我怯生生加了一句。

「不客氣。」

「如果你肯打電話請人來修天花板……」

「好。」

拳拳跳上我們之間的中島，放開嘴裡咬的東西。我看了一眼。

一隻死老鼠。

我往後跳。看到大衛做出同樣反應，我很開心。那隻老鼠不大，毛髮油膩膩，尾巴像條蚯蚓，身體已經被劃開。

拳拳自豪地看著我們。

「壞孩子。」我罵牠，牠抬頭。

「牠出手還眞重。」大衛說。

我仔細端詳老鼠。「是你幹的嗎？」我問拳拳，後來才想起我這是質問一隻貓咪。牠跳下中島。

「好身手。」大衛吸氣。我抬頭，中島另一端的他往前傾身，深色眼睛閃爍著。

「是不是埋了牠？」我問。「我不希望牠在垃圾當中腐爛。」

大衛清清喉嚨。「明天是星期二，」他說。週二有人會來收垃圾。「我先全部拿出去。妳有報紙嗎？」

「現在還有人看報嗎？」語氣比我想像中還尖銳。「我有塑膠袋。」

我在抽屜裡找到一個。大衛伸手過來，但是這件事我還辦得到。我甩出塑膠袋內側，伸手進去，輕輕抓起屍體。我嚇一跳，因爲老鼠動了一下。

塑膠袋裝好老鼠之後，我封住開口。大衛接過去，打開中島下的垃圾桶丟進去。請安息。

他拉出垃圾袋時，樓下傳出動靜，水管咕嚕嚕響，牆壁開始發出聲音。有人用淋浴間。

我看著大衛，他面無表情，兀自綁好垃圾袋，甩到肩上。「我拿出去。」他大步走向大門。

我又不會向他打聽那名女子的名字。

15

「猜猜我是誰。」

「媽。」

我暫時不跟她計較。「小親親，萬聖節好玩嗎？」

「不錯。」她嘴裡咬著東西，希望艾德記得注意她的體重。

「妳要到很多糖嗎？」

「超多，比以前都要多。」

「妳最喜歡哪一種？」一定是M&M的花生巧克力。

「士力架。」

好吧，我虛心受教。

「很小，」她解釋。「就像士力架的寶寶。」

「妳晚餐吃中國菜還是士力架？」

「都有。」

我要跟艾德好好談談。

但是我提起之後，他又辯解。「她一年也只有這一天可以吃糖果當晚餐。」他說。

「我不喜歡她惹麻煩。」

靜默。「給牙醫惹麻煩？」

「是體重出狀況。」

他嘆氣。「我照顧得了她。」

我也嘆氣。「我不是說你不能。」

「妳的口氣就是這樣。」

我一手貼在額頭上。「她才八歲，很多小孩在這時會突然發胖，尤其是女生。」

「我會留意。」

「別忘了，她之前發胖過。」

「妳希望她風一吹就飄走？」

「不希望，那也很糟糕。我只希望她健康。」

「隨便，我今晚會給她一個低熱量晚安吻，」他說。「健怡晚安吻。」

我微笑。然而我們道晚安時，氣氛還是很僵硬。

16

十二月二日 星期二

二月中時——那時我已經足不出戶將近六週，發現自己不會「好轉」——我找上五年前在巴爾的摩聽過演講（「非典型抗精神病暨創傷後壓力症」）的精神科醫師，當時他不認識我，現在認得了。

不熟悉心理治療的人，往往以爲醫生一定軟言溫語、充滿愛心。只要往他們沙發一躺，就像奶油被抹上吐司，病患就會自動融化，打開心房。但是如同那句歌詞，「並非如此」[10]。朱利安．費丁醫生就是一例。

首先，沙發並未登場。我們每週二在艾德的圖書室碰面，費丁醫生坐在火爐旁邊的單人牛皮椅，我坐在窗邊的高背椅上。儘管他的語調輕柔，聲音卻像咿咿呀呀的舊門板。他說話明確、詳細，一如所有優秀的精神科醫生。「這種人會特地出淋浴間，對著馬桶尿尿。」艾德不只說過一次。

「好。」費丁醫生沙啞地說。午後的陽光打到他臉上，他的眼鏡就像兩顆小太陽。「妳說妳和艾德昨晚爲了奧莉薇亞起口角。這些對話有幫助嗎？」

我轉頭，看一下羅素家。不知道珍．羅素在忙什麼，我挺想喝一杯。

我的手指沿著喉嚨滑動，我回頭望費丁醫生。

他看著我，額頭上刻著很深的皺紋。也許他累了，我就很疲憊。這次諮商提到許多事情：我說了最近焦慮症發作（他似乎很擔心），提到我和大衛的對話（他好像不感興趣），聊到我和艾德與奧莉薇亞的談話內容（又恢復興趣）。

我又別過頭，這次看的是艾德架子上的書，我眼睛眨也不眨，腦子一片空白。有平克頓偵探的歷史、兩本關於拿破崙的書、《灣區建築》。這個人看的書五花八門，這個人是我的丈夫，我漸行漸遠的丈夫。

「我覺得這些對話似乎讓妳百感交集，」費丁醫生說。這是精神科醫生的經典台詞：我覺得、就我聽到的話而言、我認爲你的意思是。我們是口譯員，我們是翻譯者。

「我不斷……」我開口，這些字句自動從我嘴裡流瀉出來。我可以再從這裡說起嗎？我可以；我這就說。「我不斷回想那段旅行……沒辦法不想，我很氣那是我的點子。」

房間那頭沒有回應，儘管他知道這件事，知道來龍去脈——也許就是因爲他知道，而且聽了又聽。一次又一次。

「我一直希望事情可以重來，希望那是艾德的點子，或是根本不要提起那件事。眞希望我們沒去。」我十指交錯。「那就最好了。」

醫生輕聲說：「可是你們去了。」

我彷彿遭火吻。

「妳安排全家出遊，沒有人該爲這種事情覺得愧疚。」

「冬天去新英格蘭。」

「很多人冬天去新英格蘭。」
「愚蠢至極。」
「妳是精心策畫。」
「蠢到極點。」我堅持。
費丁醫生沒回話。中央暖氣系統清清喉嚨，呼出一口氣。
「要不是我，我們一家還在一起。」
他聳肩。「也許。」
「一定的。」
我可以感受到他的目光落在我身上，那目光極其沉重。
「我昨天幫了某個人。」我說。「某個蒙大拿州的婦女，一位奶奶。她一個月沒出過門了。」
他很習慣我突然改變話題，說這是「神經跳電」，雖然我們兩個都知道我是故意轉換主題。總之我滔滔不絕地向他提起莉莉奶奶，說我把眞名告訴她。
「妳爲什麼會這麼做？」
「我覺得她想與人建立起橋梁。」那不是——對，我想起來了，那不就是佛斯特敦促我們做的事情？「唯有聯繫？」出自《此情可問天》，讀書會七月的選書。「我想幫她，希望她覺得我好相處。」
「妳眞慷慨。」他說。
「大概吧。」
他在椅子上換了一下姿勢。「在我聽來，妳似乎進步到迎合他人的需求，而不是只顧妳自己。」

「有可能。」

「那就是進步。」

拳拳溜進房間，在我的腳下繞圈圈，眼睛盯著我的大腿，我蹺起二郎腿。

「妳的物理治療進行得如何？」費丁醫生問。

我一手摸過兩條腿和身體，彷彿要在遊戲節目頒獎。電視台前的觀眾也可以將這個廢棄的三十八歲軀殼帶回家！「我看起來比較好了。」等不及他糾正，我補上一句：「我知道目的不是健身。」

他依然不放過我。「不只是健身。」

「對，我知道。」

「進行得還順利嗎？」

「我痊癒了，身體好多了。」

他左右打量我。

「眞的。我的脊椎很好，肋骨也接上了。現在走路不會一跛一跛。」

「對，我注意到了。」

「但是我還需要運動，我也喜歡碧娜。」

「妳們成了朋友。」

「可以這麼說，」我承認。「我付錢請來的朋友。」

「她最近都是星期三來，對不對？」

「通常是。」

「很好。」彷彿週三特別適合有氧運動。他從未見過碧娜，我也無法想像他們兩人湊在一起的模樣，他們彷彿生活在不同次元。

時間到了。我不必看壁爐上的時鐘就知道，費丁醫生也一樣。我們執業多年，幾乎可以準確知道五十分鐘有多長，誤差不會超過一秒。「妳繼續吃同樣劑量的貝它阻斷劑。」他說。「妳吃的是一百五十毫克的妥富腦，現在增加到二百五十毫克。」他皺眉。「這是因爲今天討論的內容所致，應該可以幫助妳改善心情。」

「可是我現在搞不清楚。」我提醒他。

「不清楚？」

「應該說視線模糊，或者兩者兼具。」

「妳說視線嗎？」

「不是視線，而是……」我們討論過啊，難道他忘記了？但是我們討論過嗎？輪廓模糊、視線不清。我眞需要喝一杯。「有時會一下湧上太多想法。腦子裡就像有個十字路口，所有人都想同時通行。」我不太自在，傻笑了一聲。

費丁醫生皺眉，然後嘆氣。「妳知道，開藥沒辦法完全精準。」

「對，我知道。」

「妳同時服用不同藥物，我們一個個調整，慢慢調到最合適的組合。」

我點頭。我知道這句話的意思，他覺得我病情惡化，我胸口一緊。

「改吃二百五十毫克的劑量，看看妳覺得如何。如果有問題，我們可以想辦法幫助妳專心一志。」

「聰明藥嗎？」阿德拉。以前家長常問我阿德拉能不能幫助他們的孩子，我又有多少次斷然拒絕他們，現在我自己卻要服用。萬變不離其宗啊。

「到時有需要再討論。」他在處方箋上沙沙沙地寫，然後撕掉最上面那張紙，遞給我。紙在他手中抖了一下，那是原發性顫抖還是血糖太低？希望不是早發性的帕金森氏症，況且我也沒資格過問。我接過處方箋。

「謝謝，」他起身壓平領帶時，我說。「我會好好運用。」

他點頭。「我們下週見。」他邁向門口。「安娜？」他轉身。

「什麼事？」

他又向我頷首。「請去藥房買藥。」

費丁醫生離開之後，我上網買藥。他們五點之前會送來，我有時間喝一杯，甚至喝兩杯。不過要先等等。首先我把滑鼠拖到螢幕上很少點入的地方，猶豫片刻才點進檔名爲「藥物」的 Excel 表格。我在這裡詳細記載我服用的藥物、劑量、指示說明……我所吃的這些藥品的所有成分。原來我八月之後就沒再更新過。

一如往常，費丁醫生永遠正確，我吃好幾種藥物，得用兩手才數得完。我知道——我一想到也膽戰心驚——我知道我有時吃的劑量和服用的時間都不對。有時吃兩倍，有時沒吃，有時配酒吞……費丁醫生知道了一定氣死。我必須振作起來。我不想失控。

按了 Command 和 Q 鍵，我離開 Excel。該喝那杯酒了。

10 〈*It Ain't Necessarily So*〉，是 Sting 的歌。

17

我一手握著平底杯，一手拿著尼康相機，坐在書房角落環顧這附近——艾德總愛說我這是檢查庫存，書房兩面的窗戶就面對著南方和西方。麗泰・米勒上完瑜伽回家，汗流浹背的她看來明豔動人，手機就湊在她耳邊。我調整鏡頭拉近，她面露微笑，不知道是不是正在和包商通電話，或是她的丈夫。也可能兩者皆非。

瓦瑟曼太太和她的亨利正慢慢走下隔壁二一四號的門階，出門去散播歡樂散播愛。

我將鏡頭瞄準西邊，有兩個行人在兩間打通的屋子外遊蕩，其中一人指著百葉窗。「改起來一定很漂亮。」我想像他說這句話。

天啊，我現在還開始編造對話了。

我小心翼翼，彷彿不想被逮到——事實上我真的不想——緩緩轉向公園對面的羅素家。廚房昏暗，沒人在，百葉窗拉到一半，就像半閉的眼睛。但是二樓的起居室從這裡就清楚可見，我看到珍和伊森坐在鮮豔的條紋雙人沙發上。她穿著露乳溝的奶黃色毛衣，墜子就停在雙峰之間，猶如峽谷之上的登山客。

我調整鏡頭，畫面變得清晰。她正在快速說話，笑談之間可以看到她的牙齒，雙手迅速擺動。他的目光停在腿上，唇上掛著害羞的微笑。

我沒對費丁醫生提起羅素一家。我知道他會說什麼，我都能分析自己，我在這個小家庭——這個一母、一父、一個獨生子組成的家庭——看到自己家的倒影。隔壁人家有個我曾經擁有的家庭，那原本是我的人生——我原以爲找不回這種人生，結果近在咫尺，就在公園對面。那又如何？我心想。也許我眞的說出口，最近我已經分不清楚了。

我啜飲紅酒，擦擦嘴唇，再度拿起相機，透過鏡頭往外看。

她看著我。

我立刻把相機放到腿上。

錯不了，即使只靠肉眼，我也清楚看到她坦蕩蕩的眼神、微張的嘴唇。

她舉起一手，向我揮一揮。

我想躲起來。

我該揮回去嗎？是不是該別過頭？我可以對她眨眼，彷彿相機瞄準的是其他事物，其他靠近她的東西？剛才沒看到妳？

不成。

我火速站起來，相機掉到地上。「不管了。」我說——我絕對說出口了——然後逃出房間，逃到陰暗的樓梯井。

從來沒人逮到我。醫生和麗泰．米勒沒有，武田家沒有，瓦瑟曼夫妻沒有，吵鬧的葛雷家沒有。羅茲夫妻搬走之前沒發現，莫茲夫妻分居前不知道，甚至連郵差也被蒙在鼓裡，而我每天都拍下他在每家門口的身影。幾個月以來，我常看著這些照片，回味那些時刻，直到我再也無法跟上窗外那個世界。當然，我偶爾還是會拍，因為米勒夫妻很有意思，至少在羅素家搬來之前，他們讓我覺得饒富興味。

而且 Opteka 鏡頭比望遠鏡更棒。

如今羞愧感竄過我全身。我想到我用鏡頭看到的每個人、每件事：那些鄰居、陌生人、那些親吻、危機、那些咬過的指甲、那些落地的零錢、那些邁開的步伐、那些踉蹌失足。武田家的少年閉著眼睛，手指在大提琴弦上微微顫動；葛雷家杯觥交錯的歡樂氣氛．羅德太太在客廳的蛋糕上點蠟燭；莫茲夫妻在婚姻瀕臨破滅之際爭吵不休，兩人分據血紅色起居室兩端，地板上躺著一只摔破的花瓶。

我想到我的硬碟存滿那些偷來的時光，我想到公園對面的珍．羅素直勾勾地看著我。我不是隱形人，我不是入土了。我還活著，別人看得到我，我還能感到羞愧。

我想到《意亂情迷》的布魯諾夫醫生說：「親愛的孩子，妳不能不停地拿自己腦袋衝撞現實，還說沒撞到任何東西。」

三分鐘後，我回到書房。羅素家的雙人沙發已經空無一人，我瞥了一眼伊森的臥室，他屈膝坐在電腦前。

我小心翼翼地撿起相機，完好無缺。

接著門鈴響了。

18

「妳一定悶死了。」我一開門，她就過來擁抱我。我緊張地笑。「看那些黑白電影無聊死了。」

她兀自往前走，我依舊一語不發。

「我幫妳帶了一樣東西。」她微笑，一手伸進袋子。「還是冰的。」一瓶覆著水珠的麗絲玲。我感覺嘴裡開始分泌唾液，我已經好久沒喝過白酒了。

「妳實在太——」

她已經快步走向廚房。

不消十分鐘，我們咕嚕嚕喝著白酒，珍點了一根維珍妮涼菸，接著又點了第二根，室內很快就煙霧瀰漫，飄過我們頭上，在頂燈下纏繞飄蕩。我那杯麗絲玲喝起來都有菸的味道，我卻不在意。這讓我想起研究所年代，想起紐哈芬小酒館外毫無星辰的夜晚，想起那些吐著菸灰氣息的男人。

「妳家好多梅洛紅酒。」她打量廚房流理臺。

「我大批訂購，」我解釋。「我喜歡這種酒。」

「妳多久補貨一次？」

「一年不過幾次。」至少一個月一次。

她點頭。「妳這樣已經——妳上次說多久了？」她問。「六個月？」

「將近十一個月。」

「十一個月。」她噘起嘴唇。「我不會吹口哨，妳就當我剛剛吹過。」她在麥片碗裡摁熄菸，十指相連搭成一個小塔，身子前傾，彷彿要祈禱。「妳整天都做些什麼？」

「我輔導人們。」我冠冕堂皇地說。

「誰？」

「網路上的人。」

「啊。」

「我上網學法文。還會下西洋棋。」我補上。

「都在網上？」

「都在網上。」

她一手掠過杯子上的酒痕。「所以網路，」她說：「就是妳……與外界連結的門窗。」

「我家的門窗也提供同樣的功用。」我揮手示意她背後的玻璃窗。

「那是妳的望遠鏡。」她說，我臉紅了。「開玩笑啦。」

「對不起，我——」

她揮手，吸一口菸。「別說了。」菸從她口中漏出來。「妳有真正的棋盤嗎？」

「妳會下棋？」

「以前會。」她把菸斜靠在碗上。「給我看看妳的能耐吧。」

我們專心下第一盤時，門鈴響了。連按五聲，是藥房送藥來。珍幫我應門。「藥房送藥來！」她大聲呼喊地走回來。「這些藥有效嗎？」

「是興奮劑。」我開了第二瓶酒，這次喝梅洛。

「這才叫派對嘛。」

我們喝酒、下棋、聊天。我們都只有一個孩子，這我以前就知道；我們都會開船，我現在才知道。珍喜歡划獨木舟，我喜歡兩人輕艇——或者該說我以前喜歡。

我聊到和艾德去度蜜月的事：我們租了一艘三十三呎長的 Alerion 遊艇，逛遍希臘群島，在聖多里尼、狄洛斯、納克索斯和米克諾斯之間穿梭。「就我們兩人，」我回味。「在愛琴海之間穿梭。」

「好像《航越地平線》。」珍說。

我吞下紅酒。「《航越地平線》是在太平洋吧。」

「只有那點不一樣，根本就是《航越地平線》。」

「況且他們是爲了撫平某件事情的傷口才去散心。」

「好吧，妳說得對。」

「他們還救了一個人，那個變態恩將仇報，想殺了他們。」

「妳到底要不要聽我說？」

她對著棋盤皺眉時，我翻冰箱找瑞士三角巧克力，拿菜刀隨便剁兩下。我們坐在餐桌上大嚼特嚼，吃零食當晚餐，就像奧莉薇亞。

稍晚——

「妳家常有客人嗎？」她摸摸她的主教，將棋子下到棋盤另一端。

我搖頭，嘴裡的紅酒晃進喉嚨。「一個也沒有，只有你們母子。」

「爲什麼？或者我應該問爲什麼不請人來？」

「不知道。我父母過世了，以前我工作太忙，也沒有太多朋友。」

「公司沒有同事嗎？」

我想到衛斯理。「我以前的診所只有兩人，」我說。「所以現在他一人要負責兩個人的業務，一定很忙。」

她看著我。「好可憐。」

「我知道。」

「妳至少有電話吧？」

我指向塞在廚房流理臺角落的室內電話，並且拍拍我的口袋。「幾百年前的舊 iPhone，但是可以用，以免我的精神醫生打來。也許還有其他人要找我，例如我的房客。」

「妳的帥房客。」

「我的帥房客，對。」我喝一口酒，拿下她的皇后。

「妳眞是快狠準。」她彈掉桌上的菸灰大笑。

下完第二盤棋之後，她要求參觀我家。我猶豫了一下，但也沒考慮太久。上次從樓上看到樓下的人是大衛，在他之前……我真的想不起來了。碧娜只在一樓活動，費丁醫生只出入圖書室。帶人參觀這件事似乎很親密，彷彿我正要牽新歡進房。

但我還是答應了，還領著她一間一間看，一樓一樓參觀。她到了紅房間說：「我好像被困在血管裡。」到了圖書室說：「好多書喔！妳全都讀過？」我搖頭。「讀過任何一本嗎？」我呵呵笑。到了奧莉薇亞的臥室，她說：「會不會太小啊？太小了。她需要一間可以睡到長大的臥房，就像伊森的房間。」相反地，走進我的書房時——「哇哇哇，」珍說。「有這種房間，女孩子家可以做好多事。」

「我做的事情就是下棋，或陪足不出戶的人聊天。」

「妳看，」她把杯子放在窗台，雙手插進後口袋，靠向窗戶。「我家在那裡。」她望著她的房子，壓低聲音，幾乎低到沙啞。

直到剛才她都很活潑、開心，看到她一臉正經頗令我詫異，猶如唱片跳針。「妳家在那裡。」我附和。

「不錯吧？很漂亮的房子呢。」

「是啊。」

她持續望著外面一分鐘，然後我們回到廚房。

更晚的時候——

「妳有用到那東西嗎？」我斟酌下一步該怎麼下時，珍在客廳閒晃。今天日落得很快，她穿著黃色毛衣站在昏暗光線中，看起來猶如飄過我家的鬼魂。

她指著雨傘，那傘醉鬼似地靠在遠方牆上。

「比妳想像的更常用。」我回答。我靠向椅背，描述費丁醫生的後院療法，說到我如何搖搖晃晃地出門、下台階；說到尼龍泡泡如何保護我不要大腦一片空白；說到外面空氣有多清新，屋外的和風又如何。

「有意思。」珍說。

「妳想說的應該是『荒謬至極』吧。」

「有效嗎？」她問。

我聳肩。「有吧。」

「喔，」她拍拍雨傘握柄，彷彿拍小狗的頭。「那就對啦。」

「嘿，妳生日是哪一天？」

「妳要買禮物送我？」

「不要咄咄逼人喔。」

「其實就快到了。」我說。

「我的也是。」

「十一月十一日。」

她大叫：「我生日也是這一天。」

「妳愛說笑吧。」

「沒有，我也是十一月十一日。」

我舉杯。「敬十一月十一日。」

我們乾杯。

「妳有紙筆嗎？」

我從抽屜拿來這兩樣放在她面前。「坐好了，」珍告訴我。「擺出最美的模樣。」我眨眨眼睛拋媚眼。

她在紙上揮毫，筆觸粗、短。我看著我的臉漸漸成型：深邃的眼睛、線條柔和的顴骨、長下巴。

「把我的戽斗畫進去。」我催她，但是她噓我。

她素描了三分鐘，其間拿起杯子兩次。「好了。」她把紙遞給我。

我仔細端詳，她畫得維妙維肖。「妳好厲害。」

「是不是？」

「可以畫別的嗎？」

「妳是說，除了妳之外的肖像嗎？信不信由妳，我還眞能畫。」

「不是，我的意思是，妳會畫動物或靜屋嗎，是靜物。」

「不知道，我對人最感興趣，和妳一樣。」她用誇張的動作在角落簽名。「好了，珍．羅素的原作。」

我將素描放進廚房抽屜，就是我放上等餐巾的地方，免得弄髒了。

「好多啊。」它們散在桌上，如同寶石。

「那種的效用是什麼？」

「哪一種？」

「粉紅色，八角形的，不對，只有六邊。」

「是六角形。」

「隨便啦。」

「那是恩特來，是貝它阻斷劑。」

她瞇眼看。「用來治療心臟病。」

「也可以治療焦慮症，因爲可以讓心跳變慢。」

「那種呢？白色橢圓形那種？」

「那是Aripiprazole，典型的抗精神病藥物。」

「聽起來很嚴重。」

「不只聽起來是，對某些病患而言就是很嚴重。對我來說只是附加藥物，讓我保持神志正常，但是會害我發胖。」

她點頭。「那個又是什麼？」

「那是伊米帕明，藥名是妥富腦，用來治療沮喪。也可以對付尿床。」

「妳會尿床？」

「今晚可能會。」我喝口紅酒。

「那個呢？」

「那是替馬西泮，安眠藥。之後才要吃。」

她點點頭。「這些藥可以混酒嗎？」

我吞下。「不行。」

藥錠通過喉嚨時，我才想起早上吃過了。

珍往後仰頭，嘴巴噴泉般地吐出煙霧。「拜託別說『將』，」她呵呵笑。「我受不了連輸三場。別忘了，我好幾年沒下過棋。」

「看得出來。」我說。她嗤之以鼻，然後大笑，露出嘴裡的銀粉補牙。

我看看我的俘虜：兩個城堡、兩個主教、幾個兵。珍拿下我一個兵、一個騎士。她發現我正在打量棋子，於是推倒騎士。「馬倒了，」她說。「快去叫獸醫。」

「我很愛馬。」我告訴她。

「妳看看，奇蹟般地痊癒了。」她扶正騎士，摸摸米白色的馬鬃。

我微笑，喝乾最後一口紅酒。她又幫我添酒，我看著她。「我也喜歡妳的耳環。」

她摸摸其中一個，又摸另一個，那對耳環一邊各有幾顆珍珠。「前男友送的禮物。」她說。

「亞歷斯泰會在意妳戴嗎？」

她想了想，大笑。「亞歷斯泰恐怕不知道。」她用大拇指按打火機，湊到菸上。

「不知道妳戴這對耳環，還是不知道誰送的？」

珍吸一口菸，從嘴角吐煙。「可能是二選一，也可能以上皆是。他有時不好相處。」她在碗上撢撢菸灰。「不要誤會，他是好人，也是好父親，但是控制欲很強。」

「怎麼說？」

「福克斯醫生，妳這是分析我嗎？」她問，聲音輕快，眼神卻很清冷。

「就算是，也是分析妳丈夫。」

她又吸一口菸，皺眉。「他向來如此，生性多疑，至少不相信我。」

「那又是爲什麼？」

「喔，我以前是野馬。」她說。「正確的字眼應該是『放蕩』，至少那是亞歷斯泰的說法。我交朋友不長眼，做事情也不顧後果。」

「直到妳認識亞歷斯泰才改變？」

「即使當時也一樣。我花了一點時間才改頭換面。」應該很快就洗心革面了，光看外表，她當母親時頂多二十出頭。

她搖頭。「我曾經劈腿。」

「那時候跟誰？」

她做個鬼臉。「都過去了，沒什麼好提。人非聖賢。」

我沉默。

「總之結束了，但是家裡的氣氛依舊……」她彷彿撥著隱形琴弦。「讓人頭痛，就是這個字眼。」

「很到位呢。」

「妳法文課沒有白上。」她咧嘴笑，露出牙齒，菸往上翹。

我繼續追問：「哪件事讓家裡的氣氛很僵？」

她吐煙，一個完美的煙圈飄過房間。

「再吹一個。」我不由自主地說，她照辦了。我發現，我醉了。

「妳知道，」她清清喉嚨。「原因不只一個，事情很複雜。亞歷斯泰讓我頭痛，家人讓我頭痛。」

「可是伊森很乖。如果我說很乖，他就眞的很乖。」我補充。

她直視我的眼睛。「很高興妳這麼想，我也有同感。」她又在碗邊撣菸。「妳一定很想念妳的家人。」

「對，我很想念他們，但是我每天和他們說話。」

她點頭，眼神開始游移，她一定也醉了。「可是他們終究不在這裡，那還是不一樣，對不對？」

「當然不一樣。」

她再度點頭。「安娜，妳會發現，我沒問妳爲什麼會變成這樣。」

「變得太胖？」我說。「少年白？」我眞的醉了。

她啜飲紅酒。「得恐曠症。」

「這個嘛……」既然要互吐衷曲，也只好說了：「創傷，跟大家都一樣。」我坐立不安。「我因此很沮喪，超級抑鬱。我不喜歡提起這件事。」

她搖頭。「對，我了解，這也不關我的事。我猜妳沒辦法請人來家裡狂歡，我只是覺得要幫妳找些興趣，妳不能只下棋，或看黑白電影。」

「還有偷窺。」

「還有偷窺。」

我想了一想。「我以前喜歡拍照。」

「看來妳還是很喜歡。」

這個哏好笑。「算妳厲害。我是說戶外攝影，我很喜歡。」

「就像《紐約眾生群像》（*Humans of New York*）那類？」

「比較像自然攝影。」

「在紐約市？」

「在新英格蘭。以前我們偶爾會去那裡。」

珍轉向窗戶。「妳看，」她指著西方，我照做。黏糊糊的落日、薄暮，餘暉中的建築物如同剪紙，一隻鳥兒在附近盤旋。「那不就是大自然？」

「可以這麼說，那也算大自然。但我的意思是——」

「這個世界很美，」她堅持，而且語氣很認真，目光坦湯蕩，語調平穩。她迎上我的目光，直勾勾看著我。「不要忘了這一點。」她斜倚在椅子上，在碗中間摁熄香菸。「不要錯過了。」

我從口袋撈出手機，對著窗戶拍照，然後看著珍。

「非常好。」她大喊。

19

六點剛過沒多久，我跟著她走進玄關。「我有非常重要的事情要做。」她告訴我。

「我也是。」我回答。

兩個半小時。我上次和別人聊上兩個半小時是什麼時候？我搜索回憶，猶如用釣魚線甩過好幾個月、好幾個季節。什麼也想不起來。一個也沒有。上次是見費丁醫生，那是好久以前的隆冬，那時我的氣管尚未痊癒，也無法說太久。

我覺得回到青春年代，幾乎是輕飄飄。也許是因爲紅酒，但我懷疑不是。親愛的日記，今天我交了一個朋友。

當天稍晚，我邊打盹邊看《蝴蝶夢》，門鈴響了。

我掀開毯子，蹣跚地走向門口。「妳爲什麼不走？」茱蒂絲・安德森[11]在我的背後冷笑。「爲何不離開曼德利莊園？」

我看對講機螢幕，來人是個高大寬肩的男子，臀部窄平，有明顯的美人尖。我想了一下——我習慣看到他彩色身影——才認出他是亞歷斯泰・羅素。

「你想要什麼？」我說，也可能只是在心裡想，但我猜我脫口說出。我顯然還沒酒醒，之前也不該吃那些藥。

我按開按鈕，門閂鬆開，門發出咿呀聲，我等門關上。

當我打開前門時，他已經一臉蒼白站在門口，黑夜襯得他的身影益發光亮。他面帶微笑，強健的牙齒長在健康的牙齦上。眼神清澈，眼周有魚尾紋。

「在下亞歷斯泰．羅素。」他說。「我們住在二〇七號，就在公園對面。」

「請進。」我伸出一隻手。「我是安娜．福克斯。」

他不予理會，動也不動。

「我無意闖入府上，抱歉打擾了。正在看電影嗎？」

我點頭。

他再度微笑，笑容燦爛，彷彿聖誕節慶的商店。「只想請問妳今晚是不是有客人來過？」

我皺眉，還沒能回答，背後就傳出爆炸聲——是船難那幕。「船擱淺了！」海防人員呼喊。「大家快到海灣！」一陣喧鬧。

我回到沙發邊按下暫停。再度面對亞歷斯泰時，他已經站進屋內，站在日光燈下，凹陷的兩頰有陰影，活像一具死屍。他後方的門在牆邊飄動，如同陰暗的大嘴。

「能不能麻煩你關門？」他照做。「謝謝。」我說，但這兩個字從我舌上滾落，我口齒不清。

「我是不是來得很不巧？」

「沒關係，要喝什麼嗎？」

「不用了，謝謝。」

「我說的是水。」我澄清。

他彬彬有禮地搖頭。「府上剛剛是不是有客人？」他又問了一次。

珍警告過我。但是他眼睛清亮、嘴唇極薄，看起來不像有控制慾的人；花白的鬍子加上後退的髮線，他倒是比較像友善的中年壯漢。我想像他和艾德一定處得來，他們會熱情笑鬧，狂飲威士忌，暢談當年勇。但是知人知面不知心。

當然，我家有沒有客人不關他的事。但是我不希望鄰居覺得我防衛心那麼重。「我整晚都單獨在家，」我告訴他。「我正打算看一整晚的電影。」

「妳看什麼？」

「《蝴蝶夢》，我最愛的電影之一。你——」

然後我看到他望著我背後，眉頭深鎖。我轉身。

是西洋棋盤。

我已經把杯子放進洗碗機，麥片碗也在水槽刷過，但是棋盤還沒收，活著的、被吃了的棋子散了一盤，珍戰敗的國王滾到一邊。

我轉身面對亞歷斯泰。

「喔，那個啊。我的房客喜歡下棋。」我解釋，語氣輕鬆。

他瞇眼看我，我無法猜透他的心思，往常這對我而言都不成問題，畢竟我十六年來都在探索別人的想法。但現在或許是因爲我不再執業，也可能是因爲喝了酒，還吞了藥。

「你會下棋嗎？」

他有一陣子都沒搭腔。「很久沒碰了，」他說。「這裡只住了妳和房客？」

「不是，我——對。我和丈夫分居，女兒跟著他。」

「嗯。」他又看了棋盤和電視一眼，然後走向門口。「耽擱妳的時間，抱歉打擾了。」

「沒問題。」我說。他走出門。「請幫我向夫人謝謝她的蠟燭。」

他猛地回頭看我。

「伊森送來的。」

「什麼時候？」他問。

「幾天前。週日吧。」慢著，今天星期幾？「也可能是週六。」我有點火大，星期幾關他什麼事？「很重要嗎？」

他沒說話，嘴巴微張，然後敷衍地笑了一下，什麼也沒說就走了。

倒向床鋪之前，我從窗戶偷看二〇七號。羅素一家都在，珍和伊森坐在沙發上，亞歷斯泰坐在他們對面的扶手椅，滔滔不絕地說著。好男人，好爸爸。

誰會知道別人家有什麼問題？我讀研究所時就明白這點。「就算妳認識病患好幾年，他們依舊讓妳意外。」我和衛斯理第一次握手時，他就這麼告訴我，他的手指都是尼古丁的黃漬。

「怎麼說？」我問。

他在辦公桌後坐下，把頭髮往後耙。「妳會聽到別人的祕密、恐懼、需求，但是同一個屋簷下的人也有祕密、恐懼、需求。妳聽過那句話嗎？『幸福家庭都差不多』？」

「《戰爭與和平》。」我說。

「是《安娜・卡列尼娜》，不過那不是重點。重點是這句話不對，無論幸福與否，每個家庭都不一樣。托爾斯泰說的都是屁話，記得了。」

緩緩轉動鏡頭想拍照時，我想起這句話。我想拍張家庭照。

但我卻放下相機。

11 Judith Anderson，澳洲女演員，在《蝴蝶夢》中飾演反派的女管家。

20

十一月三日　星期三

我醒來時，腦子裡都是衛斯理。

衛斯理和得之不易的宿醉。我下樓走向書房，步履維艱，彷彿穿越濃霧，後來又衝進廁所嘔吐。吐到我神魂出竅。

我發現自己嘔吐的技巧很精準，艾德說我很專業。沖個水，嘔吐物就無影無蹤。我漱口，拍拍臉頰恢復血色，才又回到書房。

公園對面的羅素家窗邊沒有人，房間也昏暗無光。我看著那棟屋子，屋子回望我。我發現自己很想念他們。

我望向南邊，有部老舊的計程車駛過，後面有一名女子邁開大步走，一手拿著咖啡，一手拉著一隻黃金貴賓犬。我看手機上的時間，十點二十八分。我怎麼這麼早起？

對了，我忘了吃替馬西泮，吃藥前就癱了。這種藥可以讓我昏過去，就像大石頭般，可以讓我不致魂遊太虛。

昨晚在我腦中打轉，我似乎看著旋轉的閃光燈看到頭暈，就像《火車怪客》裡的旋轉木馬。昨晚的事情真的發生過嗎？有，我們開了珍的白酒；我們聊到船；狼吞虎嚥吃了巧克力；我拍了一張照片；我們聊到自己的家庭；我在餐桌上將藥物一字排開；我們又喝了更多酒。只是順序並非如上所述。

我們喝了三瓶酒，還是四瓶？即使如此，我還能繼續喝，也喝過更多。「就是那些藥。」我的語氣彷彿是探員大叫「我知道了！」——是劑量出問題。我想起昨天吃了兩倍劑量。問題就出在藥。「那些藥一定可以讓妳昏過去。」珍呵呵笑，我喝一口紅酒吞藥。

我的腦袋和雙手都抖個不停。我在書桌抽屜深處找到旅行包裝的安舒疼止痛藥，丟了三顆到嘴裡，但是這些藥九個月前就過期。九個月，寶寶都能被懷上又生出來了。九個月可以製造一個新生命。

我又吞了第四顆，以防萬一。

後來……後來怎麼了？喔，後來亞歷斯泰來，問起他太太的事情。

窗外有動靜。我抬頭看，是米勒醫生要出門上班。「三點十五分見，」我告訴他。「不要遲到。」不要遲到是衛斯理的金科玉律。「對某些人而言，這是他們一週當中最重要的五十分鐘，」他提醒我。「所以拜託拜託，無論如何，千萬不要遲到。」

這就是衛斯理．厲害。我已經三個月沒關心過他，我抓了滑鼠，上Google，游標脈搏般地在搜尋欄裡閃動。

看來他依舊擁有講座教授的頭銜，依舊在《紐約時報》等刊物發表文章。當然，他還在開業，只是我記得診所夏天時搬到約克郡。雖然我說「診所」，其實那裡只有衛斯理和他的接待員菲比，以及她的讀卡機。還有那張伊姆斯長椅，他愛死那張椅子了。

就愛那張伊姆斯，其他都無感。衛斯理從未結婚，講課就是他的愛人，病患就是他的子女。「千萬不要可憐利爾醫生，福克斯。」他警告我。我記得清清楚楚，那天在中央公園，面前是有著問號形狀頸子的天鵝，周圍的榆樹後方是正午的豔陽。他剛邀我當診所合夥人。「我的生活太緊湊了，」他說。「所以我需要妳或是妳這類的人。我們聯手，可以幫助更多孩子。」

他說得對，永遠不會錯。

我點Google的「圖片」，找到幾張照片，沒有一張是最近的資料，也沒有一張特別好看。「我不上相。」他曾說過，語氣不帶一絲抱怨，頭頂盤繞著一圈雪茄煙霧，指甲有菸漬和裂痕。

「是啊。」我附議。

他挑高一邊粗眉。「是非題，妳對妳老公也這麼嚴苛嗎？」

「嚴格說來不是。」

他冷笑。「沒有什麼『嚴格說來不是』。」他說。「不是『是』就是『非』，不是『眞』就是『假』。」

「算是吧。」我回答。

21

「猜猜我是誰。」艾德說。

我在椅子上換個姿勢。「那是我的台詞。」

「妳聽起來很慘，懶鬼。」

「不只聽起來，是眞的很慘。」

「妳生病了嗎？」

「剛剛吐過。」我回答。我不該告訴他昨晚的事情，我知道，但是我太脆弱，而且我不想騙艾德，他值得我這麼做。

他不高興。「妳不能這樣，安娜，妳還在服用藥物。」

「我知道。」我後悔了，不該告訴他。

「我說眞的。」

「我知道，我剛剛說過。」

他再開口，語氣已經柔和許多。「妳最近好多客人，」他說。「太多刺激了。」他打住。「也許公園對面這些人——」

「他們姓羅素。」

「——也許他們可以一陣子不要來打擾妳。」

「只要我不在外面昏倒，我相信他們不會多事。」

「他們不要多管妳的閒事。」妳也不要管他們的事，我打賭他一定這麼想。

「費丁醫生怎麼說？」他繼續追問。

我懷疑艾德只要不知所措就會說這句話。「他對我和你的關係比較感興趣。」

「和我的關係？」

「和你們父女。」

「喔。」

「艾德，我很想你。」

我沒打算說這句話——甚至沒料到我有這個想法。一定是下意識脫口說出。「抱歉，剛剛說話的是我的分身。」我解釋。

他沉默了好一陣子。

終於再開口。「現在說話的是我本人。」他說。

我也想念這個，這是他的蠢笑話。他以前老說我把自己的「安娜」嵌在化名「瘋狂分析師」（psycho-anna-lyst）當中。「你好惡劣。」我笑得花枝亂顫。「妳明明很喜歡。」他會這麼回答，也沒說錯。

他又安靜了。

然後——

「妳想念我什麼？」

我沒料到他會問。「我想念……」我希望這個句子能自己收尾。結果源源不絕，如同湧泉，如同決堤的水壩。「我想念你滾球的模樣。」我這麼說，因爲這些白痴的話最先湧上心頭。「我想念你永遠無法打好單結套索結。我想念你剃鬍子的傷口。我想念你的眉毛。」

我發現自己邊說邊上樓，經過樓梯轉角，走進臥室。「我想念你的鞋子。我想念你早上向我討咖啡。我想念你那次擦我的睫毛膏，大家都發現。我想念你請我幫你縫衣服。我想念你對服務生多麼有禮貌。」

我回到我的床上，我們的床上。「我想念你做的蛋。」就算是單煎一面的荷包蛋，最後也會變成炒蛋。「我想念你的床邊故事。」女主角拒絕王子搭救，決定去念個博士學位。「我想念你學尼可拉斯・凱基。」他在《惡靈線索》之後的哭音更重。「我想念你竟然一直把 misled 唸成『mizzled』。」

我笑到流淚，後來才發現我其實是哭泣。「我想念你的白痴蠢笑話。我想念你吃巧克力一定先掰一塊下來，而不是直接咬起他媽的巧克力。」

「不要講髒話。」

「對不起。」

「況且那樣也比較好吃。」

「我想念你的心。」我說。

沉默。

「我好想你。」

又是不發一語。

「我好愛你。」我上氣不接下氣。「我想念你們兩人。」

沒有可依循的模式，至少我看不出來——而且我受過專業訓練。我想他，我很想他。我愛他，我愛他們。

又深又長的靜默。我吸氣。

「可是安娜，」他輕聲說：「如果——」

樓下有聲音。

很小聲，只是隆隆聲，可能只是房子發出的聲響。

「等等。」我對艾德說。

接著是清楚的乾咳、咕噥聲。

廚房有人。

「不能說了。」我對艾德說。

「怎麼——」

我已經悄悄走到門邊，一手抓著電話，先按了九一一，大拇指隨時準備按下撥出。我記得上次打這個電話，事實上我不止打一次，應該說我試著打這通電話。至少這次有人會接。

我躡手躡腳下樓，握著扶手的手心濕滑，腳底下的台階在黑夜中暗不可見。

我拐個彎，光線打進樓梯井。我悄悄走進廚房，抓著電話的手不斷發抖。

洗碗機邊有個男人，對著我的是寬厚的背部。
他轉身，我按「通話」。

22

「嗨。」大衛說。

媽的。我呼出一口氣，趕快掛斷電話，放回口袋。

「抱歉，」他補上。「我半小時前按過門鈴，妳可能睡著了。」

「我一定是在洗澡。」

他沒有反應，可能爲我覺得尷尬，我的頭髮一點也不濕。「所以我就直接從地下室上來，希望妳不介意。」

「當然沒關係，」我告訴他。「隨時歡迎。」我走向水槽倒水，神經還是繃得很緊。「你找我做什麼？」

「我要借 X-Acto[12]。」

「X-Acto？」

「X-Acto 刀子。」

「美工刀。」

「沒錯。」

「美工刀啊。」我說。我是怎麼了？

「我在水槽下找過，」他好心地繼續說：「也找過電話旁邊的抽屜。對了，妳的電話線沒接上，應該不能用。」

我根本不記得上次打市內電話是何時。「一定不能接通。」

「妳最好修一下。」

沒必要，我心想。

我回頭走向樓梯。「樓上儲藏室可能有美工刀。」他已經跟上。

我在樓梯轉角轉身，打開儲藏室，裡面黑得像熄滅的火柴。我扯一下燈泡旁的線，這間儲藏室又深又窄，遠方堆著海灘折疊椅，地上的油漆桶猶如花盆，而且竟然還有一卷印花壁紙，圖案是牧羊女、貴族加上小頑童。艾德的工具箱就放在架子上，原封不動。「我手不巧又如何，」他說：「我身材這麼健美，不需要當雜工。」

我打開箱子翻找。

「那個。」大衛指給我看，箱子一角有一把銀灰色手柄的美工刀。「小心。」

「我不會割傷你。」我輕輕遞給他，刀刃向著自己。

「我是擔心妳割傷。」他說。

我暗自竊喜，那股快感就像一朵火苗。「你要這個做什麼？」我又拉一下繩子，裡面恢復一片漆黑。大衛動也不動。

我想到我們兩人站在暗處，我穿著睡袍，大衛拿著刀子，我們兩人的距離從沒這麼接近過。他可以吻我，也能殺我。

「隔壁的先生請我幫忙，幫忙開箱、搬東西。」

「哪個隔壁的先生？」

「公園對面那個。姓羅素。」他走向樓梯。

「他怎麼找上你的？」我跟上。

「我去發傳單，他好像在咖啡廳看到。」他轉身看我。「妳認識他？」

「不認識，」我說。「只不過他昨天來過。」

我們回到廚房。「他有箱子要拆，地下室有家具需要組裝。我大概下午過去。」

「他們應該不在。」

他斜眼瞟我。「妳怎麼知道？」

因爲我盯著他們的屋子。「看起來不像有人在家。」我從廚房窗邊指著二〇七號，才剛舉手，他們的客廳就開燈大亮。亞歷斯泰站在那裡，用一邊肩膀夾著電話，從頭髮看來，他似乎剛起床。

「就是他。」大衛走向前門。「我晚點回來，謝謝妳的刀子。」

12 美國文具品牌。但這個字也有「你說得完全沒錯」的意思。

23

我打算繼續和艾德聊天。「猜猜我是誰。」我會這麼說，這次換我說了；可是有人敲門，大衛才剛剛出去，我去看看他還需要什麼。

有個女人站在門外，樸素、優雅，是碧娜。我瞥了一眼手機，是正午了。一分不差，天啊。

「大衛幫我開門。」她解釋。「我每次看到他，他都越來越帥，到底要帥到什麼程度才會停止？」

「也許妳該想想辦法。」我告訴她。

「妳才該閉嘴，準備運動呢。去換套正常衣服吧。」

我照辦。攤開軟墊之後，我們就在客廳地板開始。我和碧娜認識快十個月，帶著受傷的脊椎和喉嚨出院也將近十個月。我們越來越投緣，也許就像費丁醫生所言，我們甚至稱得上是朋友。

「今天外面很暖和。」她重壓我的背部中央，我的手肘開始搖晃。「妳應該開扇窗。」

「不可能。」我咕噥。

「妳會錯過好天氣。」

「我錯過的事情可多了。」

一小時候，T恤完全貼在我的肌膚上，她才拉我站起來。「妳想試試撐傘那個祕訣嗎？」

我搖頭。這時頭髮全黏在脖子上。「今天不想，而且那也不是祕訣。」

「今天很適合，晴朗又舒服。」
「不要，我……不要。」
「妳宿醉。」
「那也有關係。」
「有。」我說謊。
輕聲嘆氣。「妳這個禮拜和費丁醫生試過嗎？」
「怎麼樣？」
「還可以。」
「妳走多遠？」
「十三步。」
碧娜打量我。「好吧，畢竟妳都這把年紀了。」
「又要更老了。」
「爲什麼？妳生日什麼時候？」
「下禮拜。十一號，十一月十一號。」
「我該給妳老人折扣了。」她彎腰把輔具放進盒子裡。「吃飯吧。」

我以前不常下廚，艾德才是大廚。現在有「新鮮直達」，冷凍餐點、微波餐盒、冰淇淋、葡萄酒（大量葡萄酒）等雜貨就直接送到我家門口。此外還有爲了碧娜訂購的精益蛋白質和水果，不過她會說，那也是爲我好。

我們的午餐時間不算在鐘點內，碧娜似乎很喜歡有我做伴。「我應該花錢買妳的時間吧？」我問過一次。

「妳都煮飯給我吃了。」她回答。

當時我挖起一塊燒焦的雞肉放到她盤子裡。「這算食物嗎？」

今天是甜瓜淋蜂蜜，加幾條乾培根。「絕對沒醃過吧？」碧娜問。

「絕對沒有。」

「謝了，夫人。」她將水果舀進嘴裡，擦掉嘴邊的蜂蜜。「我讀到一篇文章，聽說蜜蜂爲了找花粉，可以從蜂巢往外飛六哩。」

「妳在哪裡讀到的？」

「《經濟學人》。」

「哇，《經濟學人》呢！」

「是不是很神奇？」

「是令人沮喪吧。我連家門都跨不出去。」

「那篇文章的主角又不是妳。」

「聽起來也不像。」

「蜜蜂也會跳舞，就叫——」

「8字搖擺舞。」

她將培根撕成兩半。「妳怎麼知道？」

「我在牛津時，皮特里佛斯有個蜜蜂展，那是他們的自然史博物館。」

「哇，牛津呢。」

「我特別記得搖擺舞，因為我們想模仿，要拚命搖晃、擺動。很像我現在的運動。」

「妳當時喝了酒？」

「我們並不清醒。」

「我讀過那篇文章之後，就常夢到蜜蜂。」她說。「妳覺得這有什麼含意？」

「我不是佛洛伊德派，不會解夢。」

「假設妳學過呢？」

「如果我學過，我會說蜜蜂就代表妳的深層渴望，其實妳很想停止問我這個夢境的意義。」

她咀嚼著食物說：「下次復健一定要給妳好看。」

我們默默吃完這餐。

「妳今天吃藥了嗎？」

「吃了。」其實還沒，她離開之後，我會吃。

片刻之後，水管傳來水聲。碧娜望向樓梯。「剛剛那是馬桶沖水聲嗎？」

「對。」

「妳家還有別人？」

我搖頭，吞嚥食物。「聽起來似乎大衛有客人。」

「貞隨便。」
「他又不是聖人。」
「妳知道是誰嗎？」
「一個也不認識。妳嫉妒？」
「當然不是。」
「妳不想和大衛跳搖擺舞？」
她把培根碎屑彈向我。「我下週三有事，和上週三一樣。」
「因爲妳妹妹。」
「對，她又來要錢。週四可以嗎？」
「應該沒問題。」
「萬歲。」她繼續咀嚼，然後拿起杯子灌一口水。「安娜，妳看起來很累，有好好休息嗎？」
我點頭，接著又搖頭。「沒有，我——我的意思是，有，但是我最近有很多心事。妳知道，我的日子很苦。這裡……這些。」我揮手示意整個房間。
「一定的。我知道妳很苦。」
「復健也很辛苦。」
「妳做得很好，我向妳保證。」
「心理治療也很辛苦，換我當病患並不好受。」
「我可以想像。」

我深呼吸，不希望心情太激動。

再說一句就好。「而且我想念小莉和艾德。」

碧娜放下叉子。「一定的。」她說，而且笑容好溫暖，我都快落淚了。

24

莉莉奶奶：哈囉，安娜醫生！

這個訊息在電腦螢幕上跳出時，發出短促高昂的聲音。我放下杯子，暫停下棋，自從碧娜離開之後，我的成績是三比零。今天手氣特旺。

醫生來也：哈囉，莉莉！妳好嗎？

莉莉奶奶：好多了，感激不盡。

醫生來也：真好。

莉莉奶奶：我把理查的衣服捐去教堂。

醫生來也：他們一定很感謝。

莉莉奶奶：是啊，理查一定也贊成我這麼做。

莉莉奶奶：三年級那班學生做了一張祝福卡片給我，卡片無敵巨大，到處都貼了亮片和棉花。

醫生來也：他們好貼心。

莉莉奶奶：老實說，如果要給分數，我只會給C+，但是心意最重要。

我大笑，打了 LOL 又馬上刪除。

醫生來也：我的工作也是和小朋友互動。

莉莉奶奶：真的？

醫生來也：兒童心理醫師。

莉莉奶奶：有時我覺得那才是我真正的工作……

我又笑了。

莉莉奶奶：啊呀呀，我差點忘了！

莉莉奶奶：今天早上，我出去散步了一會兒！以前的學生過來家裡，陪我出去走走。

莉莉奶奶：只有一會兒，不過很值得了。

醫生來也：這是大躍進，以後只會越來越進步。

其實不見得，但是我希望莉莉越來越好。

醫生來也：學生這麼愛戴妳真是太好了。

莉莉奶奶：今天來的是山姆。他毫無藝術細胞，但從以前就是乖孩子，現在也長成體貼的大人。

莉莉奶奶：可是我忘了帶家裡鑰匙出門。

醫生來也：可以理解！

莉莉奶奶：本來有點慌，幸好花盆裡還有備用鑰匙。家裡的紫羅蘭開得很漂亮。

醫生來也：紐約市就沒有這麼方便！

莉莉奶奶：好好笑[13]！

我笑了，她還不太擅長用網路溝通。

莉莉奶奶：我要去做午餐了，有朋友要來。

醫生來也：請便請便，很高興有人去陪妳。

莉莉奶奶：謝妳謝[14]！

莉莉奶奶：：）

她登出了，我覺得心情大好。「我死前可能還有一點貢獻。」裘德在《無名的裘德》第一章第六節所言。

五點，一切無恙，我下完棋（四比零！），乾了最後一口紅酒，下樓去看電視。我打開DVD櫃子時，心想今晚要接連看兩部希區考克的作品，也許是《奪魂索》（遭到世人低估）和《火車怪客》

（交換殺人！），兩部都由同性戀演員主演——不知道我是不是因此才把它們放在一起，我依舊改不掉心理醫生的習性。「交換殺人。」我對自己說，我最近自言自語得很嚴重。稍後再請教費丁醫生。

也許看《北西北》，或是《貴婦失蹤案》——

有人尖叫，是扯開喉嚨，發自內心的驚恐叫聲。

我衝向廚房窗邊。

房裡悄然無聲，我心臟砰砰跳。

那聲音是從哪裡傳來？

屋外的夕陽餘暉是蜂蜜色，風兒拂過樹梢。是來自馬路還是——

又來了，那聲音彷彿來自地底，劃破空氣，用盡氣力，驚恐至極，就從二〇七號傳出來。對面起居室的窗戶開著，窗簾被風吹得亂飄。今天外面很暖和，碧娜說，妳應該開扇窗。

我盯著對面，目光在廚房和起居室之間游移，抬頭看伊森的房間，又望向廚房。

他攻擊她嗎？控制慾很強。

我沒有他們家的電話號碼。我從口袋抽出 iPhone，結果掉在地上——「靠。」——撥到查號台。

「請問地址在哪裡？」我沒好氣地回答，片刻之後，電腦語音覆誦十個數字，還詢問是否需要用西班牙文再唸一次。我掛斷電話，按他們的號碼。

電話嘟聲在我耳中呢喃。

又是另一聲。

第三聲。第四——

「喂。」

是伊森，聲音略帶顫抖，但頗鎮靜。我查看對面，看不到他。

「我是安娜，公園對面那個。」

抽噎聲。「嗨。」

「怎麼回事？我聽到尖叫聲。」

「喔，沒事——沒事。」他咳嗽。「不要緊。」

「我聽到有人尖叫，是你媽嗎？」

「不要緊，」他又說。「他只是發脾氣。」

「你們需要幫忙嗎？」

無聲。「不用。」

耳邊傳來兩個嘟嘟聲，他掛斷了。

他家茫然地回望我。

大衛——今天大衛在那裡，還是回來了？我敲地下室的門，呼喊他的名字。有那麼片刻，我擔心會有個陌生人來應門，睡眼惺忪地說：「大衛晚點才會回來，我能否回去繼續睡，謝謝妳囉。」

沒有回應。

他有聽到嗎？他有看到嗎？我打他的電話。

四聲，每聲都很長，不疾不徐，接著就是毫無特徵的刻板語音：「很抱歉，您所撥的電話……」是女聲——向來都是女人的聲音，也許我們聽起來比較充滿歉意。

我掛斷電話，不斷摩娑，彷彿當它是神燈，稍後就會有個精靈飄出來，準備運用他的智慧實現我的願望。

珍尖叫，而且是兩次。她的兒子否認家裡出事，我又不能報警，如果他不肯對我坦白，更不可能對穿制服的警察直言不諱。

我的指甲在掌心壓出印子。

不行。我必須再和他通話，能找到她更好。我按「通話紀錄」，撥了羅素家的號碼，這次電話只響一聲就接通。

「喂。」是亞歷斯泰快活的男高音。

我暫停呼吸。一抬頭就看到他站在廚房，電話湊在耳邊，另一手拿著榔頭。他沒看到我。

「我是二一三號的安娜．福克斯。昨晚我們才——」

「對，我記得，哈囉。」

「哈囉。」我馬上就反悔打這個招呼。「我剛聽到有人尖叫，想確定——」

他轉身背對我，把榔頭放在流理臺上。榔頭，她就是因此才受到驚嚇嗎？我一手拍拍頸背，彷彿安慰著自己。「抱歉，妳說妳聽到什麼？」他問。

我沒料到。「有人尖叫？」我說。不行，口氣要更權威一點。「我一分鐘前聽到尖叫聲。」

「尖叫聲？」彷彿我說的是外語。Sprezzatura（意大利文）。Schadenfreude（德文）。尖叫。

「對。」

「哪裡？」

「你家。」轉身啊，我倒想看看你的表情。

「呃……可是我們家沒人尖叫，我向妳保證。」我聽到呵呵笑，看著他倚牆而立。

「可是我有聽到。」你兒子也說有，但我不想告訴他，以免刺激他、激怒他。

「妳一定是聽錯了，否則就是從其他地方傳出去的。」

「我明明聽到從你家傳出來。」

「家裡只有我和我兒子。我沒尖叫，相信他絕對也沒有。」

「可是我聽到——」

「福克斯太太，抱歉，我不能再說了，有插播。我們這裡很好，沒有人尖叫，我可以向妳保證！」

「你——」

「再見，好好享受好天氣吧。」

我看著他掛斷電話，又聽到電話嘟聲。他拿起流理臺上的榔頭，從較遠處的門口離開。

我瞠目結舌，不可置信地看著電話，彷彿它可以給個解釋。

等我抬頭望向羅素家時，我看到她站在門口台階上，先是站定不動，彷彿尋找敵人的狐狸，接著才走下台階，她左右張望，最後終於走向西邊的馬路。落日中，她的頭頂似乎有個天使光圈。

13 一般人只會打 LOL，但是莉莉奶奶打出全文 Laughing Out Loud。

14 原文是 Thanky ou!，顯示莉莉打太快，空格放錯地方。

25

他靠在門口，襯衫因爲汗水而深了一個色調，頭髮凌亂。有個耳機還塞在一邊耳朵裡。

「妳說什麼？」

「你有聽到羅素家的尖叫聲嗎？」我說第二次。我聽到他剛回來，不到三十分鐘前，珍才在她家門口現身。這段時間，我的尼康從一面窗移到羅素家另一面窗，就像找狐狸洞的獵犬。

「沒有，我大概半小時前離開，」大衛說。「然後去咖啡店買三明治。」他直接拉襯衫擦臉上的汗，露出結實的腹肌。「妳聽到尖叫聲？」

「一共兩聲，而且很清楚。大約六點鐘左右？」

他看一眼手錶。「也許我還沒走，但是我沒聽到。」他指指耳機，另一邊落在他的大腿上。「只聽到史普林斯汀的歌聲。」

這是他頭一次透露個人喜好，但時機卻很不巧。我繼續激動地說：「羅素先生沒說你在那裡，他說家裡只有他和他兒子。」

「那我可能離開了。」

「我有打給你。」我這似乎是指控他。

他皺眉，從口袋拿出電話查看，眉頭鎖得更緊了，彷彿手機讓他失望。「喔，妳有事找我？」

「所以你沒聽到任何尖叫聲？」

「沒聽到。」

我轉身。「妳有事找我？」他又說了一次，我已經走回窗邊，手裡還拿著攝影機。

我看到他出門。前門開了，門關上時，他就站在那裡。他快步走下台階左轉，在人行道上邁開步伐，向我家走來。

門鈴響起時，我已經站在對講機旁。我摁了鈕，聽見他走進來，門在他背後關上。我開門之後，看到他站在暗處，雙眼哭得紅通通，眼睛都是血絲。

「對不起。」伊森站在門口。

「不要見外，請進。」

他走路的姿勢猶如風箏，先走向沙發，又轉向廚房。「要吃點什麼嗎？」我問。

「不用，我不能久待。」他搖頭，淚水順著臉頰落下。這孩子進來我家兩次，兩次都哭了。

當然，我很習慣看到孩子沮喪的模樣，他們可能啜泣，可能捶打娃娃，可能撕書。以前我只能擁抱奧莉薇亞，現在我像張開翅膀般地對伊森展開手臂，他笨拙地走過來，彷彿是撞上我。

有那麼一刻，我似乎又抱著女兒——她第一天上學前抱抱她；我們去加勒比海的巴貝多度假時，我在泳池裡抱著她；在無聲的落雪中緊緊抱著她。她的心跳貼著我的心跳，只差那麼一拍，節奏固定，鮮血從我們母女身上不斷湧出。

他靠著我的肩膀說話，但我聽不清楚。「你說什麼？」

「我說我很抱歉。」他複述，從我懷中掙脫，用袖子擦擦鼻子下方。「真的對不起。」

「不要緊，不要再道歉，沒事了。」我撥開眼睛上方的頭髮，也撥開他的。「怎麼回事？」

「我爸爸……」他打住，望向他家窗戶。屋子在夜裡發亮，如同一個骷髏頭。「我爸大吼大叫，我非得出來透透氣。」

「你媽媽呢？」

他抽泣，又擦了擦鼻子。「不知道。」他深呼吸兩次，直視我。「抱歉，我不知道她在哪裡，但是她沒事。」

「是嗎？」

他打個噴嚏，便低頭看。拳拳鑽到他兩腳之間，用身體摩擦伊森的小腿，他又打了一個噴嚏。

「抱歉，」再度抽泣。「是貓咪。」他環顧四周，彷彿很驚訝自己竟然站在我家廚房。「我該回去了，我爸會生氣。」

「他似乎已經生氣了。」我從餐桌邊拉出一張椅子，示意他坐下。

他打量椅子，目光又飄回窗邊。「我得走了，我不該過來，只是……」

「你必須出來透透氣。」我幫他講完。「我明白。你現在回去安全嗎？」

意外的是他竟然笑了，笑聲短促、尖銳。「他只會虛張聲勢，我不怕他。」

「可是你媽媽怕。」

他不語。

就我看來，伊森沒有受虐兒的明顯跡象。他的臉和前臂沒有傷痕，舉止活潑、外向（但是別忘了，他哭了兩次），個人衛生健康狀況良好。但這只是粗看的印象，他現在畢竟站在我的廚房，緊張地瞄著公園對面的家。

我把椅子推回去。「你記下我的手機號碼。」我告訴他。

他點頭，看起來不太甘願，但也無所謂。「可以寫給我嗎？」他問。

「你沒有手機？」

搖頭。「他——我爸不准。」他抽泣。「我也沒有電子信箱。」

意料中的事。我從廚房抽屜隨手拿張收據。才寫四個數字，我就發現自己寫的是以前診所的電話，我留給病患的緊急專線。「1800快找安娜。」以前艾德總開這個玩笑。

「抱歉，寫錯了。」我劃掉，然後寫下正確號碼。等我抬頭，他已經站在廚房門邊，看著公園對面的家。

「你不必回去。」我說。

他轉身，猶豫片刻，搖搖頭。「我得回家。」

我點頭，遞給他紙片。他收進口袋。

「隨時都可以打給我，也把這個號碼交給你媽，拜託。」

「好。」他走到門口，抬頭挺胸。我猜是準備作戰。

「伊森？」

他轉身，一手握著門把。

「我說真的，隨時可以找我。」

他點點頭，開門走出去。

我回到窗邊，看他走過公園，登上台階，將鑰匙插進門鎖。遲疑了一下，深呼吸，走進門內，消失無蹤。

26

兩個小時後，我灌下最後一點紅酒，將瓶子放在茶几上。緩緩撐起身體，結果歪向一邊，猶如時鐘上的秒針。

不行。我把自己拖進臥房。走進浴室。

蓮蓬頭的水流奔瀉時，過去幾天湧入我的腦海，塡滿每個縫隙，塞滿每個角落。伊森在沙發上流淚，費丁醫生和他高壓電般的眼鏡，碧娜的腿撐著我的脊椎，珍來訪那晚的點點滴滴，艾德在我耳邊的聲音，拿著刀子的大衛。還有亞歷斯泰，那個好男人、好父親。那些尖叫聲。

我把洗髮精擠在手心，漫不經心地抹著頭髮。淋浴間的水已經淹過我的腳。

我想到藥丸——天啊，藥丸。「安娜，那是治療精神病的強效藥物。」費丁醫生一開始就說過，當時我吃止痛藥吃得頭暈腦脹。「服用這種藥要有責任感。」

我兩手壓著牆壁，垂著頭站在蓮蓬頭下，頭髮蓋住我的臉。有狀況了，有件事情透過我發生，而且這件事情危險又新鮮。這件事情開始扎根，就像棵有毒的樹，這棵樹不斷茁壯、開枝散葉，藤蔓繞過我的胃、我的肺、我的心。「那些藥丸。」我的聲音在水流下又輕又柔，彷彿是在水裡說話。

我的手在玻璃上畫符號，我揉揉眼睛仔細看。原來我在玻璃門一次又一次地寫下珍・羅素的名字。

十一月四日 星期四

27

他仰躺。我一手撫過他上半身圍籬似的體毛，那些深色毛髮從肚臍蔓延到胸口。「我喜歡你的身體。」我告訴他。

他嘆口氣微笑。「不要吧。」他說。我的手在他頸項間游移，他卻細數起自己每個缺點：皮膚乾燥，所以背部活像磨石子地板；肩胛骨之間有顆痣，就像荒涼冰原上孤立無援的愛斯基摩人；他的大拇指指甲扭曲變形；腕關節粗大；鼻孔之間有道白色傷疤。

我撫弄疤痕，小指不慎戳進他的鼻子，他哼了一下。「怎麼受傷的？」我問。

他把我的髮絲繞在他的大拇指上。「是我表哥。」

「我不知道你有表哥。」

「有兩個，這是羅賓表哥的傑作。他拿著剃刀靠在我的鼻子上，說要削掉我一個鼻孔。我搖頭，刀子劃傷我。」

「天啊。」

他吐氣。「是啊。如果我點頭同意就沒事了。」

我笑了。「你那時候幾歲？」

「喔，就上週二的事。」

我大笑了，他也跟著笑。

等我探出頭來，夢境像水一般排乾。其實那是一段回憶。我想用掌心舀起，可惜什麼也撈不到。我一手壓著額頭，希望緩和宿醉。掀開被單，我邊走向梳妝台，邊脫睡衣，看了一眼牆上的時鐘：指針是十點十分，如同抹了蠟的八字鬍。我睡了十二個小時。

昨日已經如同黃花枯萎。我聽到的，應該說無意間聽到的，不過是場家庭紛爭，雖然不愉快，也沒什麼值得大驚小怪，況且也不關我的事。也許艾德說得對，我忖度著下樓進書房。

他當然說得對。太多刺激了，的確是，太多了。我睡得太多，喝得太多，想得太多；太多了，太多了。**De Trop**。米勒夫妻八月搬來時，我有涉入這麼深嗎？他們沒來拜訪我，那倒是，但我照樣研究他們的生活作息，監看他們的行蹤，視他們如深海鯊魚。所以羅素家並不是特別有意思，只不過離我特別近。

我當然擔心珍，更擔心伊森。他只是發脾氣——也太暴躁了。但我總不能去找兒福單位，畢竟沒有任何蛛絲馬跡。現在找上他們，只會成事不足敗事有餘，這點我還知道。

我的電話響了。

這很罕見，以至於我一時搞不清楚狀況。我往外看，以爲是鳥聲。手機不在我的睡袍口袋，震動聲從上面傳來。等我衝回臥室，在床單之間找到電話，對方已經掛斷。

螢幕顯示朱利安・費丁。我回電。

「喂。」

「嗨，費丁醫生，我剛剛沒接到你的電話。」

「哈囉，安娜。」

「哈囉，嗨。」我們問候來問候去，我的腦袋開始抽痛。

「我打去是為了——等等……」他的聲音消失又出現，重重打在我耳膜上。「我在電梯裡。我打去是為了確定妳領藥了。」

什麼藥——啊，對，珍在門口幫我拿進來的藥。「拿了。」

「希望妳不要覺得我特地打來是看扁妳。」

我就是這麼覺得。「一點兒也不會。」

「妳應該很快就能感受到藥效。」

樓梯上的籐氈扎著我的腳跟。「很快就有結果。」

「我會說是效果，而不是結果。」

這人果然不會在淋浴間偷尿尿。「有任何情況都會告訴你。」我邊保證邊下樓。

「上次諮商之後，我有點擔心。」

我停住腳步。「我——」我無言以對。

「希望調整藥物對妳有幫助。」

我依舊不發一語。

「安娜？」

「我也希望有效。」

他的聲音又漸漸消失。

「什麼？」

一秒後，他又恢復正常音量。「這些藥，」他說。「不能配酒喝。」

28

進了廚房，我喝紅酒吞藥。我了解費丁醫生的憂慮，眞的明白。我知道酒精是抑制劑，非常不適合憂鬱症患者。我懂，我還寫過這個題目——〈少年憂鬱症和酗酒〉，就登在《兒科心理學期刊》上（第三十七冊第四篇），共同作者是衛斯理．利爾。如果有必要，我還能引用其中的文句。如同蕭伯納所言，我常引用自己的話，可以爲我的談話平添色彩。蕭老還說過，我們就是靠酒這種麻醉劑來忍受生活。好個老好蕭伯納。

得了，朱利安，這又不是抗生素。況且我藥、酒併服都快一年了，現在還不是活得好好的。

筆記型電腦安放在餐桌上一方陽光裡，我開了電腦，連上「空曠」網站，介紹兩位新人了解如何應對這種疾病，又加入另一場藥物爭論。（我以專業口吻說：「沒有一種藥可以和酒併服。」）我匆匆瞥了羅素家一眼，但是只有一次。我看到伊森在桌前打電腦，大概是打電玩或寫報告，絕對不是上網亂逛；亞歷斯泰坐在起居室，平板電腦就放在他腿上。典型的二十一世紀家庭。雖然沒看到珍，但是無所謂，這不關我事。太多刺激了。

「再見，羅素一家。」我將注意力轉回電視，螢幕上正放著《煤氣燈下》，格外性感動人的英格麗．褒曼在片中漸漸失常發瘋。

29

午餐之後，我又回到電腦前，看到莉莉奶奶登入網站，她名字邊的圖樣慢慢出現笑臉，彷彿進入這個論壇多麼開心愉快。我決定搶先一步。

醫生來也：嗨，莉莉！

莉莉奶奶：妳好，安娜醫生！

醫生來也：蒙大拿的天氣如何？

莉莉奶奶：正在下雨，不過我不喜歡戶外活動，所以沒差！

莉莉奶奶：紐約市的天氣好嗎？

莉莉奶奶：說紐約市會不會像鄉巴佬？是不是應該說ＮＹＣ？

醫生來也：都可以。這裡天氣晴朗，妳好嗎？

莉莉奶奶：老實說，到目前為止，今天比昨天更難捱。

我喝口紅酒，讓酒在我舌頭上滾動。

醫生來也：也會發生這種情形，不見得一路都順暢。

莉莉奶奶：真的！鄰居幫我送日用品來。

醫生來也：森邊有這接人太棒了。

打錯兩個字，因爲我不只喝了兩杯紅酒，有這種打擊算不錯了。「他媽的很不錯。」我對自己說，又喝了一口。

莉莉奶奶：問題是……我兒子週六要來看我，我很希望能和他們一起出門，真的真的。

醫生來也：如果這次不行，也不要把自己逼得太緊。

沒有回應。

莉莉奶奶：我知道這麼說不好聽，但是我很難不覺得自己是「怪胎」。

的確不好聽，也刺痛我的心。我一飲而盡，拉高睡袍袖子，快速在鍵盤上作業。

醫生來也：妳不是怪胎，只是情勢所迫。妳現在的日子非常南捱，我已經足不出戶十個多月，我和大家都一樣，知道這種生活多心庫。請不要認為自己是怪胎或窩囊廢，妳很堅強，非常聰明，而且勇於開口求援。妳的兒子應該以妳為容，妳也該以自己為容。

結束。措辭不優雅，甚至有錯字，因爲我的手指在鍵盤上不斷打滑。但是每個字都有憑有據，絕對不假。

莉莉奶奶：說得真好。

莉莉奶奶：謝謝。

莉莉奶奶：難怪妳是心理醫生，妳知道該說什麼，又該怎麼說。

我覺得笑容在我唇上蕩開。

莉莉奶奶：妳有結婚生子嗎？

笑容僵住了。

我還沒回答就先倒酒，酒差點溢出來，我低頭，稀里呼嚕喝到八分滿。有滴酒從我的嘴上滴到下巴，再沾到睡袍。酒漬被我抹得深入毛巾布纖維，幸好艾德沒看到。幸好沒有人看到。

醫生來也：有，但是我們沒住在一起。

莉莉奶奶：為什麼？

是啊，爲什麼？你們爲什麼沒住在一起，安娜？我舉杯湊到嘴前又放下，那幕景象在我眼前如同扇子般展開：那片無垠的雪地、華而不實的飯店、古老的製冰機。

不可思議，我竟然開始娓娓道來。

30

我們十天前決定分居。那就是故事的開始，也就是那句「從前從前」。如果要百分之百公正，或是百分之百精確，那是艾德決定的，我只能同意。老實說，我沒想到會走到這一步，就連他找房仲來，我都沒想到。差點唬倒我。

至於原因，我認爲，就不關莉莉的事了。衛斯理可能會說，原因就不勞莉莉操煩了，他以前非常講究文字的精確度。現在應該還是。總之，原因不重要，在這裡無關緊要。至於地點和時間，我倒可以提一提。

答案分別是佛蒙特州和去年十二月。我們將奧莉薇亞丟進奧迪，開上九A公路，跨過亨利哈德森橋，離開曼哈頓。在紐約上州行駛兩小時後，我們開到艾德口中的鄉間小路——「那裡有很多小餐館和鬆餅餐廳。」他向奧莉薇亞保證。

「媽不喜歡鬆餅。」她說。

「她可以逛藝品店。」

「媽不喜歡手工藝品。」我說。

結果這些鄉間道路沒有幾家煎餅餐廳和手工藝品店，我們在紐約州最東部找到一家前不著村後不著店的國際鬆餅屋連鎖店，奧莉薇亞將鬆餅丟進楓糖漿（菜單說是當地製作），艾德和我在桌子兩端互看一眼。室外開始飄零星白雪，稀薄的雪花如神風特攻隊般撞上窗戶。奧莉薇亞用叉子指著雪尖叫。

我用自己的叉子和她的比劃較量。「布盧河的雪更多。」我告訴她。佛蒙特州中央的滑雪勝地就是我們的目的地，奧莉薇亞的朋友曾經去過。應該說是同學，不是朋友。

我們回到車裡，再次上路，一路都很沉默。我們沒告訴奧莉薇亞，我認為沒必要毀了她的假期，艾德也同意。我們希望她做好心理準備。

因此我們默默地開過廣闊田野、結冰的溪流，穿過荒涼市鎮，開過佛蒙特邊界便遇上小型暴風雪。奧莉薇亞途中曾唱起「越過草原，穿過森林」，我也加入，卻唱不好和音。

「爹地，一起唱好嗎？」奧莉薇亞懇求。她從小就是這樣，只會好聲拜託，不會頤指氣使。這在小朋友來說很罕見，我有時候想，這在成人身上也不常見。

艾德清清喉嚨，開始唱。

我們抵達像上背部隆起的綠山山脈時，艾德態度才漸漸軟化。奧莉薇亞喘不過氣來。「我從來沒看過這種景色。」她幾乎無法呼吸，我則納悶她從哪兒學到這些字。

「妳喜歡山脈嗎？」我問。

「看起來就像皺巴巴的被子。」

「是啊。」

「像巨人的大床。」

「巨人的大床？」艾德複述。

「對，好像有個巨人睡在被子底下，所以才會起伏不平。」

「妳明天就會在這些山上滑雪。」車子駛過急轉彎時，艾德向女兒打包票。「我們搭吊椅上上上，再用同樣方法下下下下。」

「上上上。」她跟著唸，那些字從她嘴裡蹦出來。

「妳說對了。」

「下下下。」

「妳又說對了。」

「那座山看起來就像馬，那是牠的耳朵。」她指著遠方紡錘型的兩座山峰。奧莉薇亞這年紀的孩子，看到什麼都想到馬。

艾德微笑。「小莉，如果妳有馬，要幫牠取什麼名字？」

「我們可不買馬。」我補上。

「我要叫牠雌狐。」

「雌狐是狐狸的意思，」艾德告訴她。「是女生的狐狸。」

「牠會跑得像狐狸一樣快。」

我們想了想。

「媽，妳要幫馬取什麼名字？」

「妳不想叫我媽咪嗎？」

「好吧。」

「好吧？」

「好吧，媽咪。」

「我當然要把那匹馬取名爲『當然』[15]。」我看著艾德。他面無表情。

「爲什麼？」奧莉薇亞問。

「那是電視劇的主題曲。」

「什麼歌曲？」

「是一部馬兒會講話的影集。」

「會講話的馬？」她皺起鼻子，「聽起來好呆。」

「妳說得對。」

「爹地，你要取什麼名字？」

艾德瞥了一眼後照鏡。「我也喜歡雌狐。」

「哇。」奧莉薇亞深呼吸。我轉頭。

周圍的空間突然變得遼闊，底下的萬丈深淵猶如空無一物的大碗公。最底下是一整片的常綠植物，空中盡是大片大片的濃霧。我們離公路邊緣很近，感覺就像飄在半空中。我們彷彿可以望進世界的深井中。

「底下有多遠？」她問。

「很遠。」我回答，轉向艾德。「能不能加慢一點？」

「加慢？」

「減慢，隨便啦，可不可以——能不能開慢一點？」

他稍微放慢速度。

「能不能再更慢？」

「車速並不快。」他說。

「好可怕。」奧莉薇亞的尾音上揚，雙手蓋住眼睛，艾德這才放開油門。

「乖女兒，不要往下看。」我在座位上轉身。「看媽咪。」

她照辦，眼睛睜得老大。我拉過她的手，一手握緊她。「沒事的，」我告訴她。「看著媽咪就好。」

我們訂了雙松鎮外的滑雪小屋，大概離滑雪場半小時。這家「費雪灣」在網站上自誇是「中佛蒙特最頂級的古老旅館」，拼貼照片是燒著熊熊烈火的壁爐和雪花片片的窗戶。

我們停在小停車場。前門屋簷上結著冰柱，看上去就像尖牙。室內是新英格蘭鄉村風裝潢：陡峭的屋頂、古樸又風雅的家具，非常適合拍照留念的牆角火爐裡燒著柴火。豐腴的年輕金髮櫃檯小姐名牌上寫著「瑪莉」，她請我們在訪客簿上簽名，自己整理著桌上的鳶尾花。不知道她等等會不會稱呼我們「您幾位」。

「您幾位來滑雪嗎？」

「對，」我說。「要去布盧河。」

「幸好您幾位趕到了。」瑪莉對奧莉薇亞微笑。「快要有暴風雪了。」

「東北風暴？」艾德問，想假扮當地人裝熟。

她對他燦笑。「先生，東北風暴比較常發生在海邊。」

他差點嚇到。「喔。」

「這次就是暴風雪，不過風雪很大。您幾位晚上記得關緊窗戶。」

我想問現在都只離聖誕節一週了，窗戶爲何沒關，但是瑪莉已經把鑰匙放在我的掌心，向我們幾位道晚安。

我們拉著行李走過走廊到客房，因爲費雪灣旅館的「眾多設備服務」不包括雜役。壁爐兩旁有雉雞的圖畫，床腳有折得方方整整的毯子。奧莉薇亞筆直走進廁所，門留著一點縫隙，因爲她怕上外面的洗手間。

「很不錯。」我低語。

「小莉，」艾德呼喊。「廁所怎麼樣？」

「很冷。」

「妳要哪張床？」艾德問我。我們出來度假都分床睡，因爲女兒到頭來一定會爬上我們的床，空間就太小。有時她會從艾德的床上爬過來，又跑回去。他說她是「乒」，就是一顆球在兩個長條之間反彈的雅達利電玩。

「你睡窗邊。」我坐在另一張床上，打開行李箱。「記得鎖好窗戶。」

艾德把提包放到床上，我們開始默默拿出衣物。窗外天色漸暗，灰色、白色的雪交錯飄落。

片刻之後，他捲起一隻袖子，抓抓前臂。「妳知道……」他說，我轉向他。

廁所傳來沖水聲，奧莉薇亞蹦蹦跳跳出來。「什麼時候可以上山滑雪？」

晚餐應該吃花生果醬三明治和各種盒裝果汁，但我在毛衣裡放了一瓶白蘇維翁。現在酒差不多是室溫，但是艾德喜歡白酒「非常不甜，非常冰」，也常這麼交代服務生，所以我打到櫃檯要冰塊。「您的房間外面走廊就有一部製冰機。」瑪莉告訴我。「記得用力推蓋子。」

我從電視下的迷你吧拿出冰桶，走出房外，看到幾步之外的牆壁凹處有一部舊款的 Luma Comfort 製冰機嗡嗡響。「你的聲音好像床墊。」我對它說，然後用力推開蓋子。製冰機對我的臉噴出冷冰冰的氣息，口氣清香錠廣告裡的主角也會吐出這種沁涼口氣。

裡面沒有小鏟子，我伸手撈，將冰塊壓進桶子。寒氣凍傷我的手，冰塊附著在我的皮膚上。我眞是受夠這台 Luma Comfort。

艾德看到我的時候，我的手肘都埋在冰塊裡。

他突然出現在我旁邊，身子靠著牆壁。起初我假裝沒看到，死命盯著機器，彷彿裡面有什麼有趣的內容物。我逕自舀冰塊，希望他離開，希望他抱緊我。

「有趣嗎？」

我轉向他，也懶得裝出驚訝的表情。

「聽我說。」我在腦中幫他說完。可能是，*我們再想一想*。甚至是，*我反應太激烈了*。

結果他只是咳了一下，打從派對那晚開始，他就染上感冒。我等他咳完。

他說：「我不想這麼做。」

我握緊滿手冰塊。「做什麼？」我很害怕。「做什麼？」我又說了一次。
「這件事。」他幾乎要發火，一手揮過半空中。「全家開心過節，結果聖誕節過後……」
我的心跳減速，手指凍得發疼。「否則你想怎麼樣？現在就告訴她？」
他沒說話。
我從機器裡抽出手，拉下蓋子。不夠「用力」，所以關到一半就卡住。我用臀部壓住冰桶，用力拉蓋子，艾德接手拉下來。
冰桶哐噹落到地毯，冰塊滾得整地。
「靠。」
「算了，」他說。「我不想喝酒。」
「我想。」我跪下來，把冰塊鏟回桶子裡。艾德看著我。
「妳拿那些冰塊做什麼？」他問。
「難道任冰塊在這裡融化？」
「對。」
我起身，將桶子放在機器上。「你眞想現在就說？」
他嘆氣。「我不知道爲什麼不能——」
「因爲我們已經在這裡。我們已經……」我指向客房。
他點頭。「我想過。」
「你最近想眞多。」

「我以爲，」他繼續說：「以爲……」

他打住，我聽到背後有門打開。我轉頭，一名中年婦女正向我們走來。她怯生生地笑一笑，目光立刻飄走，小心繞過地上的冰塊，走向大廳。

「我以爲妳會希望立刻開始療傷，妳就會對病患這麼說。」

「不要——拜託不要說我會說什麼，或我不會說什麼。」

他沒搭腔。

「而且我也不會對孩子說這些話。」

「妳會對家長這麼說。」

「我會怎麼說不關你的事。」

又是沉默。

「況且就她而言，沒有什麼需要療傷。」

他又嘆氣，摩擦著桶子上某塊地方。「問題是，安娜，」他說，我看得到他眼神多沉重，寬闊額頭上的眉頭深鎖。「我受不了了。」

我低頭，瞪著地上開始融化的冰塊。

我們兩人沒說話，動也不動。我不知道該說什麼。

後來我聽到自己輕柔地說：「她生氣不要怪我。」

沒接話。一會兒之後，他的語調更細柔。「我當然怪妳。」他深呼吸。「我以爲妳是鄰家女孩。」他說。

我準備聽他繼續說。

「現在我幾乎無法看著妳。」

我用力閉上眼睛，用力吸進冰冷的空氣。我想到的不是婚禮當天，不是奧莉薇亞出生那天，而是我們去紐澤西採小紅莓的早晨。穿著防水褲的奧莉薇亞又叫又笑，擦了防曬乳液的她全身油滋滋。空中的雲朵慢慢飄過，九月的朝陽曬得我們滿頭大汗，周遭就是一望無際的鮮紅果實。艾德兩手捧得滿滿，眼睛閃閃發亮；我抓著女兒黏答答的手。我記得水淹到我們臀部，我覺得那些水已經高過我的心臟，灌進血管，漲到我眼睛。

我抬頭，直視艾德，直視那對深棕色的眼睛。「非常普通的眼睛。」我們第二次約會，他就對我這麼說，但我覺得那雙眼睛很美，現在依舊有同感。

他回望我，製冰機在我們之間嗡嗡響。

然後我們一起去告訴奧莉薇亞。

15 這句話與美國早期影集《靈馬艾德》的主題曲相呼應，歌詞不斷用到「當然」兩字。而安娜丈夫的名字就是艾德。

31

醫生來也：然後我們一起去告訴奧莉薇亞。

我打住，她還想知道什麼？我又有勇氣告訴她多少？我已經開始覺得揪心。

一分鐘後，她還是沒回應。不知這是不是也觸及莉莉的痛處，我在這裡誇誇談論我們夫妻分開，但是她卻再也無法見到她丈夫。不知道——

莉莉奶奶已經離開聊天室。

我盯著螢幕。

現在我得自己回憶故事後半段。

32

「妳自己待在這裡不寂寞嗎？」

有個平板的男聲質問我時，我模糊地醒來，張開眼皮。

「我大概生來就孤單吧。」現在是個女聲，是醇厚的女低音。

光影閃爍著，是《逃獄雪冤》。鮑嘉和白考兒正在茶几兩端互送秋波。

「所以妳才去看命案審判？」

我自己的茶几上放著剩餘的晚餐，就是兩瓶喝乾的梅洛紅酒、四罐藥丸。

「不是，我去是因爲你的案子很類似我父親的狀況。」

我拍打旁邊的遙控器，又拍了一次。

「我知道他沒殺我繼母——」電視黑了，客廳也變暗。

我喝了多少？喔，兩瓶。加上午餐，總共……喝了很多。我可以勇於承認。

還有藥。早上吃的分量對嗎？吃對藥了嗎？我知道，我最近很隨便，難怪費丁醫生認爲我病情惡化。

「妳不乖。」我責備自己。

我看看藥罐。有一罐幾乎空了，只剩兩顆白色丸子，一邊一顆。

天啊，我喝得好茫。

我抬頭望窗戶，屋外已是深夜。我四處張望，找不到電話。立鐘朦朦朧朧地站在角落，滴答聲彷彿是爲了引起我的注意。現在是九點五十分。「九點五十分。」我說。聽起來不怎麼樣，試試看差十分十點吧。「差十分十點。」好多了。我對大鐘點點頭。「謝謝。」它回望我，莊嚴又肅穆。

我搖搖晃地走向廚房。搖搖晃晃——這不就是上次珍・羅素說我那天在門口的模樣？說那些小屁孩丟雞蛋？《阿達一族》那個高高瘦瘦的醜陋管家就叫路齊（Lurch），奧莉薇亞很喜歡那首主題曲。彈指，再彈指。

我握住水龍頭，頭趴下去，將開關往上扳就有清澈的自來水，我的嘴巴湊過去大口喝。

我用一手抹臉，蹣跚地走回客廳，眼神飄向羅素家。我看到伊森電腦的微弱光芒，那孩子坐在書桌前。我看到空蕩蕩的廚房，擺設活潑又明亮的起居室。然後我看到珍，她穿著雪白上衣坐在雙人座沙發上。我揮手，她沒看到我，我又揮一揮。

她沒看到我。

一腳向前，另一腳再向前，再邁出第一腳。接著又是另一腳，絕對不要忘了另一腳。我癱在沙發上，頭垂到肩上，閉起眼睛。

先前莉莉怎麼了？我說錯話了嗎？我發現自己皺著眉頭。

小紅莓在我面前蔓延開，反射著陽光漂浮著。奧莉薇亞握著我的手。

冰桶落在地上。

我要看完這部電影。

我張開眼睛，從身子底下挖出遙控器。喇叭放出風琴聲，白考兒不斷回頭望。「你不會有事的。」

她發誓。「暫停呼吸，祈求好運。」那是整形手術的場景，鮑嘉已經被麻醉，眼前有幻影不斷旋轉，就像邪惡的旋轉木馬。「麻醉藥已經進入你的血液。」風琴繼續響著。艾格妮絲・摩爾海德[16]敲打攝影機鏡頭。「讓我進去。」有朵火花邊轉邊閃爍。「要火嗎？」計程車司機問。

有光線。我轉頭看羅素家，珍還在客廳，只是現在站起來了，看起來正在咆哮，但我聽不到聲音。

我在座位上轉身。接著是整團的弦樂伴奏，底下還有風琴的聲音。我看不到她對誰吼叫——牆壁遮住我的視線。

「暫停呼吸，祈求好運。」

她大呼小叫，臉都漲紅了。我看到相機就在廚房流理臺上。

「麻醉藥已經進入你的血液。」

我離開沙發，走向沙發，一手撿起相機，走到窗邊。

「讓我進去。讓我進去。讓我進去。」

我靠著玻璃，相機湊到眼前。先是一片黑，接著珍跳入鏡頭中，身形輪廓模糊。我調整鏡頭之後，她的模樣就非常清晰，我甚至可以看到她的墜子一閃一閃。她瞇著眼睛，張大嘴巴，伸出一隻手指比向天空——「要火嗎？」——又比了一次。一綹頭髮垂到她的臉頰上。

我剛拉近鏡頭，她便怒氣沖沖往左走出我的視線。

「暫停呼吸。」我回頭看電視。又是白考兒出場，聲音幾乎是低語。「祈求好運。」我和她一起說。我又轉向窗戶，相機就舉在眼睛前。

珍再次進入鏡頭，這次卻走路緩慢，姿勢怪異，步履蹣跚。她的上衣頂端有塊暗紅色汙漬，我看著它漸漸擴大到她的腹部。珍的雙手在胸口前亂抓，那裡有個又長又細的東西，就像刀柄。

那就是刀柄。

如今鮮血湧到她的喉嚨，頸部一片血紅。她的嘴巴鬆軟，眉頭緊蹙，彷彿覺得困惑。她一手無力地握住刀柄，一手往前伸，手指比向窗戶。

她指著我。

我的相機往下掉，落到腿上就停住，因爲帶子纏在我的指間。

珍彎起一隻胳膊，靠在窗前。她張大眼睛，似乎有所懇求。她張嘴說了什麼，但我聽不到，也看不懂。時間彷彿放慢速度到近乎靜止，她一手壓著窗戶，慢慢側身倒下，血跡抹過玻璃。

我嚇得動彈不得。

呆若木雞。

房裡時空靜止，世界也停擺。

隨著時間流逝，我又能動了。

我迅速轉身，甩開相機帶子，衝到房間另一端，途中臀部還撞到餐桌。我踉蹌了一下，奔到流理臺，抓過室內電話，按下通話鍵。

沒有聲音，一片死寂。

我想起大衛說，電話線沒接上——

大衛。

我放下電話，奔到地下室門口，大聲喊他。我喊了又喊，抓住門把，用力拉。

沒人。
我衝上樓。不斷往上走，一次、兩次撞上牆壁，繞過中間轉角，在最後一階絆了一下，幾乎是爬到書房。
我在桌上找，沒看到手機。我發誓先前放在這裡。
Skype。
我雙手顫抖，拿過滑鼠，點開 Skype，又點了兩次，聽到 Skype 的歡迎音，輸入九一一。
螢幕上閃爍著紅色三角形。不能撥打緊急電話，Skype 不是傳統電信業者。
「Skype 去死！」我大叫。
我離開書房，跑上樓，衝進臥房。
靠我比較近的床頭桌上有酒杯、相框，比較遠的那頭有兩本書、眼鏡。
我的床，在我的床上嗎？我兩手抓起被子用力抖。
手機飛彈般地拋出來。
我在手機落地前往前撲，結果將電話打到了扶手椅下，我伸手搆出來，緊緊握著。刷開之後輸入密碼，電話抖了一下，密碼錯誤。我再輸入一次，手指卻不斷發抖。
起始介面出現。我點選電話的圖樣，點了數字鍵盤，輸入九一一。
「九一一，請問有何緊急事件？」
「我的鄰居，」我突然打住，這是九十秒以來，我頭一次靜止不動。「她——中刀。天啊，救救她。」

「小姐，妳說慢一點。」他說話速度緩慢，好像操了一口懶洋洋的南方腔，我聽得很刺耳。「府上地址是什麼？」

我拚命回想，好不容易從嘴裡擠出來，還說得結結巴巴。我看得到羅素家活潑的起居室，他們窗上那抹血跡就像出征的油彩。

對方複述我家地址。

「對對對。」

「妳說鄰居中刀？」

「對，救命，她流血了。」

「什麼？」

「我說救命。」他爲什麼不幫忙？我大口吸氣，嗆到，再吸一次。

「小姐，我們馬上派人過去。妳必須冷靜，可以請問貴姓大名嗎？」

「安娜．福克斯。」

「好，安娜。妳的鄰居叫什麼名字？」

「珍．羅素，天啊。」

「妳在她身邊嗎？」

「沒有，她在——她在我家公園對面。」

「安娜……」

他的話聽在我耳裡就像糖漿——哪門子的急難中心會雇用講話這麼慢的人？有東西掠過我的腳踝。

我低頭，看到拳拳用身體側邊摩擦我。

「什麼？」

「是妳刺傷鄰居嗎？」

我在黑暗的窗上都能看到自己張大嘴巴。「不是。」

「了解。」

「我往窗外看，看到她中刀。」

「好，妳知道是誰刺傷她嗎？」

我瞇著眼睛，望著羅素家的起居室。現在我比那裡高一層樓，卻什麼也看不到，只看到花地氈。我踮腳，伸長脖子。

依舊什麼也看不到。

有了，窗台上有隻手。

那隻手慢慢往上伸，就像士兵緩緩從戰壕中探出頭。我看到手指揮過窗戶，在血跡中拖出線條。

她還活著。

「小姐？妳知道誰——」

我已經衝出房間，手機落在地上，貓咪在我背後喵喵叫。

16 Agnes Moorehead，曾獲奧斯卡女配角獎，在《逃獄雪冤》中飾演愛慕男主角的角色。

33

雨傘畏畏縮縮地立在牆角，彷彿害怕敵人逼近。我抓起傘柄，它在我潮濕的掌心中顯得冰涼又光滑。

沒有救護車，但是有我，而且離她只有幾步之遙。在兩道門外，她曾經幫過我，救了我一次，如今她胸口插著刀。我當心理醫生前發過誓：首先，不能傷害病患。恪守爲病患謀福，提升健康福祉，將他人利益置於自身利益之前。

珍就在公園對面，手指拖過血跡。

我推開廳門。

走到門口之前必須先穿過黑暗的玄關。我按開雨傘開關，傘面在黑夜中張開時，還吹出一陣風。傘骨碰到牆壁，在牆上劃出細細的拖痕。

一、二。

我的手搭到門把上。

三。

扭轉門把。

四。

我站住不動，手中的黃銅觸感冰冷。

我無法動彈。

我可以察覺外面想逼近屋內——莉莉不就這麼說過？外面的世界不斷擴張，脹大肌肉，衝撞著木門。我聽到它的氣息，聽到它撐大鼻孔，聽到它齜牙咧嘴。它會踩扁我，撕扯我，吞沒我。

我的頭頂著門吐氣。一、二、三、四。

壓力如同萬丈峽谷，又深又廣。外面太空曠了，我永遠走不到。

她就在幾步之外，就在公園對面。

只要跨過公園。

我離開玄關，拖著雨傘走進廚房。有了，洗碗機旁邊有側門，直接通往公園。那扇門已經上鎖將近一年，我還在前面放了一個回收桶，桶口露出來的酒瓶就像斷裂的牙齒。

我推開垃圾桶，裡面的玻璃瓶咯噹響。我打開鎖。

如果這扇門在我背後闔上呢？如果我無法再進來呢？我瞥向掛在側柱鉤子上的鑰匙，取過它放進睡袍口袋。

我將雨傘放在前面——這是我的祕密武器，我的利劍，我的盾——然後手放上門把，旋轉。推門。

冷冽刺骨的空氣打在我身上，我閉上眼睛。

萬籟俱寂。一片漆黑。

一、二。

三。

四。

我走出去。

34

我的第一步錯過第一階，重重摔在第二階，所以我搖搖擺擺撞進暗夜，傘也在我前面晃動著。另一腳又絆倒，小腿刮過台階，最後我整個人摔在草地上。

我用力閉上眼睛，腦袋掠過傘面，包覆著我的雨傘就像個帳篷。

我縮在原地，胳膊往後伸向台階，手指往上搆，最後摸到最上面那級。我偷偷看，門還開著，廚房發出金光。我伸出手，彷彿可以抓住光線，將光拉到我身上。

但是她的生命一分一秒地流失。

我轉頭面向雨傘，看著四個黑色方塊、四條白線。

我雙手壓著粗糙的磚頭台階，起身站好。

上方的樹枝吸飽冷空氣，嘎嘎作響。我都忘了冷空氣的感覺。

一、二、三、四，我邁開雙腳。步伐並不穩，就像個喝醉酒的人。我想起來了，我的確喝醉酒。

一、二、三、四。

❖

我當住院醫生第三年時認識了一個孩子，她在治療癲癇的手術之後出現怪異行爲。接受外葉切除術之前，她就是個快樂的十歲小女孩，雖然常有嚴重癲癇發作（有人打趣地說那是「癲癇顛」）。術後，她疏遠家人，不理睬弟弟，一被爸媽碰到，她就不舒服。

起初老師以爲她遭到虐待，後來有人發現女孩對陌生人反而友善。她會抱住醫生，握起路人的手，與店員閒聊，當他們是老友。她親愛的家人——以前她所愛的人——卻受盡她的冷落。

我們始終找不到原因，最後爲這種結果取名爲「選擇性的情感疏離」。不知道她現在下落何方，不知道她的家人好不好。

我穿過公園，去搭救我只見過兩次的女人。途中，我便想到那個小女孩，想到她對陌生人多和善，想到她與路人多投緣。

想著想著，雨傘撞到某樣東西，我停下腳步。

是一張長凳。

是那張長凳，公園唯一的那張，簡陋的木椅有捲曲的扶手，背後拴著紀念某人的牌子。我以前會在樓上俯瞰艾德和奧莉薇亞坐在這裡，他隨意瀏覽著平板電腦，她手指著書裡的文字朗讀，之後兩人會交換。「看童書看得開心嗎？」我稍後都會問他。

「去去武器走[17]。」他會這麼回答。

雨傘頂端卡在木板間，我輕輕地拉出來，此時才發現，或著應該說，此時才想到：羅素家沒有門通往公園，只能從街道進出。

我先前沒想清楚。

一、二、三、四。

我站在三百多坪的公園中間，唯一的盔甲是尼龍和棉布，就想走去搭救中刀的女人。

我聽到夜晚的低吼。我覺得它舔著唇，在我肺部盤旋。

膝蓋發軟時，我心想，我辦得到。加油，站好，一、二、三、四。

我歪歪倒倒往前走，步伐雖然小，好歹也是一步。我看著雙腳，看著拖鞋外的青草往上竄。恪守爲病患謀福，提升健康福祉。

黑夜的利爪揪住我的心，越抓越緊。我的心會爆破，就要爆破了。

將他人利益置於自身利益之前。

珍，我來了。我將另一腳往前拖，身體往下癱，越來越往下落。一、二、三、四。

遠方傳來救護車的警笛聲，猶如守靈的喪家。雨傘邊緣外盡是鮮紅的燈光。我還來不及阻止自己，便轉身面向吵雜之處。

風呼呼吹。車子頭燈照得我什麼也看不到。

一、二、三——

17 《哈利波特》裡的咒語。

35

十一月五日　星期五

「早知道應該先鎖門。」她衝出走廊之後，艾德自言自語。

我轉向他。「否則你以為她會有什麼反應？」

「我沒想到——」

「你以爲會怎麼樣？我說過會怎麼樣？」

我不等他回答便離開房間。後面跟來艾德的腳步聲，踩在地毯上的步伐相當輕。

我走進大廳時，瑪莉已經從櫃檯走出來。「您幾位沒事吧？」她皺眉。

「有事。」我回答，艾德同時卻說：「沒事。」

奧莉薇亞坐在壁爐旁的扶手椅上，臉上的淚水在火光照耀下朦朦朧朧。艾德和我各蹲在椅子兩邊，爐火在我的背後劈啪響。

「小莉。」艾德開口。

「不要。」她拚命搖頭。

他再試一次，這次語調更溫柔。「小莉。」

「去你媽的。」她大叫。

我們都嚇了一跳，我差點撞到壁爐爐架。瑪莉回到櫃檯，努力假裝沒看到我們。

「妳從哪裡學來的？」我問。

「安娜。」艾德說。

「絕對不是從我這裡聽到。」

「這不重要。」

他說得對。「小親親。」我摸摸她的頭髮，她再次搖頭，臉埋進椅墊裡。「小親親。」

艾德將手蓋在她的手上，被她揮開。

他看著我，一臉無助。

有個孩子在你的診間哭泣，你該怎麼辦？兒童心理學第一天第一堂課的前十分鐘，就會問到這題。答案是：先讓他們哭完。當然，你要傾聽，想辦法理解，加以安慰，鼓勵他們深呼吸，但是一定要讓他們哭完。

「深呼吸，小親親。」我低聲說，輕輕摸著她的頭。

她哭到噎著。

一會兒之後，大廳變冷，我背後壁爐的火焰飄搖顫動。她對著椅墊開口。

「什麼？」艾德問。

奧莉薇亞抬頭，滿臉淚痕，對著窗戶說：「我要回家。」

我看著她的臉，看著她顫抖的嘴唇、掛著鼻涕的鼻子。然後我望著艾德，望著他額頭的皺紋、他深陷的眼窩。

是我害我們走到這步？

窗外下著雪。我看著窗外的飄雪，看到玻璃中的我們，看到我的丈夫、我的女兒和我擠在壁爐旁。

暫時都沒人出聲。

我起身走到櫃檯前。瑪莉抬頭，硬擠出僵硬的笑容，我也對她微笑。

「這場風雪。」我開口。

「怎麼樣？」

「這場……有多近？現在開車安全嗎？」

她皺眉，手指在鍵盤上快速移動。「大風雪還有兩小時才到。」她說。「可是——」

「我們能不能——」我插嘴。「抱歉。」

「可是暴風雪難以預測。」她望著我身後。「您幾位要離開？」

我轉身，看著坐在椅子上的奧莉薇亞、蹲在她身旁的艾德。「對。」

「既然如此，」瑪莉說。「最好現在就出發。」

我點頭。「可以請妳幫忙結帳嗎？」

她回了些什麼，但我只聽到呼嘯的風聲和柴火劈啪聲。

36

漿過頭的枕頭套嗶啵聲。

附近有腳步聲。

接著寂靜無聲，但是一種怪異的安靜，是另一種不同的安靜。

我張開眼睛。

我側躺，眼前是電暖器。

暖器上是一扇窗戶。

窗外是磚牆，有Z字形的逃生梯，還有冷氣機的箱型主機背面。

那是另一棟建築。

我躺在單人床上，被夾在緊塞進床縫裡的被子中。我扭動身體，坐起來。

我躺回枕頭上，仔細打量這個房間。面積很小，擺設簡單，幾乎可說是簡陋。牆邊一張塑膠椅，床邊有張核桃色的床頭櫃，櫃子上有個淺粉紅色的面紙盒和檯燈。還有個細細的花瓶，裡面空無一物。地板是單調的油氈布，我對面就是一扇門。門緊閉著，門裡嵌著霧面玻璃。頭頂有灰泥天花板和日光燈——

我的手指壓得床鋪起皺。

開始了。

遠方的牆壁越來越遠，門也跟著縮小，我看著左右兩邊的牆越退越遠。天花板顫動著，吱吱嘎嘎響，像沙丁魚罐頭般往上掀，又像颶風吹開的屋頂。空氣越來越稀薄，我的肺快要吸不到氣。地板隆隆響，床鋪劇烈搖擺。

我躺在這個上下起伏的床墊上，躺在這個屋頂被掀開的房裡，周遭沒有任何空氣。我快要陷入床裡，就要死在床上。

「救命。」我大叫，微弱的聲音彷彿躡手躡腳從我喉嚨通過，輕輕滑過我的舌頭。「救——命。」我又喊了一次，這次我卯足力氣，火花從口中冒出，我彷彿嚼了一條電線，聲音就像點著的引信炸開來。

我驚聲尖叫。

我聽到隆隆響的聲音，看著一大群影子爭先恐後穿過遙遠的門，邁開不可思議的超大步伐，從無邊無垠的房間各處向我撲來。

我再次尖叫。影子散開，在我床邊搖擺著。

「救命啊。」我擠出身體裡最後一絲氣息呼喊。

有支針插進我的手臂，力道輕巧，我幾乎毫無感覺。

一道海浪經過我的上方，無聲無息又沉靜。我漂著，懸著，四周是發光的無底洞，又深又涼。字句魚兒般在我身邊迅速穿梭。

「現在醒來了。」有人低聲說。

「……穩定。」另一個人說。

接著有句話我聽得很清楚，我似乎浮出水面，耳裡不再有任何海水。「剛剛好。」

我轉頭，腦袋在枕頭上懶洋洋地移動。

「我正要離開。」

現在我看到他，或大部分的他。我花了好一會兒工夫，才從他的一邊看到另一邊，因爲我的藥效還沒退（這點我還清楚），而且他體型要命得龐大，簡直像座山。皮膚是青黑色，肩膀如同巨石，胸膛寬闊，深色的頭髮無敵濃密。那套西裝死命不綳開，雖然任務險峻，依舊使出全力。

「哈囉。」他的聲音溫柔、低沉。「我是李鐸警探。」

我眨眼。他旁邊有個一臉單純、身穿黃色護士服的女人，高度只到他的手肘。

「妳聽得懂我們說什麼嗎？」她問。

我又眨眼，然後點點頭。空氣在我周圍游移，卻非常黏稠濃密，彷彿我還在水裡。

「這裡是晨曦醫院，」護士解釋。「警方等了整個早上，就爲了等妳醒來。」她的口氣似乎責罵某人不來應門。

「妳叫什麼？可以告訴我們妳的名字嗎？」李鐸警探問。

我張開嘴，發出粗嘎聲。喉嚨好乾，活像先前才咳出一大團灰塵。

護士繞到床鋪另一邊，走到床頭櫃旁。我緩緩轉動頭部，視線追隨她，看她放了一杯水在我手裡。

我啜飲一口，是微溫的水。「我們給妳鎮靜劑，」現在口氣又頗歉疚。「妳先前情緒有點激動。」

警探的問題還懸在半空中，沒得到解答。我將目光轉回李鐸山。

「安娜。」兩個字在我嘴裡跌跌撞撞，彷彿我的舌頭是減速坡。他們給我打了什麼鬼？

「安娜，妳有姓嗎？」他問。

我再喝一口水。「福克斯。」在我聽來，每個字似乎都被拉長。

「嗯哼。」他從胸前口袋拿出小本子，打量了一下。「可以請問府上地址嗎？」

我說出我家地址。

李鐸點點頭。「福克斯小姐，妳知道他們昨晚在哪裡救起妳嗎？」

「醫生。」我說。

旁邊的護士突然一震。「醫生很快就過來。」

「不是。」我搖頭。「我是醫生。」

李鐸盯著我看。

「我是福克斯醫生。」

他的臉上綻放出日出般的笑容，牙齒簡直潔白得發光。「福克斯醫生。」他的手指敲著小本子。「妳知道他們昨晚在哪裡救起妳嗎？」

我邊喝水邊觀察他，護士在我附近瞎忙。「誰？」是的，我也會發問，反正我也說得不清不楚。

「急救人員。」我還來不及回覆，他又說：「他們發現妳昏倒在漢諾瓦公園。」

「昏過去了。」護士重複，以免我第一次沒聽到。

「妳十點半剛過打過電話呼救。他們發現妳穿著睡袍，口袋裡有這個。」他張開一隻巨大手掌，我看到家裡的鑰匙在他掌心閃爍著。「旁邊還有這個。」我的雨傘就放在他的腿上，傘已經收好束緊。

那個字先從我的腹部湧現，衝過肺部、心臟，湧入喉嚨，在我的齒間碎裂：

珍。

「什麼？」李鐸對我皺眉頭。

「珍。」我又說一次。

護士看著李鐸，「她說『珍』。」她翻譯，眞是幫了大忙。

「我的鄰居，我看到她中刀。」那些字句必須先在我口中融化，幾乎等了整個冰河世紀，我才有辦法說出口。

「對，我聽過妳呼救的電話錄音。」李鐸告訴我。

對，我打給九一一，接電話的人有南方口音。後來我從側門抄捷徑穿過公園，聽到頭頂的樹枝搖曳，看到救護車的燈光在雨傘邊緣旋轉，彷彿某種邪惡的毒藥。我的視線變得模糊，開始覺得呼吸困難。

「想辦法冷靜下來。」護士對我下指令。

我再次呼吸，這次還嗆到。

「慢慢來。」護士有點擔心，我和李鐸四目相交。

「她沒事。」他說。

我對他小聲說話，發出喘氣聲，我拉長脖子，想從枕頭上抬頭，用嘴巴努力吸氣。隨著肺不斷縮小，我莫名光火，他怎麼知道我好不好？他只不過是我剛認識的條子。我碰過任何條子嗎？大概只有偶爾拿罰單時會見到。

光線在我眼前忽明忽暗。虎紋般的黑紋劃過我眼前，但是他始終未挪開目光，儘管我的視線在他臉龐上上下下，猶如掙扎著往上爬又落下的登山客。他的瞳孔大得荒謬，嘴唇豐滿、友善。

我盯著李鐸看，手指抓過毯子，身體卻漸漸放鬆，胸口不再緊縮，視線也清晰起來。無論他們注射了什麼都奏效了，我果然沒事。

「她沒事。」李鐸又說一次。護士拍拍我的指節。好乖。

我躺回枕頭上，閉起眼睛，覺得筋疲力盡，覺得酩酊大醉。

「我的鄰居中刀。」我輕聲說。「她名叫珍．羅素。」

李鐸傾身靠近我時，我聽到他的椅子吱嘎抱怨。「妳看到誰攻擊她嗎？」

「沒有。」我努力撐開如同生鏽車庫門的眼皮。李鐸駝著背在本子上寫字，眉心有很深的皺紋，邊皺眉邊點頭。這些肢體語言有諸多意義。

「妳看到她流血？」

「對。」真希望我能恢復口齒清晰，真希望他不要再盤問我。

「妳先前喝了酒？」

多著呢。「喝了一點，」我承認。「可是……」我吸氣，另一波恐慌又襲來。「你們要幫幫忙，她──她可能已經死了。」

「我去叫醫生。」護士走向門口。

她離開時，李鐸又點頭。「妳知道誰有可能傷害這位鄰居嗎？」

我吞口水。「她的丈夫。」

他再度點頭，又皺眉，手肘甩了一下，便條紙便闔上。「是這樣的，安娜．福克斯，」他的語氣突然變得明快、公式化。「我早上去過羅素家了。」

「她還好嗎？」

「我希望妳能和我回去發表聲明。」

醫生是拉丁裔的年輕女子，美得我無法呼吸，當然，這不是她幫我注射鎮靜藥的原因。

「需要幫妳聯絡誰嗎？」她問。

我剛想說艾德的名字又打住，沒意義。「沒意義。」我說。

「什麼？」

「不用。」我告訴她。「我沒有——不用。」我小心斟酌每個字眼，彷彿正在做精細折紙。「可是——」

「不用通知親屬嗎？」她看著我的婚戒。

「不用。」我用右手蓋住左手。「我的丈夫——我沒——我們分開了，沒住在一起。」

「朋友呢？」我搖頭。她能打給誰？不能打給大衛，當然也不能打給衛斯理；也許可以聯絡碧娜，只是我眞的沒事，有事的是珍。

「醫生呢？」

「朱利安．費丁。」我還來不及打斷自己，已經反射性地說出名字。「不了，還是別聯絡他。」

我看到她和護士對看，護士又和李鐸對看，李鐸又望向醫生。看起來就像他們三人僵持不下，我好想笑，但是我沒有。珍。

「妳知道，妳在公園昏過去。」醫生繼續說：「急救人員不知道妳是誰，只好將妳帶回晨曦醫院。妳醒來時，情緒恐慌。」

「而且很嚴重。」護士尖聲說。

醫生點頭。「而且很嚴重。」她檢查寫字板。「早上又發作。聽說妳是醫生？」

「不是內外科醫生。」我說。

「否則是哪一科？」

「心理醫生，我專看小朋友。」

「妳有——」

「有個女人中刀。」我的聲音突然變大。護士往後退，彷彿我剛剛揮出一拳。「為什麼大家什麼也不做？」

醫生迅速看李鐸一眼。「妳曾經恐慌發作過嗎？」她問我。

我告訴醫生——告訴他們所有人——說我有恐曠症、有抑鬱傾向，也說了我的恐慌症，李鐸親切地聽我說，護士則像蜂鳥般打哆嗦。我說明自己服用的藥物，說我十個月足不出戶，提到費丁醫生和他的厭惡療法。我花了好一會兒工夫才說完，因爲我的聲音依舊模模糊糊，我每分鐘就得喝點水，好滋潤這些從我體內湧出，濺出我嘴唇的句子。

我說完之後又躺平，醫生看看寫字板，慢慢點頭。「明白了，」她明快地點頭。「了解。」她抬頭。「我和警探談談。警探，能不能麻煩你——」她對門的方向做手勢。

李鐸起身，椅子又嘎嘎響。他對我微笑，跟著醫生走出去。

他離席後，在房裡留下巨大空虛，這會兒只剩我和護士。「再多喝點水。」她建議。

幾分鐘後他們便回來了，也許還更久，因爲房裡沒有時鐘。

「警探自願送妳回家。」醫生說。我望著李鐸，他對我燦笑。「我會開安定文讓妳帶回去。但是我們必須要確保妳在回到家之前不會恐慌症發作，所以最快的方法就是……」

我知道最快的方法是什麼，護士已經拿出針筒。

37

「我們認爲那是惡作劇，」他解釋。「呃，是他們這麼想。我應該說我們——喔，或者應該說我們——因爲我們都是同事。妳知道，『大家分工合作』，都爲了大眾公益。反正就是爲了某個理由，諸如此類的意思就對了。」他加快速度。「可是我不在場。所以我不認爲是惡作劇，我沒有任何感想。希望妳聽得懂。」

我聽不懂。

我們坐在他沒有任何警局標示的轎車裡，昏暗的陽光打進車內，猶如小石子劃過池塘。我的頭靠著車窗，鏡中的臉和眞實的臉並排，睡袍的領口起了許多毛球。駕駛座容不下李鐸整個身軀，他的手肘輕碰到我。

我覺得身心都在減速中。

「後來他們看到妳屈身倒在草地上。他們是這麼說的，這就是他們的用詞。他們看到妳屋子的門開著，以爲那裡就是事發現場。但他們進去看過，什麼也沒看到。妳知道，他們一定要進去看，因爲妳在電話裡說了那番話。」

我點頭，但已經不記得我到底說了什麼。

「妳有小孩嗎？」我又點頭。「幾個？」我比出一隻手指。「只有一個？我有四個。應該說一月時就會有四個，有一個還沒上桌。」他大笑，我沒有。我幾乎無法開口。「我已經四十四歲，還有第四個小孩還沒蹦出來。四大概是我的幸運數字吧。」

一、二、三、四，我心想。吸氣，吐氣。我覺得鎮定劑正在我血管中飛騰，如同一群鳥兒。

他輕輕按了幾次喇叭，前方的車才加速。「午休巓峰時間。」他說。

我抬頭看窗外。我已經十個月沒上街，也沒坐過車，也沒坐在車裡上街。十個月以來，除了家裡，我沒從任何角度看過這個城市。市區看起來好像另一個世界，我彷彿正在探索外星球，似乎正在瀏覽未來的文明。建築物看起來不可思議的高聳，就像手指般深入蔚藍的天空。招牌和商店一一往後跑，各種顏色爭奇鬥豔：「新鮮披薩，只要九毛九!!」、星巴克、「全食超市」（什麼時候開店的啊？）、改裝成公寓的舊消防局（一戶一百九十九萬美元起價）。陰涼的暗巷、閃爍著陽光的單調窗戶。我們後面有急切的警笛聲，李鐸將車子開向路邊，讓救護車迅速通過。

我們開到十字路口，他放慢速度。我打量交通號誌，那就像發亮的邪惡眼睛。我看著行人川流不息，有兩個穿藍色牛仔褲的母親推著嬰兒車，有個駝背老人拄著拐杖，少女揹著桃紅色的背包，有名婦人穿著土耳其藍的寬鬆長衫。有個綠氣球從椒鹽捲餅攤鬆開，緩緩地飛向天空。聲音不斷入侵車內：令人暈眩的尖叫聲、浪潮般湧來的車水馬龍聲、單車鈴響。各式各樣的顏色、各種聲音排山倒海而來。車子開始往前開。

「走囉。」李鐸低聲說，車子向前駛。

我已經落到這步田地？一個睜著死魚眼，看著日常午間生活看到目瞪口呆的女人？一個來自另一個世界的訪客，因爲一家新超市開張就敬佩不已？在我昏昏沉沉的腦子深處，有樣東西抽動了一下，某種憤怒又遭到鎮壓的情緒。我的臉頰開始漲紅，這就是我現在的模樣，這就是我。

要不是被注射了藥物，我會尖叫到車窗都碎裂。

38

「好了，」李鐸說。「這裡該轉彎。」

我們右轉到我們的目的地，我住的街道。

我已經將近一年沒看過這條街。街角的咖啡館還在，大概還販售著當初那種太苦的口味。隔壁的房子還是火紅色，花圃種滿菊花。對街的骨董店現在黑黑暗暗，貼在店門口的招牌寫著「吉店招租」。接著是荒廢的聖鄧娜學校。

街道在我們眼前展開，車子駛過光禿禿的樹木下，我覺得熱淚盈眶。這是我住的街道，只是我已經四季沒看過了。好奇怪，我心想。

「哪裡奇怪？」李鐸說。

我又把心裡的念頭說出來了。

隨著車子在這條街道開得越久，我逐漸屏氣凝神。我們的家——我的家到了：黑色的前門，扣環上的黃銅刻著二一三，左右兩邊有彩色玻璃，窗邊各有一個發著橘色光芒的吊燈；四層樓的窗戶死氣沉沉地望著前方。石塊比我記憶所及更灰暗，窗戶下有瀑布般的水漬，看上去就像淚痕。我從下面還看得到屋頂一部分敗壞的棚架式拱門。所有玻璃都該清洗，我從街道上都能看到汙垢。「這條街最美的房子。」以前艾德都這麼說，我也贊同。

我們老了，房子和我都老了，而且漸漸腐朽。

我們開過我家，開過公園。

「在那邊，」我對李鐸說，向後座搖手。「我家過去了。」

「我想帶妳一起去找鄰居談。」他解釋，車子停靠路邊，關掉引擎。

「我沒辦法。」我搖頭。他不懂嗎？「我必須回家。」我摸索安全帶，又想到就算解開也沒用。

李鐸看著我，摩娑著方向盤。「我們該怎麼辦？」應該是問他自己而不是問我。

我不在乎，我無所謂，我要回家。你可以把他們帶到我家，叫所有人都來，幫整個鄰里辦個他媽的派對都行。但是現在要先送我回家。拜託。

他依舊注視著我，我發現自己又把想法說出來。我抱住自己。

有人敲窗，動作輕快乾脆。我抬頭，是個女人，鼻子高挺、膚色健康，穿著高領和長大衣。「等等。」李鐸說。他打開我這邊的窗戶，但是我嚇得往後縮，哭嚷哀號。他又把窗戶關起來，自己下車，輕輕關上車門。

他和那名女子越過車頂交談，我沉進水底，閉上眼睛，坐在助手座時，耳邊斷斷續續傳來幾個字——中刀，搞不清楚狀況，醫生。空氣徐緩、平靜。中間碰到幾個淺灘——心理醫生，屋子，家人，獨居——但我又漂走。我懶懶地摸著另一手的袖子，手指伸進睡袍，捏起腹部隆起的一團皮膚。

我坐在警車裡摸自己的肥肉。我的人生又來到新低點。

一分鐘後——還是一小時？聲音漸漸褪去。我張開一隻眼睛，看到那名女子低頭望著我，應該說是怒目相視。我再度用力閉上眼睛。

李鐸開門時，車門嘎嘎響。冷風灌進來，舔上我的腿，在車內遊蕩，舒舒服服地待下來。

「諾芮莉警探是我的搭檔。」我聽到他這麼說，醇厚的聲音略帶冷酷。「我向她說明你的狀況，她會帶人到你家，可以嗎？」

我壓一下下巴，再抬起來。

「好。」他坐上車時，車子發出聲響。不知道他多重，不知道我多重。

「妳要張開眼睛嗎？」他建議。「還是這樣就好？」

我又壓了一下下巴。

車門喀地關上，他啓動引擎，打到倒車檔，往後再往後，車輛駛過路面接縫，最後終於煞車。我聽到李鐸再度熄火。

「到了。」他宣布，我才張開眼睛，望出窗外。

我們到了。屋子俯視著我，大門就像一張黑嘴，前面的台階則是伸出來的舌頭，窗上的簷板是兩道平眉。奧莉薇亞口中的赤砂石建築彷彿有臉孔，從這個角度看上去，我終於知道理由了。

「很漂亮。」李鐸說。「好大，四層樓？那是地下室嗎？」

我低頭。

「那就有五層。」他停住。一片葉子打到窗戶又滑下。「妳單獨住在這裡？」

「有房客。」我說。

「他住哪裡？地下室或頂樓？」

「地下室。」

「房客在嗎？」
我勉強聳聳肩。「有時候。」
靜默。李鐸的手指輕敲儀表板上。我轉向他，他看到我望著他便咧嘴微笑。
「他們就在那裡發現妳。」他用下巴指指公園。
「我知道。」我低聲說。
「很不錯的小公園。」
「大概吧。」
「很棒的街道。」
「對，都很棒。」
他又笑了。「好。」然後望向我背後，看著房子的眼睛。「這支可以開前門，還是只能開急救人員昨晚進去的那扇門？」我家的鑰匙掛在他一根手指上，鑰匙環就卡在他的指節上。
「都可以。」我告訴他。
「好。」他轉起鑰匙。「需要我揹妳下去嗎？」

39

他沒揹我，但是他攙我下車，領我穿過大門，走上台階。我的手臂繞過他足球場般寬廣的背部，兩腳拖在地上，傘柄勾在我的手腕上，我們彷彿只是出門散步。只是散步的人服了藥，昏沉又糊塗。

我的眼皮擋住陽光。李鐸將鑰匙插入鎖孔，推了一下，門應聲大開，用力撞到牆壁，玻璃片都震動了起來。

不知道鄰居是不是正看著這裡。不知道瓦瑟曼太太有沒有看到巨大的黑人拖我進屋。我猜她這會兒一定忙著打電話報警。

門廳幾乎容納不下我們兩人，我被擠到一邊，肩膀頂著牆壁，無法動彈。李鐸踢門關上，天色頓時暗下來。我閉上眼睛，在他胳膊上扭頭。鑰匙插進第二個鎖孔。

我感覺到了：客廳的溫暖。

聞到了：我家不流通的空氣。

聽到了：貓咪喵喵聲。

貓咪。我完全忘了拳拳。

我張開眼睛，一切都如同我衝出屋外之前的模樣。洗碗機的門開著，扭成一捲的毯子亂糟糟躺在沙發上；電視發著光，螢幕停留在《逃獄雪冤》的ＤＶＤ選單頁，茶几上兩瓶喝乾的紅酒瓶在陽光照耀下異常光亮，桌上還有四個藥罐，一罐已經倒下，彷彿喝醉酒的人。

家。我的心幾乎在胸口炸開，如釋重負的我都快啜泣了。

雨傘從我胳臂上滑下，落在地上。

李鐸領著我走到餐桌邊，但是我向左邊揮手，猶如機車騎士，我們便轉向沙發，拳拳就坐在沙發墊後面。

「坐吧。」李鐸緩緩將我安放到椅墊上，貓咪看著我們。李鐸往後退時，拳拳繞過毯子，打橫地向我走來，然後轉頭對我的護花使者嘶嘶叫。

「我也向你問好。」李鐸對牠打招呼。

我癱在沙發上，覺得心跳放慢，血液在血管中輕聲歌唱。一會兒之後，我雙手抓著睡袍，恢復鎮定。回家了。安全了。安全了。回家了。

恐慌情緒如水一般往外滲。

「爲什麼有人進我家？」我問李鐸。

「什麼？」

「你說醫護人員進我家。」

他張大眼睛。「他們在公園發現妳，看到妳家廚房門開著，必須查清楚到底發生什麼事。」

我還來不及回答，他轉身看邊桌上的小莉照片。「妳女兒？」

我點頭。

「在這嗎？」

我搖頭。「跟著她爸爸。」我輕聲說。

輪到他點頭。

他轉身，停住，打量茶几。「有人開派對狂歡？」

我吸氣，吐氣。「是貓咪。」我說。這是哪裡的台詞？我的老天爺！剛剛那是怎麼回事？別吵了，就怪那隻貓。莎翁的台詞？我皺眉。應該不是，裝可愛裝過頭了。

顯然我也太做作，因為李鐸笑都笑不出來。「都是妳喝的？」他看看紅酒瓶。「很不錯的梅洛酒。」

我在座位上換個姿勢，覺得自己像是調皮搗蛋的小鬼。「對，」我承認。「可是……」看起來更糟嗎？結果看起來更不堪？

李鐸從口袋裡撈出美女醫生開給我的安定文，放在茶几上，我口齒模糊地道謝。

這時，在我腦中的河床深處，有個東西脫鉤了，在下層翻滾，然後湧到水面。

是一具屍體。

是珍。

我張開嘴。

我第一次注意到李鐸臀部上配著一把槍。我記得奧莉薇亞有一次在中城看騎警看得目瞪口呆，她對他放秋波整整十秒，我才發現她是盯著他的武器，而不是他的馬。當時我微笑，還逗她，現在槍就在咫尺之外，我卻笑不出來。

李鐸看到我的眼神，拉過外套遮住槍，彷彿當我打量著他的體魄。

「我的鄰居呢？」我問。

他從口袋挖出手機，湊到眼前，不知道他是不是近視。他刷過手機，垂下手。

「妳一個人住這麼大的房子？」他走向廚房，「還有妳的房客。」他比我先補上這句。「這扇門通往樓下？」他用大拇指比向地下室的門。

「對，我的鄰居呢？」

他又看了一次手機，然後站住，彎腰。等他起身，站直偌大身軀時，右手已拿著貓咪的水盆，左手拿著室內電話。他先看一樣，又打量第二樣，彷彿正在斟酌思考。「這傢伙可能渴了。」他走向水槽。我從電視看著他的投影，聽到水龍頭的汩汩水流。桌上有個酒瓶裡還有一點點酒，不知道能不能背著他喝乾。

水盆碰到地板發出聲響，李鐸把電話放回電話座，瞇眼看螢幕。「沒電了。」他說。

「我知道。」

「只是跟妳說一聲。」他走向地下室門口。「可以敲這扇門嗎？」他問，我點頭。

他用指節敲木門，節奏就是咚──咚的隆咚──咚咚。「房客什麼名字？」

「大衛。」

李鐸又敲一次。沒有回應。

他轉向我。「福克斯醫生，妳的電話呢？」

我眨眨眼。「電話？」

「妳的手機。」他拿他的手機對我揮一揮。「妳有手機吧？」

我點頭。

「他們在妳身上沒找到。大部分人如果離開一整晚，通常會馬上去找手機。」

「我不知道。」手機呢？「我不常用手機。」

他沒回應。

我受夠了。雙腳踏上地毯，我勉強起身。房間搖擺起來，彷彿是個旋轉盤。但是片刻之後就穩下來，我和李鐸對望。

拳拳喵了一聲恭喜我。

「妳還好嗎？」李鐸走向我。「沒事吧？」

「沒事。」我的睡袍敞開，我拉緊，重新繫好束帶。「我的鄰居怎麼樣？」他突然停住腳步，眼睛盯著手機。

我又說一次：「我的——」

「好，」他說。「他們要過來了。」他突然大動作衝向廚房，還左右環顧屋內。「妳就是從那扇窗戶看到鄰居嗎？」他伸出手指。

「對。」

他邁開步伐走向水槽，長腿只跨一步就走到，手撐在流理臺往外望。我打量他的背，他的身體遮住整面窗戶，然後我看著茶几，開始動手清理。

他轉身。「都別動，」他說。「電視也別關。那是什麼電影？」

「驚悚老片。」

「妳喜歡驚悚片？」

我開始心慌，鎮靜劑藥效肯定快退了。「對。爲什麼我不能清理？」

「因爲我們要知道，妳看到鄰居遭到攻擊時，究竟是什麼狀況。」

「她是什麼狀況不是比較重要？」

李鐸不理我。「也許先把貓咪關起來。」他說。「牠似乎不太友善，我可不希望牠抓傷任何人。」

他轉身面對水槽，倒了一杯水。「喝下去，妳必須補充水分，先前才休克。」他走來，將杯子放在我手裡。這個舉動頗溫柔，我差點以爲他要摸摸我的臉頰了。

我舉起杯子。

門鈴響了。

40

「我帶羅素先生過來。」諾芮莉警探宣布，卻是多此一舉。

她的聲音微弱，有娃娃音，不太搭配她的高領毛衣和逞凶鬥狠的皮外套。她一眼掃過屋內，然後用犀利的眼神盯著我看，也沒自我介紹。毫無疑問，她在這組搭檔中扮演黑臉，這時我才失望地了解，李鐸尷尬害羞的個性只是煙霧彈。

亞歷斯泰跟在她後面，穿著卡其褲和毛衣，一身清爽俐落，但是脖子有條筋拉得很緊，不過那也許本來就是他的特徵。他對我微笑，稍感意外地對我說：「嗨。」

我沒料到。

我動搖了。我很不安，身體還反應不過來，就像被糖塞住的引擎。現在鄰居還對我咧嘴笑，殺得我措手不及。

「妳還好嗎？」李鐸在亞歷斯泰背後關上門，走到我旁邊。

我拚命搖頭。沒事。有事。

他一指扣住我手肘。「妳先——」

諾芮莉皺眉。「女士，妳還好嗎？」

李鐸舉起一手。「她沒事——她很好，只是打了鎮定劑。」

我的臉隱隱發燙。

他扶我走到廚房，讓我坐在餐桌邊——珍就在這裡點完整個火柴盒，我們在這裡亂下了幾場棋，聊起我們的孩子，她還要我拍日落。她也在這張桌邊說起亞歷斯泰和她的過去。

諾芮莉抓著手機走到廚房窗邊。「福克斯小姐。」

李鐸打斷她：「是福克斯醫生。」

她頓了一下又重新開機。「福克斯醫生，李鐸警探說妳昨晚看到某件事情。」

我瞥了亞歷斯泰一眼，他依舊訕訕然地站在玄關門邊。

「我看到鄰居中刀。」

「哪個鄰居？」諾芮莉問。

「珍．羅素。」

「妳從窗邊看到？」

「對。」

「哪扇窗戶？」

我指著她背後。「那一扇。」

諾芮莉順著我比的方向看過去。她的眼睛沒有光彩，平淡陰暗。我看著她從左到右掃視羅素家，彷彿正在閱讀文字。

「妳有看到誰刺傷鄰居嗎？」她依舊望著窗外。

「沒有，但是我看到她流血，而且她胸口有東西。」

「什麼東西？」

我在椅子上挪動重心。「銀色的東西。」這有什麼重要？

「銀色的東西？」

我點頭。

諾芮莉也點頭，轉身看著我，又望著我背後的客廳。「昨晚還有誰和妳一道？」

「沒有人。」

「所以桌上都是妳喝的？」

我又動了一下。「對。」

「好的，福克斯醫生。」她卻看著李鐸。「我要——」

「他太太——」我舉起一隻手時，亞歷斯泰向我們走來。

「等一下。」諾芮莉往前一步，將手機放在我前方的桌上。「我先放妳昨晚十點半打的九一一呼救電話。」

「他太太——」

「許多答案就在這通錄音當中。」她用修長的手指點一下螢幕，有個聲音傳進我耳中，只是聽起來就是經過擴音：「九一一，請問——」

諾芮莉迅速出手，用大拇指將音量調小。

「——有何緊急事件？」

「我的鄰居。」聲音高亢。「她——中刀。天啊，救救她。」我知道，這是我的聲音，至少是我說的話，但這不是我的聲音，我聽起來口齒不清，彷彿嗑了藥。

「小姐，妳說慢一點。」那個慢吞吞的語調，即使現在聽來都覺得光火。「府上地址是什麼？」

我看著亞歷斯泰，看著李鐸。他們都看著諾芮莉的手機。

諾芮莉看著我。

「妳說鄰居中刀？」

「對，救命，她流血了。」我皺起眉頭，幾乎聽不明白。

「什麼？」

「我說救命。」咳嗽聲，說話倉促。那時我都快哭了。

「小姐，我們馬上派人過去。妳必須冷靜，可以請問貴姓大名嗎？」

「安娜·福克斯。」

「好，安娜。妳的鄰居叫什麼名字？」

「珍·羅素，天啊。」沙啞的喊聲。

「妳在她身邊嗎？」

「沒有，她在——她在我家公園對面。」

我覺得亞歷斯泰正看著我，我平靜地回望他。

「安娜，是妳刺傷鄰居嗎？」

停頓。「什麼？」

「是妳刺傷鄰居嗎？」

「不是。」

現在李鐸也看著我。他們三人都逼視著我。我的身子往前看，注視諾芮莉的手機。雖然螢幕變暗，聲音卻繼續傳出來。

「了解。」

「我往窗外看，看到她中刀。」

「好，妳知道是誰刺傷她嗎？」

又是靜默，這次更久。

「小姐？妳知道誰——」

一陣刺耳的聲音，接著是一陣騷動，手機落在地上。電話一定落在樓上書房地毯，就像一具遭人遺棄的屍體。

「小姐？」

靜默。

我伸長脖子望向李鐸，他不再注視我。

諾芮莉彎腰，伸出手指刷過螢幕。「派遣員在線上等了六分鐘，」她說。「等救護人員確定他們已經抵達現場。」

現場。他們在現場發現什麼？珍到底怎麼了？

「我不明白。」我突然覺得身心俱疲，彷彿全身被掏空。我慢慢環顧廚房，看著豎在洗碗機裡的餐具，看著垃圾桶的酒瓶。「發生了什麼事？」

「什麼也沒發生，福克斯醫生，」李鐸溫柔地說。「大家都好好的。」

我望向他。「什麼意思？」

他拉拉大腿部位的褲子，蹲在我旁邊。「應該是，」他告訴我。「妳喝了那麼多紅酒，吃了那麼多藥，又看了那部電影，所以情緒太激動，才會看到沒發生的事情。」

我瞪著他看。

他對我眨眨眼睛。

「你們覺得這只是我的想像？」我的聲音很緊繃。

他搖晃巨大的腦袋。「不是，我只覺得妳接受了太多刺激，結果影響到妳的思緒。」

我張大嘴。

「妳的藥物有副作用嗎？」他緊迫盯人。

「有，」我說。「可是——」

「也許會讓妳出現幻覺？」

「我不知道。」其實我知道，我知道會有這種副作用。

「醫院那位醫生說，妳服用的藥物可能會有出現幻覺的副作用。」

「那不是我的幻覺，我知道自己看到什麼。」我掙扎著站起來，貓咪從椅子底下一溜煙竄向客廳。

李鐸舉起雙手，那雙歷經滄桑的手掌又大又平坦。「妳剛剛也聽到電話內容，妳連話都說不清楚。」

諾芮莉往前踏。「醫院檢查過了，妳血液中的酒精濃度是點二三。」她告訴我。「幾乎是法定標準的三倍。」

「那又怎麼樣？」

她背後的亞歷斯泰輪流打量我們兩人。

「那不是我的幻覺。」我咬牙切齒地說，這些字句跌跌撞撞地從我的嘴巴落下，一個個東倒西歪。

「這不是我的想像，我不是瘋子。」

「女士，據我所知，妳的家人不住在這裡？」諾芮莉說。

「這是問題嗎？」

「我是在問妳。」

亞歷斯泰說：「我兒子說妳離婚了。」

「分居。」我自動糾正他。

「根據羅素先生所言，」諾芮莉說。「附近的鄰居都沒看過妳，妳似乎不常出門。」

我不發一語，沒有任何反應。

「我還有另一個理論，」她繼續說：「妳只是想引起大家注意。」

我往後退，撞到廚房流理臺，睡袍又敞開。

「沒有朋友、家人，妳又喝很多，決定惹事生非。」

「你覺得這是我瞎掰的？」我向前跌撞，低聲咆哮。

「我就是這麼想。」她直言不諱。

李鐸清清喉嚨。「我覺得，」他的聲音輕柔。「妳昨晚可能受到太多刺激——我們的意思不是說妳故意這麼做……」

「你們才是胡思亂想。」我搖搖晃晃指著他們，揮舞著手指，猶如揮動魔杖。「你們才是瞎掰。我明明從那扇窗邊看到她全身是血。」

諾芮莉閉上眼睛，嘆一口氣。「女士，羅素先生說他太太最近不在，還說妳從未見過她。」

一片靜默，屋裡的氣氛似乎一觸即發。

「她來過，」我一字一字慢慢說。「還來兩次。」

「妳一定——」

「第一次，她從屋外扶我進來。後來她又來過一次，而且——」我瞪向亞歷斯泰。「他來找過她。」

他點頭。「我是來找兒子，不是找我太太。」他吞一口口水。「而且妳說沒有人來過。」

「我騙你。她就坐在這張桌邊，我們還下棋。」

他看著諾芮莉，一臉無助。

「你逼得她大吼大叫。」我說。

現在諾芮莉轉向亞歷斯泰。

「她說她聽到有人尖叫。」他解釋。

「我的確聽到了，就是三天前。」日期正確嗎？也許不對。「伊森說那就是她。」不算完全正確，但也很接近了。

「不要把伊森扯進來。」李鐸說。

我瞪著他們，三人分散站在我周圍，就像那三個丟雞蛋的小鬼，那三個小屁孩。

我要給他們一點顏色瞧瞧。

「她人呢？」我雙手抱胸。「珍呢？如果她沒事，叫她過來啊。」

他們互看。

「快點。」我攏一攏睡袍，拉緊束帶，再次抱胸。「去叫她。」

諾芮莉轉向亞歷斯泰。「能不能麻煩你……」她低聲說，他點頭，退到客廳，從口袋取出手機。

「然後，」我對李鐸說：「我要你們全部離開，你認爲我有妄想症。」他往後縮。「妳認爲我說謊。」諾芮莉毫無反應。「他說我沒見過我其實見過兩次的女人。」亞歷斯泰對電話低語。「我要知道誰去哪裡來這裡什麼時候——」我厲聲反駁，我停頓，收拾情緒。「我要知道還有誰來過。」

亞歷斯泰走回來。「等一下下。」他把電話放回口袋。

我和他四目相交。「看來有得等了。」

沒有人說話。我的目光在屋裡游移。亞歷斯泰看著錶，諾芮莉平靜地觀察貓咪。只有李鐸看著我。

二十秒過去。

又過了二十秒。

我嘆氣，鬆開兩手。

太離譜了，那個女人明明——

電鈴響了。

我轉向諾芮莉，接著看李鐸。

「我來。」他轉身走向門口。

我呆若木雞地看著，他按了對講機，轉動門把，打開玄關的門，站在一邊等。

一秒後，伊森低著頭慢吞吞地走進來。

「妳見過我兒子，」亞歷斯泰說。「這位是我的太太。」他加上這句，在她背後關上門。

我看著他。我看著她。

我從沒見過這個女人。

41

她很高，但是骨架纖細。時髦的深色頭髮襯著有稜有角的臉孔，一對高聳的細眉下是灰綠色的眼睛。她冷冷打量我，然後走過廚房，向我伸出一隻手。

「我們應該沒見過。」她說。

她的聲音低沉醇厚充斥在我耳中，非常白考兒。

我沒反應，也動不了。

她伸出的手還停留在我胸口，一會兒之後，我視而不見。

「這是誰？」

「這位是妳的鄰居。」李鐸的聲音幾乎透著悲傷。

「珍．羅素。」諾芮莉說。

我看著她，然後看著他，最後又看著這個女人。

「不，妳不是。」我告訴她。

她抽回那隻手。

我望向兩名警探。「她不是。你們胡說什麼？她不是珍。」

「我向妳保證，」亞歷斯泰開口。「她就是——」

「羅素先生，你不需要保證。」諾芮莉告訴他。

「如果我保證，有差別嗎？」那女人問。

我往前走，大聲喝斥：「妳是誰？」我的語調不客氣又破音，看到她和亞歷斯泰一起後退，我更得意，他們彷彿嚇得褲子都掉下來。

「福克斯醫生，」李鐸說。「我們冷靜點。」他一手放在我的手臂上。

這個舉動嚇到我。我踉蹌地走開，也遠離諾芮莉。這下我站在廚房中央，兩個警探站在窗邊，亞歷斯泰和陌生女子退到客廳。

我轉身面向他們，往前走。「我見過珍．羅素兩次，」我說得緩慢、簡潔。「妳不是珍．羅素。」這次她倒硬起來了。「我可以拿駕照給妳看。」她一手伸進口袋。

我只是緩緩搖頭。「我不要看妳的駕照。」

「女士，」諾芮莉大叫，我轉頭往後看，她走到我們之間。「妳鬧夠了。」

亞歷斯泰睜大眼睛看著我，那女人的手還插在口袋裡。他們背後的伊森已經退到貴妃椅邊，拳拳就縮在他的腳邊。

「伊森，」我說，他抬頭看我，似乎有心理準備會被叫到。「伊森。」我走到亞歷斯泰和那女人之間。「怎麼回事？」

他看著我，別開頭。

「她不是你的母親。」我摸他的肩膀。「告訴他們。」

他抬頭，眼神飄到左邊。咬緊牙，吞口唾液，把玩著一個指甲。「妳沒見過我母親。」他喃喃地說。

我抽回我的手。

緩緩轉身，覺得頭暈目眩。

然後他們全部一起開口，宛如合唱般。「我們能不能——」亞歷斯泰問，用下巴指向玄關門，這時諾芮莉剛好說：「這邊沒事了。」李鐸建議我：「休息一下。」

我當作沒看到他們。

「我們能不能——」亞歷斯泰又開口。

「謝謝你，羅素先生，」諾芮莉說。「也謝謝夫人。」

他和那女子警惕地看我一眼，彷彿當我是剛打了鎮靜劑的猛獸，之後才走向門口。

「走了。」亞歷斯泰的口氣粗暴。伊森起身，目光還是停留在地上，一腳跨過貓咪。

他們魚貫走出去，諾芮莉跟在最後。「福克斯醫生，報假案是犯法的。」她告知我。「妳明白嗎？」

我盯著她，大概點了點頭。

「很好，」她拉拉領子。「我只有這句話要說。」

她帶上門，我聽到外面大門的門閂鬆開。

現在只剩我和李鐸。我看著他的黑色雕花鞋，翼紋猶如完美黑桃，突然想起我今天沒找伊夫上法文課（怎麼會？爲什麼？）。

只剩我和李鐸。Les Deux（兩人）。

前門關上時發出喀軋聲。

「留妳一個人沒問題吧？」他問。

我點頭，心不在焉。

「有朋友可以和妳聊聊嗎？」

我再度點頭。

「拿去。」他從胸前口袋拿出一張名片，放進我的掌心。我看了一下，很輕薄。紐約警局，康拉德．李鐸警探。上面列了兩支電話號碼、一個電子信箱。

「有任何需要都打給我。嘿。」我抬頭。「妳可以找我，好嗎？」

我點頭。

「好嗎？」

那個字迅速滾下我的舌頭，推開其他字句。「好。」

「那就再見了。」他將手機從一手丟到另一手。「我家有小孩，我不睡覺的。」又將手機丟回原來那隻手，發現我看著他才停下。

我們看著對方。

「保重，福克斯醫生。」李鐸走向玄關開門，輕輕帶上。

前門又發出聲響，再度關上。

42

這片沉靜來得突然又深刻。全世界突然踩了煞車。

這是我今天頭一次單獨一人。

我環顧四周。酒瓶在斜陽下閃耀奪目，餐桌旁拉出一張椅子，貓咪在沙發邊巡邏。

光線中有大量塵埃。

我走到玄關，鎖好門。

轉身重新面對屋內。

剛剛眞的發生那件事？

到底發生了什麼？

我信步走到廚房，拿出一瓶紅酒，插入螺旋鑽，拔出軟木塞，倒出紅酒，杯子舉到嘴邊。

我想到珍。

我喝乾杯子裡的酒，直接拿瓶口湊在唇邊拚命灌，喝了好大一口。

我想到那個女人。

我搖搖晃晃走進客廳，越走越快，倒兩顆藥丸到手心，吞進喉嚨。

我想到亞歷斯泰。*這是我太太*。

我站在原地豪飲，直到嗆到才停止。

放下酒瓶時，我想到伊森，想到他避免直視我，想到他別開頭。我想到他回答之前先嚥了一下口水，想到他抓著指甲，想到他喃喃低語。

想到他說謊。

因爲他的確說謊。他移開目光往左看，不立刻回答，侷促不安，這都是說謊的跡象。他還沒張口，我就知道了。

但是咬牙那動作倒有其他意思。

代表他感到害怕。

43

手機躺在書房地板上，就是原來落下的地方。我將藥罐放回浴室的藥櫃之後，刷開螢幕。我很清楚，費丁才有醫生頭銜，才能開藥，但是他現在幫不上忙。

「妳可以過來嗎？」她一接電話，我就這麼說。

靜默。「什麼？」她似乎很困惑。

「妳可以過來嗎？」我跨上床，爬進被子裡。

「現在？我不——」

「碧娜，拜託了。」

又是靜默。「我可以……九點，九點半趕過去。我和人約好吃晚餐。」她補上一句。

我不在乎。「好。」我躺回去，枕頭在我耳朵兩邊隆起。窗外的樹枝搖曳，樹葉餘燼般脫落，葉子在玻璃上閃爍了一陣便飛走。

「裡北字吧？」

「什麼？」替馬西泮阻塞了我的腦子，我覺得思緒都短路了。

「我說，妳沒事吧？」

「有事，沒事，等妳來了再解釋給妳聽。」我的眼皮越來越重。

「好。晚上見。」

我已經進入夢鄉。

我睡得又深又沉，完全沒做夢，似乎什麼都忘掉。樓下電鈴響起時，我疲累地醒來。

44

碧娜張大嘴盯著我看。

最後終於闔上嘴，雖然緩慢，但已經緊閉，就像一株食蟲植物。她不發一語。

我們坐在艾德的圖書室，我縮在高背椅中，碧娜坐費丁醫生那張單人牛皮椅。她兩條纖細的腿在椅子下交叉，拳拳在她腳踝繞來繞去，如同一縷輕煙。

壁爐裡生著小火。

現在她挪開目光，看著火焰。

「妳喝了多少酒？」她往後縮，彷彿我會出拳揍她。

「還沒多到會產生幻覺。」

她點頭。「好，藥丸呢？」

我抓住腿上的毯子扭著。「我見過珍，兩次，還是不同的日子。」

「好。」

「我看過她和家人在他們家，好幾次。」

「好。」

「我看到珍流血，胸口插著刀。」

「妳確定是刀？」

「至少不是他媽的胸針。」

「我只是——好吧。」

「我透過相機鏡頭看到，看得很清楚。」

「但是妳沒拍照。」

「對，我沒拍照。我只想幫她，不是……記實攝影。」

「了解。」她無意識地摸著一綹頭髮。「現在他們說沒有人中刀。」

「還說另外一個人才是珍，或是珍是另外一個人。」

她把頭髮繞到修長的手指上。

「妳確定……」她開口，我覺得神經緊綳，因爲我知道她要說什麼。「妳非常確定這不是誤——」

我傾身向前。「我知道我看到什麼。」

碧娜放下手。「我不知道……該說什麼。」

我慢慢說，猶如小心繞過碎玻璃。「他們不會相信珍遭遇不測。」我對她說，也是對自己說。「除非他們相信那個他們以爲是珍的女人——其實不是。」

我說得很拗口，但是她點點頭。

「問題是——警方難道不會請這個人出示，呃，證件嗎？」

「不會。他們就聽信她丈夫——那個所謂丈夫的人的話。當然啦，怎麼會不信呢？」貓咪走過地毯，溜到我的椅子下。「沒有人見過她。他們搬來不到一週，隨便找人來代替都可以。她可能是親戚，可能是情婦，可能是郵購新娘。」我伸手要拿酒，這才想起手邊沒有酒。「但是我見過珍和她的家人一道，我還看到她墜子裡有伊森的照片。我看到——拜託，她還派他送蠟燭過來。」

碧娜又點點頭。

「她丈夫看起來不——」

「不像剛拿刀刺人？不像。」

「絕對是他……」

「怎麼樣？」

她扭動身體。「下的手。」

「否則還有誰？他們的孩子乖得像天使。如果他——如果他要拿刀傷人，也是攻擊他父親。」我又伸手想拿酒杯，卻只抓到空氣。「而且我看到他先前坐在電腦前，除非他衝下樓砍他媽，否則他應該沒有嫌疑。」

「妳向別人提起過嗎？」

「還沒。」

「妳的醫生？」

「我會說。」也會告訴艾德，晚點就跟他說。

室內一片靜謐，只有壁爐裡的火焰聲響。

我看著她，看著她的皮膚在壁爐前發出古銅光澤，我納悶她是否只是順著我的話說，她是否懷疑我。這個故事太不可思議了，難道不是嗎？我的鄰居殺了他老婆，現在找人假扮成她，他們的兒子又怕到不敢說實話。

「妳覺得珍在哪裡？」碧娜輕柔地問。

靜默。

「我根本不知道她很紅。」碧娜在我背後往前探，她的頭髮就像我和桌燈之間的一道布幕。

「一九五〇年代的性感女星，」我低聲說。「後來還成爲強硬派維護生命權人士。」

「啊？」

「反墮胎。」

「喔。」

我們在我桌前瀏覽二十二頁的珍・羅素照片——有她佩戴著誇張珠寶（《紳士愛美人》）、衣衫不整躺在乾草堆上（《亡命之徒》），或舞動著吉普賽裙子（《熱戀如火》）的模樣。我們查了Pinterest、找遍Instagram，還搜尋波士頓的報紙和網站，甚至看過派崔克・麥穆藍[18]的相簿。一無所獲。

「妳不覺得不可思議嗎？」碧娜說。「如果只看網路，有些人等於不存在呢。」

亞歷斯泰就容易多了。兩年前的《顧問雜誌》中就有他，當時他穿著太小的西裝，猶如一條香腸；標題指出，羅素跳槽艾金森。他的領英檔案中也是用同樣照片。另外一張照片登在達特茅斯校友期刊，他在募款餐會上舉杯。

但是找不到珍。

更奇怪的是，也找不到伊森。臉書、Foursquare，任何社群媒體都沒有他的蹤跡。上Google搜尋，只能找到同名的攝影師。

「大部分青少年不是都會上臉書？」碧娜問。

「他爸爸不准，他甚至沒有手機。」我捲起一隻鬆垮的袖子。「而且他自學，大概不認識附近幾個人，可能誰也不認識。」

「總有人認識他的母親吧？」她說。「波士頓的人，或是……一定有人。」她走到窗邊。「難道沒有照片？警察今天不是去過他們家？」

我想了想。「他們可能有另一個女人的照片，亞歷斯泰可以隨便拿照片給他們看，隨便胡亂瞎扯。警方不會搜他們的房子，他們說得很清楚。」

她點頭，轉身看羅素家。「百葉窗都拉下來了。」她說。

「什麼？」我走到窗前她的身邊，親自求證。無論是廚房、起居室、伊森的臥房全都遮起來了。

那間屋子閉上眼睛，緊緊閉上。

「看到了嗎？」我告訴她。「他們不想再讓我看到。」

「這也怪不了他們。」

「他們很小心，這不就是最好的證據？」

「的確可疑。」她歪著頭。「他們常拉上百葉窗嗎？」

「一次也沒有，從來沒拉上。以前就像個魚缸一樣透明。」

她猶豫起來。「妳覺得……妳會不會，妳知道——有危險？」

我從來沒想到。「爲什麼？」我慢條斯理地問。

「如果那件事眞的發生過——」

我嚇一跳。「眞的發生過。」

「——那麼妳就是，妳知道，目擊證人。」

我倒抽一口氣，又抽了第二口。

「拜託妳今晚留下來好嗎？」

她挑眉。「這也太扯了。」

「我會付妳錢。」

她瞇眼。「不是這個問題。我明天一早有班，所有裝備都在——」

「拜託，」我望進她的雙眸深處。「求求妳。」

她嘆氣。

---

18 Patrick McMullan，紐約派對攝影師。

45

黑暗——又深，又沉。四周黑得像防空洞，暗得如同宇宙深處。

然後，遙遠遙遠的彼方有顆微小的星星散發出一丁點光芒。

距離拉近。

光芒搖曳，擴大，跳動。

一顆心臟。小小的心臟。搏動著。閃耀著。

排開四周的黑暗，上面繫著絲線般的鍊子。一件上衣，白如鬼魅。一個肩膀，閃爍著光芒。一個頸項。一隻手，手指擺弄著跳動的小心臟。

上面有張臉，是珍。眞正的珍，容光煥發，看著我，微笑著。

我也微笑。

現在有片玻璃滑到她面前。她一手壓著玻璃，指尖按出許多小地圖。

她背後的暗處突然出現另一幕，一張白紅線條相間的雙人沙發，兩盞落地燈亮著。有張地毯，圖案是百花綻放的花園。

珍低頭看墜子，手指輕柔地把玩著。接著看著她潔白無瑕的上衣，看著血跡不斷擴大到領口，雪白的肌膚襯得鮮血更火紅。她再度抬頭看我，已經變成另一個女人。

十二月六日　星期六

46

碧娜七點剛過便離開，那時日光的指尖剛握住窗簾。我發現她會打鼾，從鼻子發出的小小鼾聲就像遠方的浪潮。眞沒想到。

謝過她之後，我頭一沾上枕頭立刻睡著。醒來之後，我看看手機，將近十一點了。

我盯著螢幕看了一會兒，一分鐘後，我已經和艾德說起話來。這次沒說「猜猜我是誰」。

「不可思議。」他停頓一下才開口。

「卻發生了。」

他又沉默片刻。「我不是說沒發生過，只是……」我做好心理準備——「妳最近藥吃得很凶，所以——」

「所以你也不相信我。」

嘆氣。「不是我不相信妳，只是——」

「你知道我有多氣餒嗎？」我大喊。

他安靜不語。我繼續咆哮。

「我親眼看到。沒錯，我是吃了藥，而且我——對。但那不是我想像出來的。你不會吞了一堆藥之後，想像出那種事情。」我吸口氣。「我不是打暴力電玩再衝去學校開槍的高中生，我知道自己看到什麼。」

艾德依舊不說話。

然後——

「我們先紙上談兵，妳確定是他？」

「他是誰？」

「那個丈夫。就是……凶手。」

「碧娜也說一樣的話，我當然確定。」

「不可能是另一個女人嗎？」

我靜止不動。

艾德的聲音拔高，他想什麼就說什麼時，就有這個特性。「假設如妳所言，她是情婦，可能從波士頓或什麼地方來的。她們發生爭執，有人拿出刀這類的。後來刀子傷了人，卻與丈夫無關。」

我想了想。雖然抗拒這種理論，但也不無可能。只是——「誰下的手並不重要。」我堅持。「目前看來，事實就是有人出手傷人。問題是沒有人相信我，甚至連碧娜都不相信，我認爲你也不信。」

沉默。我發現自己上樓，走進奧莉薇亞的臥室。

「不要把這件事情告訴小莉。」我補上這句。

艾德大笑，還說「哈！」，那聲音清脆響亮。「我不會說。」他咳嗽起來。「費丁醫生怎麼說？」

「我還沒跟他談過。」這是我不應該。

「妳應該告訴他。」

「我會的。」

沉默。

「其他鄰居呢？」

我發現我一無所知。這週以來，武田家、米勒家，甚至瓦瑟曼夫妻都沒出現在我的雷達上。街上落下一道布幕，對面這些家庭都被遮住，所以消失無蹤；附近只剩下我和羅素家的房子，還有我們兩家中間的公園。不知道麗泰的包商如何了，葛雷太太的讀書會這次又選了哪本書。以前我會記錄鄰居每個活動，記載他們每次出入的時間。我的記憶卡中有他們完整的人生片段，可是現在……

「我不知道。」我坦承。

「也許這樣最好。」他說。

我們聊過之後，我又看一次手機上的時間。十一點十一分，這是我生日的數字，也是珍的。

47

昨天之後，我就開始避開廚房，避開一樓整層。現在我又開始站在窗邊，盯著公園對面的房子。紅酒倒進杯子時，猶如一截彩帶。

我知道自己看到什麼。流血。哀求。

這件事還沒結束，早得很呢。

我喝起酒。

48

我看到百葉窗拉起來了。

對面的屋子對我瞠目結舌，彷彿驚訝我竟然看著它。我拉近鏡頭，轉動鏡頭掃過窗戶，最後瞄準起居室。

潔白無瑕。空無一物。只看到雙人座沙發。落地燈就像警衛。

我在靠窗座位上移動，鏡頭轉向樓上伊森的房間，他就像滴水嘴獸般坐在桌前，面前擺著電腦。

我又將鏡頭拉近，幾乎可以看到他電腦上的字。

街上有動靜。有部光亮如鯊魚的車子駛近羅素家人行道前方停好，駕駛座的門魚鰭般打開，亞歷斯泰穿著冬天的大衣下車。

他大步邁向他家。

我拍了一張照片。

他走到門口時，我又拍了一張。

我沒有計畫。（不過我曾經做過任何計畫嗎？）我不可能看到他洗掉雙手的鮮血，他也不可能來敲我的門認罪。

但是我可以觀察。

他走進房子。我的鏡頭立刻鎖定廚房，他一會兒之後果然就出現，將鑰匙丟在流理臺，脫掉外套，離開廚房。

再也沒走回來。

我將相機對準一層樓上的起居室。

這時她出現了，穿著嫩綠色的套頭毛衣，看起來輕盈明亮。「珍。」

我調整鏡頭，她的身影越來越清晰。她先打開一盞燈，接著又開另一盞。我看著她纖細的雙手、修長的頸項、掠過臉頰的髮絲。

那個騙子。

然後她就離開，擺動著苗條的臀部走出門。

沒有動靜。起居室毫無人影，廚房沒有人煙。樓上伊森的椅子空蕩蕩，電腦螢幕全黑。

電話響了。

我轉頭，幾乎像貓頭鷹一樣轉了一百八十度，相機落在我腿上。

聲音從我後方傳來，但是行動電話就在我手邊。

是室內電話。

不是樓下廚房電話座裡壞掉的那支，而是艾德書房那支。我完全忘記有這支電話。

電話又響了，聲音遙遠，但不屈不撓。

我動都不動，也不敢呼吸。

誰會打給我？上次有人打來家裡是……我忘了。誰會有這支號碼？我自己都不太記得。

響了。

還在響。

我縮在窗邊，在寒風中枯萎。我想像房間隨著電話響聲一個接一個抽動。

還在響。

我望著公園對面。

她站在起居室窗邊，電話就靠在耳邊。

看著我，目光嚴厲。

我一手抓著相機，從椅子上倉皇逃到書桌邊。她始終盯著我看，緊抿著嘴。

她怎麼會有這個號碼？

但我又怎麼會拿到她家的號碼呢？查號台。我想到她撥號，說出我的名字，請對方轉接。轉接給我。她這是入侵我的家，我的腦。

那個騙子。

我看著她，怒目相視。

電話繼續響。

接著是另一個聲音——艾德的聲音。

「這是安娜和艾德的電話。」他的聲音低沉、粗啞，就像預告片的旁白。我記得他錄這段留言。「你的聲音好像馮．迪索。」他聽到我這句話哈哈大笑，把聲音壓得更低。

「我們不在家，請留言。我們會回電。」我還記得他一說完，一壓下停止鍵，就用討厭的倫敦東區口音說：「不過要他媽的等我們想回的時候才會回。」

這時我閉上眼睛，想像他呼喊我。

結果聽到的是她的聲音傳遍整個房子。

「妳應該知道我是誰。」停頓，我張開眼睛，發現她看著我。我看著她的嘴型，聽到字句傳進我耳裡，效果可眞是不可思議。「不要再拍我家，否則我就報警。」

她拿開電話，放進口袋，瞪著我看。我也不甘示弱。

一切都沉靜無聲。

然後我走出房間。

49

女孩池挑戰妳！

是我的下棋軟體。我對螢幕比中指，將手機壓在耳邊。電話直接轉進費丁醫生的語音信箱，枯葉般刺耳的聲音請我留言。我照辦，而且字字發音清楚。

我在艾德的圖書室，筆記型電腦溫暖了我的大腿，午後的陽光聚焦在地毯上。旁邊桌上有一杯梅洛紅酒，還有整瓶酒。

我不想喝酒，我想保持頭腦清晰，我想仔細思考，我想分析。過去三十六小時開始褪去、蒸發，如同濃霧。我發現房子已經開始抬頭挺胸，擺脫外面的世界。

我需要喝一杯。

女孩池，什麼蠢名字。女孩池（Girlpool），《女逃亡者》（*Whirlpool*）。泰妮。白考兒。已經進入你的血液。

顯然是。我舉起杯子，紅酒灌進我的喉嚨，酒精竄入我的血管。

暫停呼吸，祈求好運。

讓我進去！

你不會有事的。

你不會有事。我嗤之以鼻。

我的思緒是一團又深又鹹的沼澤，眞眞假假全都糊成一團。長在沉積土沼澤那種植物叫什麼？紅……紅玫瑰？總之第一個字是紅。

大衛。

杯子在我手中晃了一下。

匆忙之間，我忘了大衛。

他去羅素家做過工，可能——一定——見過珍。

我把杯子放到桌上起身，晃進走廊，走下樓梯，進入廚房。我慢條斯理地瞟了羅素家一眼——沒有任何人，當然也沒人看著我——然後敲敲地下室的門。起初動作很輕，第二次就用力敲，最後喊起他的名字。

沒有回應。不知道他是不是正在睡，但現在才下午。

有個點子閃過我的腦海。

這樣不對，我知道，可是這裡是我家，況且我有急事，非常急。

我走到客廳的桌前，打開抽屜，我要找的東西顏色已經變得黯淡，還有鋸齒；我找的就是鑰匙。

我回到地下室門前，再敲一次，沒有回應。我插入鑰匙，轉開門把。

拉開門。

門咿呀響，我倒抽一口氣。

但是我探頭望下樓梯時，沒有任何聲響。我穿著拖鞋，輕聲走進暗處，一手扶著粗糙的灰泥牆面。我走到地下室，這麼暗是其來有自，底下簡直是黑夜。我摸到牆上的開關，打開之後，房裡立刻一片光明。

我上次來是兩個月前，那次大衛來參觀。他用甘草糖般的漆黑眼睛打量過——前面到中間的區域有艾德的繪圖桌、小小的睡覺隔間、胡桃木與鍍鉻金屬相間的迷你廚房、浴室——便點了點頭。他沒怎麼改裝，幾乎沒有任何布置。艾德的沙發還在原位，繪圖桌沒動，只是打成平面。桌上有盤子，盤子上的塑膠刀叉擺成X形，彷彿是家徽。遠方牆邊放了工具箱，旁邊有扇門可以通往外面。最上面的箱子上有向我借去的美工刀，伸出來的短短刀刃在投影機下閃閃發光。旁邊是一本書脊破裂的書，是《流浪者之歌》。

對面的牆上掛著一張黑框相片，是我和五歲的奧莉薇亞在門口拍攝的。我的雙手環繞著她，我們兩人都張嘴笑，奧莉薇亞的牙齒亂七八糟——艾德總愛說：「有些長這裡，有些長那裡。」我都忘了有這張照片。我的心抽了一下，不知道他爲何不拿下來。

我走到睡覺的隔間。「大衛？」我輕聲叫，儘管我確定他不在家。

被子亂七八糟地堆在床腳，枕頭上有個大凹洞，彷彿被剪刀腳踢過。我仔細觀察他的床：枕頭套上有乾掉的拉麵；用過的保險套掛在角柱上；阿斯匹靈藥罐放在床架和牆壁之間；床單上的象形文字圖案可能是乾掉的汗漬或精液；床腳有台薄薄的筆記型電腦。落地燈上掛著一串保險套，床頭櫃上有只耳環閃閃發光。

我探頭看浴室，水槽布滿鬍鬚，馬桶座往上掀。淋浴間裡有罐瘦長的平價洗髮精和一小塊肥皂。

我出來，回到主要起居空間，一手撫過繪圖桌。

我隱隱約約覺得不對勁。

閃過腦海又忘記。

我再度環視四周。這裡沒有相簿，但是大概沒人買相簿了（我記得珍就有）；沒有CD或DVD架，那些東西大概也絕跡了。妳不覺得不可思議嗎？如果只看網路，有些人等於不存在呢。碧娜曾經這麼問。大衛的記憶、音樂，任何可能透露他個性的物品都不見了。或者應該說，都在我身邊，只是漂浮在虛無縹緲之間，只是我看不到，只是檔案、圖像，只是零和一。在眞實世界中沒有任何東西可以展示，沒有一點蛛絲馬跡。不覺得不可思議嗎？

我看看牆上的照片，想到客廳裝滿DVD的櫃子。我是老骨董，我已經跟不上時代。

我轉身打算離開。

此時我聽到後面有聲響，是通往戶外那扇門。

我看著門打開，大衛站在門前瞪著我。

50

「妳他媽的在幹嘛？」

我本能地往後縮。我沒聽過他罵髒話，其實我很少聽到他說話。

「妳他媽的在這裡做什麼？」

我後退，張嘴。

「我只是——」

「妳憑什麼闖到樓下來？」

我又後退一步，結結巴巴。「對不起——」

他往前逼進，背後的門大開。我的視線開始旋轉。

「對不起，」我深呼吸。「我來找東西。」

「找什麼？」

再次深呼吸。「找你。」

他舉起雙手又放下，鑰匙在他手中揮舞著。「我就在這裡。」他搖頭。「幹嘛？」

「因爲——」

「妳可以打給我。」

「我沒想到——」

「對，妳認爲妳可以直接下來。」

我點頭，又停住。這大概是我們對話最久的一次。

「可以麻煩你關門嗎？」我問。

他瞪大眼睛，轉身，推門。門關上時發出爆裂聲。

他再次看我時，五官線條柔和多了。但是他的聲音依舊很冷酷。「妳找我做什麼？」

我頭暈腦脹。「我可以坐下嗎？」

他一動也不動。

我走到沙發邊，癱軟坐下。他雕像般站著，鑰匙就握在他手心。他把鑰匙放進口袋，脫掉夾克，丟到房間。我聽到外套落在床上又滑到地上。

「這樣不好。」

我搖頭。「我知道。」

「如果我不請自來，闖到妳的空間，妳也會不高興。」

「對，我知道。」

「妳會他媽的——妳會氣炸。」

「對。」

「如果我有客人呢？」

「我敲過門。」

「所以就可以闖進來？」

我沒搭腔。

他又看了我一會兒，然後走去廚房，踢掉靴子，打開冰箱，拿出一瓶滾岩啤酒。放在流理臺邊緣，瓶蓋就被撬開。先落到地上，最後滾到電暖器下面。

如果我年輕一點，剛剛那招會讓我佩服到五體投地。

他直接湊著瓶口喝，慢慢走到我身邊。修長的身軀靠在繪圖桌邊，又喝了一口。

「什麼事？」他說。「我就在這兒。」

我點頭，抬頭望著他。「你見過公園對面的女人嗎？」

他皺眉。「誰？」

「珍．羅素，住公園對面，門牌就是——」

「沒有。」

聲線平坦。

「可是你去那裡做工。」

「對。」

「所以——」

「雇用我的人是羅素先生，我從沒看過他的老婆。我連他有老婆都不知道。」

「他有兒子。」

「單身男人也可以有小孩。」他暢飲啤酒。「不過我之前想都沒想過。妳就是要問我這個？」

我點頭，覺得自己很渺小，開始打量自己的雙手。

「妳下來就是要問我這個？」

我又點頭。

「那麼妳問到了。」

我坐著不動。

「妳爲什麼要問我？」

我抬頭看他，他不會相信我。

「沒什麼。」我用拳頭壓著扶手，想起身。

他伸出手，我握住。他的手掌粗糙，但他拉我站好，動作輕柔又迅速。我看著他的上臂肌肉。

「我很抱歉闖進來。」我告訴他。

他點頭

「下不爲例。」

他點頭。

我走向樓梯，覺得他的目光追隨著我的背部。往上走了三階時，我突然想起一件事。

「你——你上次在那裡做工時，有聽到尖叫聲嗎？」我轉身，一邊肩膀倚著牆壁。

「妳上次問過了。記得嗎？我說沒有？因爲我在聽史普林斯汀。」

是嗎？我似乎要落入自己的思緒中。

51

走進廚房時，地下室的門喀嚓關上。費丁醫生剛好打來。

「我聽到妳的留言，妳似乎很焦慮。」

我張嘴，本來打算全盤托出，傾訴所有心事，但是這麼做也沒意義，對嗎？他聽起來才擔心，總是對每件事情都憂心忡忡。就是他配出這些藥物，搞得我……算了。「沒事。」我說。

他很沉默。「沒事？」

「我的意思是，我本來要問——」我忍住了。「改用小藥廠的藥。」

依舊沉默。

我迅速說下去：「某些藥能不能換成小藥廠就好。我說的是那些麻醉藥。」

「那是藥物。」他自動糾正我。

「我的意思是藥物。」

「可以。」他語氣諸多懷疑。

「太好了，因爲藥費越來越貴。」

「妳一直有這個困擾？」

「沒有，沒的事。但是我不希望醫藥費成爲我的負擔。」

「我了解了。」他不明白。

沉默。我打開冰箱旁的櫥櫃。

「這樣吧，」他繼續說：「我們週二討論一下。」

「好。」我選了一瓶梅洛。

「應該可以等到那時候吧？」

「當然，沒問題。」我轉開瓶蓋。

「妳確定妳沒事？」

「非常好。」我從水槽拿起一個杯子。

「妳沒喝酒吃藥吧？」

「沒有。」倒酒。

「那就好，下次見。」

「下次見。」

通話就此中斷，我喝口酒。

52

我上樓走進艾德的圖書室，發現二十分鐘前丟在這裡的酒瓶和酒杯滿溢著陽光。取過之後，移到我的辦公室。

我在桌前坐下，釐清思緒。

眼前螢幕上有個棋盤，棋子已經排好，軍隊隨時備戰。我記得我拿下珍的白皇后。珍穿著雪白的上衣，胸前滿是鮮血。

珍。白皇后。

電腦發出短促聲音。

我望向羅素家，沒有任何生命跡象。

莉莉奶奶：哈囉，安娜醫生。

我看了又看。

上次我們說到哪裡？那次又是什麼時候？我拉大聊天框，往上捲。莉莉奶奶已經離開聊天室，那是十一月四日，週四下午四點四十六分。

沒錯，我說到艾德和我向奧莉薇亞宣布消息。我還記得當時心跳多快。

六個小時後，我就打了九一一。

然後……我踏上出門的旅程。入院住了一晚。回答李鐸和醫生的問話。打針。坐車經過哈林區，陽光刺痛我的眼睛。屋內的紛紛擾擾。拳拳跳到我腿上。諾芮莉繞著我打轉。亞歷斯泰到我家。伊森到我家。

那個女人到我家。

還有碧娜。我們上網搜尋。她那晚的鼾聲。今天發生的事：艾德不相信我；「珍」打來；我到大衛家，大衛勃然大怒；費丁醫生在我耳邊的粗啞聲音。

這兩天發生這麼多事情？

醫生來也：哈囉！妳好嗎？

她上次冷酷地丟下我，但是我決定不跟她計較。

莉莉奶奶：我很好，重點是我要向妳**鄭重**道歉，上次聊到一半就突然離開。

很好。

醫生來也：沒關係！我們都有事情要忙！

莉莉奶奶：不不不，我**發誓**不是。我的網路死了，願它安息！

莉莉奶奶：這種狀況每隔幾個月就發生一次，但這次發生在週四，電信公司說週末才能派人過來。

莉莉奶奶：**非常**抱歉，我無法想像妳會怎麼看我。

我把杯子湊到嘴邊，喝口酒。放下之後，又拿起另一個杯子。我本來以爲莉莉不想聽我的悲慘故事。我對人不太有信心啊。

醫生來也：拜託別道歉！這種狀況很常見！

莉莉奶奶：我覺得自己很貝戈戈!!

醫生來也：一點也不會。

莉莉奶奶：可以原諒我嗎？

醫生來也：沒有什麼好原諒啦！希望妳最近都好。

莉莉奶奶：我很好，兒子來看我 :-)

醫生來也：:-) 太好了！為妳開心！

莉莉奶奶：我很高興他們來。

醫生來也：妳兒子叫什麼名字？

莉莉奶奶：波伊

莉莉奶奶：還有威廉。

醫生來也：好名字。

莉莉奶奶：兩個都很棒。他們幫了大忙，尤其在理查生病時。我們把他們教得不錯！

醫生來也：聽起來也是！

莉莉奶奶：威廉每天從佛羅里達打來，每次都扯開喉嚨說「哈囉」，我聽了就會微笑，屢試不爽。

我也笑了。

莉莉奶奶：我喜歡。

醫生來也：我家都說「猜猜我是誰」！

我想到小莉和艾德，腦中聽到他們的聲音，喉嚨就覺得脹脹的。我又喝了幾口紅酒。

醫生來也：兒子去陪妳，妳一定開心。

莉莉奶奶：安娜，我很開心。他們就睡以前的臥房，感覺又回到「從前」。

這麼多天以來，這是我頭一次感到放鬆，感到一切盡在掌握之中，甚至覺得自己有點用。我彷彿回到東八十八街的診間，正在幫助病患。唯有聯繫。

我可能比莉莉更需要這場交流。

所以儘管外面的日光漸暗，天花板上的影子慢慢消失，我和千里之外的孤獨奶奶仍繼續閒聊。莉莉喜歡下廚，她告訴我，兒子們最愛的餐點就是「我最有名的燜燒牛肉（也不是多有名啦）」，而且她每年都會「為消防人員做大理石布朗尼」。她以前養過貓咪──我向她提起拳拳──現在養了兔子，「是棕色ㄚ頭佩多妮雅」。雖然不是影痴，但是莉莉喜歡「烹飪節目和《冰與火之歌》」。後者倒是頗令我意外──畢竟情節頗寫實。

當然，她也聊起理查。「我們都很想他」。他是老師、衛理教會的執事、火車迷（「我們地下室有超大模型組」）、慈愛的父親──總之是個好男人。

好男人又是好父親。我突然想起亞歷斯泰。打個寒顫之後，我喝了更大一口酒。

莉莉奶奶：希望妳不會覺得很無聊……

醫生來也：一點也不會。

我聽說理查不僅樂於助人，還很負責，家裡所有事情都由他扛起：水電、電子用品（「威廉買『蘋果電視』給我，我根本不會用。」莉莉很苦惱地說。）、園藝、帳單。家裡少了他，他的遺孀解釋：「我覺得不知所措，自己成了一個老太婆。」

我的手指在滑鼠上點著。即使這不是行屍症候群，我也可以提出建議。「我們可以想辦法解決。」我這麼告訴她──血液馬上暖和起來，如同正在幫助病患解決問題。

我從抽屜拿出一枝鉛筆，在便利貼上速寫。我在診間用的是 Moleskine 筆記本和鋼筆，不過兩者毫無差別。

水電：找找附近是否有可以每週來一次的雜工——她辦得到嗎？

莉莉奶奶：教會的馬丁就是。

醫生來也：很好！

電子用品：多數年輕人都擅長用電腦和電視。我不知道莉莉認得多少青少年，可是——

莉莉奶奶：我們街上羅伯家的兒子有 ipad。

醫生來也：就是他了！

帳單（對她來說似乎特別困難。「上網付帳單很困難，太多不同的使用者名稱和密碼。」）：名稱和密碼都該選個好記的詞——我建議用她的名字、孩子的名字，或是家人的生日——然後把某些字母替換成數字或符號，例如 W1LL1@M。

暫時沒有回應。

莉莉奶奶：我的名字會變成 L1221E。

我又笑了。

醫生來也：滿好記的啊！

莉莉奶奶：好好笑。

莉莉奶奶：新聞說我可能會「被駭」，我該擔心這件事嗎？

醫生來也：我不覺得有人會破解妳的密碼！

應該不會吧。她畢竟是住在蒙大拿州的老人家。

最後就是戶外雜務。莉莉說：「這裡的冬天非常非常冷。」她需要有人清理屋頂上的雪、在前面人行道撒岩鹽、打掉屋簷溝槽的冰柱……「就算我有辦法出門，準備過冬也是一大工程。」

醫生來也：希望妳到時候就能康復。也許教會的馬丁或附近的孩子可以幫忙，甚至可以找妳的學生。不要小看時薪十美元的威力！

莉莉奶奶：對欸，好主意。

莉莉奶奶：非常感謝妳，安娜醫生，我覺得好多了。

問題解決了，病患得到幫助。我覺得自己閃閃發光，接著喝一口酒。

話題又回到燜牛肉、兔子、威廉和波伊。

羅素家起居室開了燈。我從筆記型電腦後望出去，看到那個女人走進來。我發現，自己已經一個多小時沒想起她，輔導莉莉對我有幫助。

莉莉奶奶：威廉採買回來了。他最好買了我交代的甜甜圈！

莉莉奶奶：我要去阻止他吃完我那份。

醫生來也：趕快去！

莉莉奶奶：btw（對了），妳最近有辦法出門嗎？

btw，她正在學習網路用語。

我在鍵盤上張大手指。有的，我出過門，而且還出去兩次。

醫生來也：我恐怕不太走運。

但是沒必要多提起。

莉莉奶奶：希望妳很快就能出門……
醫生來也：也祝福妳！

她登出，我乾掉剩下的酒，將杯子放回桌上。

我一腳放在地上，慢慢轉起椅子，牆壁開始旋轉。

恪守為病患謀福，提升健康福祉。我今天辦到了。

我閉上眼睛。我幫助莉莉面對日常生活，幫助她過得更充實，幫助她找到慰藉。

將他人利益置於自身利益之前。沒錯，而且我也得到好處。將近一個半小時，我都沒想到羅素家。

沒想到亞歷斯泰、那個女人，甚至沒想到伊森。

甚至沒想到珍。

椅子漸漸停下來。我張開眼睛，望出門口，視線直接對著艾德的圖書室。

我想到自己沒告訴莉莉的事情，想到我沒機會說的事。

53

奧莉薇亞拒絕回房，艾德只好陪著她，我負責打包行李，心臟急速跳動。我步履維艱地走回大廳，壁爐裡的火焰變得微弱，瑪莉刷了我的信用卡，向我們幾位道晚安。但是她的微笑燦爛得突兀，眼睛也睜得很大。

奧莉薇亞向我伸出手。我看著艾德，他接過行李，一肩揹著一個。我牽起女兒溫暖的小手。

我們停在遙遠的角落，等我們走到車邊，身上已經覆滿雪花。艾德打開車廂，放好行李。我一手劃過擋風玻璃，奧莉薇亞爬上後座，自己用力關上車門。

艾德和我站在車外，一人站一邊，雪就打在我們身上，落在我們之間。

我看到他嘴巴動了動。「什麼？」我問。

他這次提高音量：「妳開車。」

我開車。

我開出停車場，輪胎在霜上發出吱嘎聲。車子開上馬路，雪花飄在窗邊。我開上高速公路，開進黑夜，開進白雪中。

一片寂靜，只有引擎嗡嗡聲。旁邊的艾德盯著正前方，我從照後鏡往後看。奧莉薇亞懶懶地坐著，頭靠著肩膀，還沒睡著，卻半閉著眼睛。

我們開過路彎，我用力抓住方向盤。

突然之間，那個缺了口的深淵就在我們身邊。月光照耀之下，底下的樹木猶如幽靈鬼魅。銀色雪花落進峽谷，往下飄，往下飄，直到永遠不見蹤影，彷彿淹入深海中的水手。

我放開油門。

我從照後鏡看到奧莉薇亞望著窗外。她的小臉閃閃發亮，原來她又哭了，而且無聲無息。

我的心碎了。

我的手機響起。

❖

兩週前，艾德和我去參加一個派對，就是公園對面的羅茲家。那是應景的雞尾酒會，現場有時髦的飲料和槲寄生樹枝。武田家去了，葛雷家也出席（主人說瓦瑟曼夫妻拒絕回覆邀請函）；羅德家的成年孩子帶女友回來，此外還有柏特的銀行同事，大批人馬都到場。屋子簡直成了戰場，地雷密布，每走一步都有人送上飛吻，到處聽得到笑聲，時不時就有人拍拍你的背，猶如炸開的炸彈。

派對中途，我正在喝第四杯酒時，裘西走過來。

「安娜！」

「裘西！」

我們彼此擁抱，她那雙手在我背後拍動。

「看看妳的禮服。」我說。

「是不是？」

我不知道該如何回答。「是啊。」

「看看妳穿褲裝的模樣！」

我比比自己的褲子。「看看我。」

「我剛剛必須脫掉披肩——柏特打翻他的……噢，謝謝妳，安娜。」我幫她挑掉手套上的頭髮。

「柏特的紅酒潑到我肩膀上。」

「壞柏特！」我啜一口酒。

「後來我說他完蛋了。這都第二次了……噢，謝謝妳，安娜。」我從她洋裝上又挑掉一根細線。艾德總說我喝醉酒之後，就喜歡動手東摸摸西摸摸。「這已經是他第二次弄髒我的披肩。」

「同一條披肩？」

「不不不，不是。」

她的牙齒形狀較鈍，而且是米色，讓我聯想起韋德爾氏海豹。我最近才在動物節目看到，這種動物會用牙齒在極地冰面上挖出氣孔。旁白指出：「因此牠們的牙齒嚴重耗損。」下一個鏡頭就是海豹在雪地上拚命擺動下巴。「韋德爾氏海豹多半早夭。」旁白補上這句，更令人覺得陰森。

「是誰打電話找妳找了一整晚？」面前這隻韋德爾氏海豹問我。

我突然停格。我的電話響了整晚，在我臀部不斷震動。我會偷偷拿出來，低頭看螢幕，然後用拇指按接聽。我以爲自己很小心。

「公事。」我解釋。

「小孩子這時候怎麼會找妳？」裘西問。

我微笑。「我有保密義務，妳明白的。」

「當然當然，妳眞專業，親愛的。」

即便在這片喧囂之中，即便當我動腦發問、回答問題的當兒，即便杯觥交錯、聖誕頌歌悠揚，即便如此，我腦中只有他。

❖

電話又震動了。

我雙手從方向盤上跳起來。放在前座杯架上的手機，現在在塑膠上嘎嘎響。

我望向艾德。他正看著電話。

又震動了。我瞟向照後鏡，奧莉薇亞瞪著窗外。

寂靜無聲，我們繼續往前開。

震動。

「猜是誰。」艾德說。

我沒回應。

「一定是他。」

我沒爭辯。

艾德拿起電話，看看螢幕，嘆口氣。

我們繼續往前駛，開過轉彎。

「妳要不要接？」

我無法看他，只能筆直盯著擋風玻璃外。我搖搖頭。

「那就由我來接。」

「不要。」我想奪回電話，艾德舉高不讓我拿。

電話響個不停。「我想接，」艾德說。「我想和他聊聊。」

「不要。」手機被我打下來，落到我腳邊。

「不要吵了。」奧莉薇亞大叫。

我低頭，看見螢幕上出現他的名字。

「安娜。」艾德低聲說。

我抬頭，馬路不見了。

我們飛出山崖邊緣，衝進黑暗。

54

有人敲門。

我不知不覺打起盹。坐直身子之後，還是搖來晃去。屋裡暗了，窗外已經入夜。

又是敲門聲，就從樓下傳來。不是前門，是地下室那扇。

我走下樓。大衛幾乎每次都走前門，不知道是不是他的客人。

我開了廚房電燈，打開地下室的門，大衛本人就站在門外兩個台階下抬頭看我。

「也許我以後就從這裡上來。」他說。

我愣了一下才發現他只是說笑打趣。「可以啊。」我欠身，他從我身邊走進廚房。

我關門，我們四目交接。我以爲我知道他要說什麼，以爲他要向我提珍的事情。

「我本來想——我想道歉。」他開口。

我全身僵硬。

「因爲先前那件事。」他說。

我拚命搖頭，頭髮在肩膀處鬆開。「我才該道歉。」

「妳的確道歉過。」

「我很樂意再道歉一次。」

「不用，不需要。我想說我很抱歉，不該大吼大叫。」他點頭。「而且還不關門。我知道那會讓妳很不好受。」

這種說法還太含蓄，但是我錯在先。「沒關係。」我想聽珍的事情，我可以再問他一次嗎？

「我只是——」他的身體靠在廚房中島，一手撫過桌面。「我的防衛心比較重，也許我先前就該告訴妳，只是。」

句子就在這裡打住。他一腳晃到另一腳前面。

「只是？」我說。

他深色眉毛下的眼睛往上望。勉強可拿來塞牙縫。「妳有啤酒嗎？」

「我有葡萄酒。」我想到樓上桌上那兩瓶和兩個杯子，應該先喝那兩瓶。「要開一瓶嗎？」

「好啊。」

我經過他走向櫥櫃——他身上有象牙肥皂的味道——取出一瓶紅酒。「梅洛酒可以嗎？」

「我根本不知道那是什麼酒。」

「是很好的紅酒。」

「好啊。」

打開另一個櫥櫃門，裡面空無一物。我走向洗碗機，兩個杯子在我手中敲了一下。我把杯子放在中島，拔出軟木塞，倒酒。

他把一杯推到自己面前，向我舉杯。

「敬你。」我啜飲一口。

「其實，」他搖晃著杯子。「我在裡面蹲過。」

我點頭，發現自己瞪大眼睛。我應該沒聽人說過這句話，至少電影以外的現實生活沒聽過。

「坐牢嗎？」我聽到自己愚蠢地說出這句話。

他微笑。「就是坐牢。」

我又點頭。「你——你為什麼坐牢？」

他平靜地看著我。「傷害罪。」然後，「對方是男人。」

我盯著他看。

「妳很緊張。」他說。

「沒有。」

「我只是意外。」我告訴他。

謊言懸在半空中。

「我之前應該告訴妳。」他抓抓下巴。「我的意思是搬進來之前。如果妳要我搬走，我也可以理解。」

我不明白他的意思。我希望他搬走嗎？「怎麼……回事？」我問。

他淺淺地嘆口氣。「在酒吧打架，不是什麼大事。」聳聳肩。「只是我有前科，也是傷害罪，所以兩振出局。」

「我以為三振才出局。」

「要看你是誰。」

「喔。」我說，彷彿聽到不容質疑的深奧智慧。

「我的ＰＤ是個酒鬼。」

「喔。」我重複，反覆咀嚼思考。ＰＤ，公設辯護人。

「我坐牢十四個月。」

「在哪？」

「打架還是坐牢？」

「都有。」

「都在麻州。」

「喔。」

「妳想知道，呃，細節嗎？」

我想。「噢，不用了。」

「理由很蠢，是我喝醉酒。」

「原來如此。」

「所以我才——在意我的……空間。」

「原來如此。」

我們垂著眼站著，猶如兩個參加舞會的青少年。

我改變姿勢，調整重心。「你什麼時候——什麼時候蹲進去的？」依情況使用病患慣用語彙。

「四月出來，在波士頓待到夏天結束，然後就來這裡了。」

「原來如此。」

「妳一直重複這句話。」他說，語氣頗友善就是了。

我微笑。「嗯。」然後清清喉嚨。「我闖入你的空間，那是我不應該。你當然可以留下。」這是真心話嗎？應該是。

他啜飲紅酒。「我只是想告訴妳。還有，」他向我舉杯。「這東西很不錯。」

「妳知道，我沒忘記天花板的事。」

我們坐在沙發上，這時已經三杯紅酒下肚——他喝三杯，我喝四杯，如果仔細數，我們是喝了七杯，只是我們沒在數——我愣了一下。

「哪個天花板？」

他往上指。「屋頂。」

「喔。」我往上看，彷彿能看穿每層樓，直視屋頂。「是喔。你怎麼突然想到這件事？」

「妳剛剛說只要妳能出去，就要上樓好好看看。」

我有說這句話？「大概還要好一陣子吧。」我開朗地告訴他。盡量開朗。「我甚至無法穿過院子。」

他輕笑，歪頭。「總有一天可以。」他將杯子放在茶几上起身。「洗手間在哪裡？」

我在椅子上轉身。「那邊。」

「謝謝。」他走向紅房間。

我靠回沙發上。左右轉頭時，椅墊在我耳邊低語。我看到鄰居中刀。就是那個你從未見過的女人，那個沒有人看過的女人。請你相信我。

我聽到尿柱打在馬桶的聲音。艾德也會這樣，撒尿的力道很大，即使關著門，外面都聽得到；他彷彿要在陶瓷馬桶上鑽出一個洞。

沖水聲。水龍頭水流嘶嘶聲。

有人在她家，那個人冒充她。

洗手間的門打開又關上。

那對父子說謊，他們都說謊。我在沙發上陷得更深了。

我盯著天花板，盯著酒窩般的電燈，然後閉上眼睛。

幫我找到她。

咿呀聲，是某個地方的門板鉸鍊。大衛大概下樓了，我偏過頭。

幫我找到她。

一會兒之後，我張開眼睛，他已經坐回沙發。我坐直，微笑，他也微笑，望著我的後方。「很可愛的孩子。」

我轉身，是奧莉薇亞，在銀相框中燦爛微笑。「你樓下掛著她的相片，」我想起來。「就掛在牆上。」

「對。」

「爲什麼？」

他聳肩。「不知道，反正我也沒照片可換。」他喝乾酒。「她人呢？」

「跟她爸在一起。」我大口灌酒。

靜默。「妳想她嗎？」

「想。」

「妳想他嗎？」

「事實上，我也想呢。」

「常和他們通話嗎？」

「常常，其實昨天才聊過。」

「妳何時會跟他們見面？」

「恐怕還要一陣子，希望就快了。」

我不想聊這件事，不想聊他們。我想談談公園對面那個女人。「要不要去看天花板？」

台階通往暗處。我走前面，大衛跟在後面。

我們經過書房，有個東西擦過我的腿。是拳拳，正要溜下樓。「那是妳養的貓？」大衛問。

「就是牠。」

我們經過臥房，兩間都很暗，來到最頂層。我摸向牆壁，找到開關，燈一亮，我就看到大衛看著我。

「看起來沒有惡化。」我指著上方的水漬，它就像橫過活門的瘀青。

「對。」他附議。「不過終究會越來越糟糕，我這週處理。」
沉默。
「你很忙嗎？找到很多差事了嗎？」
沒回應。
我納悶自己是否該告訴他珍的事情，不知道他會說什麼。
但我還沒拿定主意，他便吻了我。

55

我們躺在地板上，地毯扎著我的皮膚。他拉起我，將我抱到最近的床上。他的嘴貼著我的，鬍碴摩擦著我的臉頰和下巴。他一手耙過我的頭髮，一手拉開束帶。睡袍鬆開時，我吸氣縮腹，但是他吻得更深，吻上我的頸子、肩膀。

織布飛散，風中飄；
明鏡驟碎不復全；
「別再叫我看倒影。」
夏洛特姑娘驚聲喊。

爲什麼想起丁尼生[19]？爲什麼偏偏這時候想起來？我已經好久沒有這種感覺。我已經好久都沒有任何感覺。我想感受這一刻。我想有所感受。我受夠了影子。

後來在黑暗中，我的手指撫過他的胸膛、腹部，以及從肚臍往下延伸，如同導火線的體毛。

他呼吸平穩，我也墜入夢鄉。我似乎夢到日落，夢到珍。我聽到有人輕聲踩在樓梯上，意外的是，我竟然希望他回到床上。

19 Alfred Lord Tennyson，英國桂冠詩人。此處引文出自其敘事詩〈夏洛特姑娘〉（*The Lady of Shalott*）。

56

十一月七日　星期日

醒來時，我頭昏腦脹，大衛已經離開。他的枕頭冰涼，我將臉壓上去，聞到他的汗味。

我滾到我那側，遠離窗戶，遠離光線。

發生了什麼鬼事？

我們本來在喝酒——當然是喝酒；我緊閉眼睛——然後我們走到頂樓，站在天窗活門下。然後就移到床上。也不是，我們先倒在地上，後來才到床上。

而且是奧莉薇亞的床。

我倏地睜開眼睛。

我在女兒的床上，她的被單裹著我的裸體，枕頭上留下我幾乎不認識的男子的汗水。天啊，小莉，對不起。

我瞇眼看門口外的陰暗走廊，然後坐起來，床單捧在胸前——這是奧莉薇亞最愛的小馬床單，她不肯用其他床單。

我轉向窗戶，外面天色灰暗。天空飄著十一月的小雨，雨水穿過樹葉，從屋簷上打下來。

我瞥向公園對面，從這裡可以直接望進伊森房間，他不在。

我打個哆嗦。

睡袍落在地上，猶如車胎滑痕。我從床邊走去撿起來——爲何雙手直發抖？然後穿上。一只拖鞋落在床底下，另一只在樓梯頂端找到。

我站在樓梯上深呼吸。空氣很悶，大衛說得對，我應該開窗透氣。我不願意，但是我應該這麼做。下樓走到下一個樓梯轉角時，我先看一邊，又看了另一邊，彷彿正要過馬路。臥室靜悄悄，上次和碧娜同床共枕之後，床單還亂糟糟。和碧娜同床共枕，聽起來好情色。

我宿醉。

再下一層樓，我望進圖書室，又看看書房。羅素的宅邸看著我，我覺得它監視我走下樓。

我還沒看到他，就先聽到聲音。

等我看到他，他正在廚房用平底杯喝水。房裡都是影子和玻璃，如同窗外一般陰暗。

我打量他的喉結上下。他後頸的頭髮毛糙。結實的臀部從襯衫下隱隱約約露出來。我閉上眼睛，想起先前抓著那個臀部，而我的嘴就頂著那個喉結。

再度張開眼睛時，他正看著我，陰暗的光線襯著那對眼睛越發深邃。「好一個道歉啊？」他說。

我臉紅了。

「希望我沒吵醒妳。」他舉高杯子。「需要補充水分，馬上就要出門了。」他大口喝乾剩下的水，將杯子放進水槽，一手抹過嘴唇。

我不知道該說什麼。

他似乎也察覺到。「不打擾了。」他走向我。我全身緊繃，但他只是走向地下室，我讓開。他走到我旁邊時，轉頭低語。

「我不知道該說謝謝還是對不起。」

我直視他，尋思字句。「那不算什麼。」我的聲音聽起來很沙啞。「不必放在心上。」

他想了想，點點頭。「聽起來我似乎該道歉。」

我垂下目光。他走過我身邊開門。「我今晚要出門，康乃狄克那邊有個工作，明天就會回來。」

我沒回話。

門在我背後關上時，我才呼氣。

我用他放在水槽的杯子裝水喝，似乎再度嘗到他。

57

所以，事情就是發生了。

我向來不喜歡這種說法，太輕浮。現在我自己卻說了這句話：

事情就是發生了。

我拿著杯子走到沙發邊，看到拳拳縮在椅墊上，尾巴前搖後擺。我坐在牠旁邊，杯子放在兩腿之間，頭往後仰。

撇開道德倫理不說——畢竟這也與倫理無關吧？我是說，與房客上床應該無所謂吧？但我竟然在女兒床上做那件事。艾德會怎麼說？我打了個寒顫。當然，他不會知道，即使如此也不應該。即使如此也不應該。我想燒掉那張床單，燒毀那些小馬和那件事。

包覆著我的房子呼吸著，立鐘的規律滴答聲就是微弱的脈搏。整個房間都籠罩在影子裡，只有深深淺淺的黑色。我看到我自己，鬼魅般的自己映在電視螢幕上。

如果我在電視上，如果我是電影中那些人物，我會怎麼做？我會出門調查，就像《辣手摧花》的泰瑞莎．萊特。我會像《後窗》的詹姆斯．史都華一樣，去找朋友。總之就是不會穿著睡袍坐在這裡，不知道下一步該怎麼做。

閉鎖症候群的原因包括中風、腦幹受傷、多發性硬化甚至中毒。這是神經疾病，不是精神病。然而我名副其實關在屋裡——門窗緊閉，在我躲著、畏懼著光線時，公園對面有個女人中刀，卻沒人注意到，沒人知道。只有我除外——這個我成天灌酒，遠離家人，上了房客。這個我是鄰居眼中的怪胎，警察口中的笑話，醫生心中的特殊案例，物理治療師憐憫的病患。是個足不出戶的隱士。不是英雄，不是偵探。

我關在屋裡，自絕於世界之外。

後來我起身，走到樓梯，一腳跟著一腳輪流往前走。我走到樓梯轉角，正要拐進書房時發現，櫃子門沒關，只有一個小縫隙，但就是開著。

我的心臟漏了一拍。

怎麼會？只是門開著。我上次自己才開過，幫大衛開的。

……只是當時我關上了。如果沒關，我一定會發現——因爲我剛剛就發現門開著。

我像火焰般左搖右晃。我相信自己嗎？

時至今日，我依然相信自己。

我走向櫃子，極其謹慎地把手放上門把，好似深怕它會突然飛開。我拉開門。

裡面很黑。我舉手在頭頂揮了揮，找到拉繩用力拉。小房間立刻大放光明，刺眼的白光猶如燈泡內部。

我環顧四周，沒有新東西出現，也沒有東西不見。油漆罐、海灘椅都還在。

架子上就放著艾德的工具箱。

不知為何，我知道裡面有什麼。

我上前，伸手拿過箱子，接連打開兩個扣鎖，慢慢掀開蓋子。

我馬上就看到。美工刀已經放回原位，刀刃閃閃發光。

58

我坐在圖書室高背椅上，腦中的思緒如烘乾機的衣物般翻轉著。我先前原本待在書房，後來看到那個女人出現在珍的廚房，我抖了一下便匆匆逃離。結果我自己家竟然出現了禁區。

我看著壁爐上的時鐘，將近十二點，我今天都還沒喝酒，大概是好事。

我或許不能自由出入——我的確不行——但是我可以靠腦袋解決問題。這就像棋盤，何況我擅長下棋。專心，努力想，出招。

我的影子拖曳在地毯上，彷彿試著離開我。

大衛說他沒見過珍。珍從沒提到她見過大衛——也許眞的沒見過，也許喝了那四瓶之後才見過。大衛何時來借美工刀？是我聽到珍尖叫的那天嗎？難道不是嗎？他拿刀威脅她？最後不只出言恫嚇？

我咬起大拇指指甲。以前我的大腦就像歸類整齊的檔案櫃，現在卻只見紙張到處飛揚。

不，等等，妳的推理太離譜了。

但是不無可能。

我對大衛有何了解？他因爲傷害罪「進去蹲過」，而且不止一次。他手上有美工刀。

無論警方、碧娜，甚至艾德怎麼說，我絕對沒看錯。

我聽到樓下關門的聲音。我起身，走到樓梯上，走進書房。羅素家沒有人。

我走到窗邊往下看，有了，他在人行道上，還是一派懶洋洋的步伐。牛仔褲掛在腰下，一邊肩上揹著背包。他往東走，我看著他走出我視線之外。

我離開窗邊，站在微弱的正午陽光中。我再度望著公園對面，沒有人影，房間空蕩蕩。但是我神經緊繃，等著她再現身，等著她迎視我。

我的睡袍鬆開。鬆開了。*她衣衫不整。*我記得有本書名就是這句話，只是我沒看過。

天啊，我的腦子天旋地轉，我兩手捧著腦袋，用力壓住。好好想。

接著我突然想起來，彷彿小丑猛地從惡作劇盒跳出來，嚇得我往後退：那個耳環。

昨天我就是爲了這件事情心煩——大衛深色木材的床頭櫃上有只耳環閃閃發光。

我確定上面有三個小珍珠。

我幾乎可以確定。

那是珍的嗎？

那一晚，那流沙般的夜晚。*前男友送的禮物。*從耳垂往下垂墜。*亞歷斯泰恐怕不知道。*紅酒流過我的喉嚨。那三顆小珍珠。

難道那不是珍的嗎？

抑或純粹是溫室花朵的想像？可能不是那個耳環，可能是別人的。但我已經開始搖頭，頭髮搔過兩頰：*一定是珍的。*

如果是這樣。

我手伸進睡袍口袋，摸著那張紙，然後拿出來：紐約警局，康拉德·李鐸警探。

不行。我又放回去。

我轉身離開房間，摸黑下樓。儘管我沒喝酒，卻腳步踉蹌。我走向廚房地下室門口，扣上銷栓時，門閂發出聲音。

我後退，打量這扇門，又上樓，走到儲藏室，拉繩點亮燈泡，發現它就靠在遠方牆邊：就是我要找的坐梯。

回到廚房之後，我用梯子擋住地下室的門，緊緊地靠在門把下。我用穿著拖鞋的腳踢梯子，確定梯子動也不動之後又踢了幾下。撞到腳趾。我又踢了幾下。

我再次後退幾步。門已經封死了，少了一個入口。

當然，我也少了一個出口。

59

我的血管乾到燒燙，我需要喝一杯。

我在門邊向後轉，踢到拳拳的水碗。水碗滑開，濺出一點水。我罵髒話再站穩，我得專心，我得想清楚。喝點紅酒會有幫助。

酒就像絲絨般滑入我的喉嚨，溫厚又純粹，我放下平底杯時，已經覺得血液冷卻下來。我環顧周遭，視線清晰，腦子如同上了油。我是一部機器，一部思考機器。某個賈克．某某某[20]在一百多年前所寫的偵探小說裡，有個角色似乎有這個暱稱——那個超級理智的博士可以用邏輯解開所有疑案。我記得，那個作家催妻子上救生艇之後，就死在鐵達尼號上。目擊者看到他和傑克．亞斯特[21]在沉船上共享一根菸，站在殘月之前呼出煙霧。無論多擅長思考，這都不是可以有辦法逃離的狀況。

我也是博士，也可以超級理智。

下一步。

一定有人可以證實發生了什麼事情，或是核實身分。倘若不能從珍查起，那就從亞歷斯泰下手吧，他的網路紀錄最多，是他們家裡唯一查得到資料的人。

我走向書房，每走一步，計畫就更清楚。等到目光瞥向公園對面——她又出現了，就站在起居室，銀色的電話壓在耳邊；我害怕地縮了一下，才坐到書桌前——我已經有劇本，也有策略了。況且，我反應很快（我坐著告訴自己）。

滑鼠。鍵盤。Google。手機。這些都是我的工具。我又看了羅素家一眼，現在她背對我，成了一道喀什米爾毛衣牆。很好，繼續保持。這是我的家，這是我的視野。

我在桌上型電腦螢幕上輸入密碼，一分鐘後，我就在網路上找到我要的資料。我本來要在手機上輸入密碼，卻突然打住：他們會不會追蹤到我的號碼？

我蹙眉放下電話，抓過滑鼠，游標出現在螢幕上，我點開Skype。片刻後，有個活潑的次高音向我打招呼。「艾金森。」

「嗨，」我說，然後清清喉嚨。「嗨，請幫我轉亞歷斯泰・羅素辦公室。不過，」我補上：「我找他的助理，不是找亞歷斯泰。」對方愣住。「我要給他一個驚喜。」我解釋。

又是一陣靜默。我聽到鍵盤打字聲，然後：「公司上個月終止雇用亞歷斯泰・羅素。」

「終止？」

「是的，女士。」她奉命這麼稱呼我，但聽起來很不情願。

「爲什麼？」蠢問題。

「我不清楚，女士。」

「可否麻煩妳幫我轉到他的辦公室？」

「我說過，他——」

「他原先的辦公室呢？」

「那在波士頓。」她有典型年輕女性的語調，句末聲音都會上揚，因此我無法分辨這是問句或直述句。

「對，波士頓的——」

「我現在幫妳轉過去。」下音樂，是蕭邦的小夜曲。一年前，我可以告訴你是哪一首。不行，不要分心，努力思考。喝一杯就輕鬆多了。

公園對面的她已經走出我的視線，不知道是否正在和他通話。眞希望我會讀唇語，希望——

「艾金森。」這次是男人。

「請幫我接亞歷斯泰．羅素的辦公室。」

馬上接話：「恐怕羅素先生——」

「我知道他已經離職，但是我想找他的助理或是前助理，是私事。」

片刻之後，他才又開口。「我可以幫妳轉過去。」

「那就太——」又是鋼琴聲，一連串的音符。應該是第十七號，B大調。還是第三號？第九號？以前我非常清楚。

專心。我搖頭，肩膀也跟著搖動，就像濕漉漉的狗狗。

「喂，我是艾利克斯。」又是男人，只是聲音輕柔、沒有起伏，我很難判別，名字也很中性。

「我是——」我需要一個名字，先前沒想到。「愛莉克絲，我們同名。」天啊，我就只有這點能耐。

如果名爲愛莉克絲／艾利克斯的人之間有祕密握手暗語，那麼這個艾利克斯並未伸出手。「請問有何貴幹？」

「我是亞歷斯泰——羅素先生的老朋友，我剛打到紐約辦公室找過他，但是他似乎已經離職了。」

「沒錯。」艾利克斯呼出鼻息。

「請問你是他的……」助理？祕書？

「我以前是他的助理。」

「喔，我納悶——事實上我有幾個疑問。請問他何時離開的？」

又是噴鼻息的聲音。「四週前，喔，不對，是五週。」

「好奇怪，」我說。「我們本來很興奮他要來紐約。」

「妳知道，」艾利克斯說，他或她的聲音透露著運轉引擎的熱度：顯然有八卦。「他還是搬去紐約了，只是他沒調過去。他本來準備調到分公司，還買了房子。」

「眞的？」

「對，哈林區的大房子，我在網路上看過，我上網查過。」男人會這麼喜歡在背後說人閒話嗎？也許艾利克斯是女人，我眞是性別歧視。「但是我不知道發生什麼事情，他應該也沒到其他公司。妳問他本人應該更清楚。」鼻息聲。「抱歉，我感冒。請問妳怎麼認識他？」

「亞歷斯泰？」

「對。」

「喔，我們是大學時期的朋友。」

「達特茅斯學院？」

「沒錯。」我忘了。「所以他是——抱歉這麼說，請問他是跳槽還是被開除？」

「我不知道，妳必須自己問，整件事超級神祕。」

「我會問。」

「他在這裡的人緣很好，」艾利克斯說。「一個好人。我不相信他們會開除他。」

我發出同情的聲音。「我還有另一個問題，是關於他的妻子。」

鼻子呼氣聲。「珍。」

「我從沒見過她，亞歷斯泰這個人喜歡把各個領域劃分得很清楚。」我的語氣就像心理醫生，希望艾利克斯聽不出來。「我想買個小禮物歡迎她來紐約，可是我不確定她喜歡什麼。」

呼氣聲。

「我想送圍巾，但我不知道她的膚色。」我吞一大口口水，這個藉口很遜。「我知道，聽起來很遜。」

「其實啊，」艾利克斯壓低聲音。「我也沒見過她。」

好吧，也許亞歷斯泰眞的喜歡把各個領域劃分得清清楚楚。我還眞是優秀的心理醫生啊。

「因爲他就是喜歡把各個領域劃分得清清楚楚！」艾利克斯繼續說：「妳說得沒錯。」

「是啊！」我附議。

「我在他底下做事將近半年，從沒見過她，沒見過珍。只見過他們的孩子一次。」

「伊森。」

「很乖，有點害羞。妳見過他嗎？」

「見過，好幾年前了。」

「很乖。他來過公司一次，來找他爸爸一起去看『波士頓棕熊』的曲棍球比賽。」

「所以你無法告訴我任何珍的事情。」我提醒艾利克斯。

「沒辦法。喔——可是妳想知道她長什麼樣子，對嗎？」

「對。」

「他的辦公室有張照片。」

「照片？」

「這裡有一箱東西要寄到紐約，我們還沒寄出去，也不知道該如何處置。」呼出鼻息、咳嗽。「我去看看。」

艾利克斯放下電話時，我聽到電話刮過桌子的聲音——這次沒有蕭邦可聽。我咬著嘴唇，看著窗戶。那個女人在廚房，正盯著冰箱。有那麼瘋狂的一刻，我想像珍就在那裡面，身體結凍，眼睛清亮覆著白霜。

話筒又刮過桌子。「她就在我面前，」艾利克斯說。「我是說照片。」

我一口氣卡在喉嚨。

「她是深色頭髮，皮膚白皙。」

我吐氣。她們兩人，珍和冒充者，都是深色頭髮，皮膚白皙。沒有幫助，但我不能問起體重。「明白——好，」我說。「還有嗎？這樣吧——能不能請你掃描照片傳給我？」

停頓。我看著公園對面的女人關上冰箱，離開房間。

「我給你我的電子信箱。」我說。

沒有回應。然後：

「妳說妳是誰的朋友？」

「亞歷斯泰的朋友。」

「我不該把個人隱私資料傳出去，妳得自己問他。」這次沒有呼氣聲了。「妳說妳是愛莉克絲？」

「對。」

「姓什麼？」

我張開嘴，然後點「結束通話」。

房裡靜悄悄，我可以聽到走廊另一端艾德圖書室的時鐘滴答聲，我屏住呼吸。

艾利克斯是不是正打給亞歷斯泰？他或她會描述我的聲音嗎？他會不會打我的室內電話，甚至手機？我盯著桌上的手機，看了一會兒，彷佛當它是沉睡中的動物，而我正等著它醒來。我的心臟傍著肋骨怦怦跳。

手機毫無動靜，一支沒有行動的行動電話。哈。

專心。

20 這裡指的是 Jacques Futrelle，美國記者、作家，最著名的作品是偵探故事。

21 Jack Astor，德裔美國籍富翁，鐵達尼號上最富有的乘客。

60

雨點叮叮咚咚打在廚房的窗外，我在平底杯裡倒進更多紅酒，仰頭喝了好一會兒。我很需要專心。

有什麼事是我現在知道，但我先前不知道的呢？亞歷斯泰把工作跟家庭劃分得清清楚楚，這是許多暴力罪犯的特質，除此之外，不算有用資訊。再來，他本來準備調到紐約分公司，甚至置產，帶著全家南遷……結果計畫趕不上變化，他目前還沒進入任何公司。

發生了什麼事情？

我起雞皮疙瘩，這裡好冷。我走到壁爐前，轉開爐架旁的旋鈕。火花綻放。

我坐上沙發，靠著椅墊，將紅酒倒進杯子。睡袍裹著我。睡袍該洗了，我也該梳洗了。

我的手指滑進口袋，再度摸著李鐸的名片，也再度放開。

我又看著影子般的自己映在電視螢幕上。我埋在抱枕中，穿著暗色睡袍，看起來活像幽靈。我也覺得自己是幽靈。

不行。專心。下一步。我將杯子放在茶几上，兩手支在膝蓋上。

這時我才發現自己沒有下一步。我甚至無法證明珍——我的珍，真正的珍——的存在，無論是過去或現在，更無法證明她失蹤。或喪命。

或喪命。

我想到伊森，他困在那間房子裡。乖孩子。

我的手指耙過頭髮，彷彿犁田。我覺得自己像迷宮裡的老鼠，又回到實驗心理學的課：那些眼睛骨碌骨碌、尾巴猶如氣球束線的小動物先跑到第一條死路，接著又撞進第二條。「加油啊。」我們在老鼠頭頂笑鬧，押賭下注。

我現在笑不出來。我又開始納悶自己是否該找李鐸。

結果我找上艾德。

「懶鬼，妳想找刺激嗎？」

我嘆氣，拖著腳走過書房地毯。我已經放下百葉窗，免得對面的女人看到我。房裡的陰暗光線呈現條紋狀，猶如牢籠。

「我覺得自己很沒用。就好像電影看完都亮燈了，所有人都排隊走出戲院，我卻依然坐在原位，努力想搞清楚情節脈絡。」

他竊笑。

「幹嘛？哪裡好笑？」

「拿這件事和電影比喻，還眞只有妳說得出來。」

「是嗎？」

「就是。」

「最近我的參考基準少得可憐。」

「知道了知道了。」

我完全沒提起昨晚的事，就連想到都畏縮。然而其他事情就像膠卷般慢慢放映：冒牌貨的信息、大衛家的耳環、美工刀，以及我打給艾利克斯那通電話。

「就像某部電影的情節，」我複述。「我還以爲你會更緊張。」

「緊張什麼？」

「首先，我的房客屋裡有喪命女子的耳環。」

「你又不知道是不是她的。」

「我知道，我確信。」

「不可能，妳甚至不確定她……」

「什麼？」

「妳明知故問。」

「什麼？」

他嘆氣了。「還活著。」

「我不認爲她還活著。」

「我的意思是，妳甚至不確定她是否存在，或——」

「我確定，非常確定，我沒有妄想症。」

沉默。我聽著他的呼吸聲。

「不是妳自己疑心病？」

他話還沒說完，我已經對他大發脾氣：「既然眞的發生過，就不是我多疑。」

沉默。這次他沒再追問。

再次開口時，我的聲音已經變得很尖銳。「你用這種態度質疑我，很讓我沮喪，我困在這裡就已經很灰心了。」我哽咽。「我困在這間屋子，困在這……」我想說迴圈，但是等我想到這個字眼，他已經開口。

「我明白。」

「你不明白。」

「我可以想像。聽我說，安娜。」我還來不及插嘴，他又繼續說：「妳連續兩天的生活如同光速快轉，整個週末都沒休息。現在妳又說大衛可能……隨便啦。」他咳嗽。「妳綳得太緊了。不如妳今晚看個電影或讀讀書。早點上床。」咳嗽。「妳有好好吃藥嗎？」

沒有。「有。」

「妳沒喝酒吧？」

當然有。「當然沒有。」

無聲。我聽不出他是否相信我。

「妳有話對小莉說嗎？」

我吐氣，如釋重負。「有。」我聽著雨水敲打窗戶玻璃，不久後便聽到她的聲音，輕柔的氣音。

「媽咪。」

我好開心。「嗨，小親親。」
「嗨。」
「妳好嗎？」
「很好。」
「我很想妳。」
「嗯。」
「什麼？」
「我說『嗯』。」
「意思是『我也想妳，媽咪』嗎？」
「對。那裡發生什麼事了？」
「哪裡？」
「紐約市。」她總是這麼說，好正式的稱呼。
「妳說家裡？」說到家裡，我心好痛。
「對，家裡。」
「鄰居之間發生了一點事情，我們的新鄰居。」
「什麼事？」
「沒什麼，小親親。只是有點誤會。」
接著又是艾德。「安娜——抱歉插一下話，小朋友：如果妳擔心大衛，應該聯絡警方。不是因爲他……妳知道……和妳說的那件事情有關，而是因爲——他有前科，妳不該擔心自己的房客。」

我點頭。「對。」

「好嗎？」

我再度點頭。

「妳有那個警察的電話號碼？」

「是李鐸，有。」

我透過百葉窗往外看，公園對面有動靜。羅素家的前門開著，灰濛濛雨絲中出現一片鮮明的白色。

「那就好。」艾德說，但是我已經沒在聽。

門關上之後，那個女人出現在門口，穿著及膝紅大衣，彷彿火把，頭頂撐開的半透明雨傘猶如半月。我伸手拿書桌上的相機，舉到眼前。

「你說什麼？」我問艾德。

「我叫妳好好照顧自己。」

我從取景框往外望，滑下傘面的雨水好似腫脹的靜脈。我調低鏡頭，拉近對準她的臉孔：往上翹的鼻頭、雪白的肌膚，眼睛下有兩朵烏雲般的黑眼圈，她睡不好。

我向艾德說再見時，穿著馬靴的她正緩緩走下台階，突然停下腳步，拿出口袋中的手機查看，然後放回去，往東走，朝我走來。她的臉孔在傘下一片模糊。

我得找她談。

61

現在，趁她落單。現在，趁亞歷斯泰無法干預。現在，趁我熱血尚在沸騰。就是現在。

我衝進走廊，奔下樓梯。只要我不思考就辦得到，只要我不思考。不要想。到目前爲止，思考對我毫無幫助。「福克斯，瘋狂的定義，」衛斯理曾引用愛因斯坦的話提醒我。「就是不斷重複做同樣的事情，卻期待不同的結果。」停止思考，付諸行動。

沒錯，三天前我才付諸行動——做的就是一模一樣的事情——結果被送進醫院。我再重蹈覆轍就是瘋了。

無論如何，我都瘋了。無所謂，我必須查清楚。況且我已經不確定家裡是否安全。

我衝過廚房時，拖鞋發出吱吱聲。我繞過沙發，茶几上還放著那罐安定文，我搖出三錠放在手心，湊到嘴邊吞下去。感覺就像一口乾掉「喝了我」藥水的愛麗絲。

我奔到門口，蹲下來拿雨傘，起身扭開門鎖。現在我站在玄關，雨水下的燈光透過含鉛玻璃流瀉到屋內。我深呼吸——一、二——然後開傘。傘面咻一聲在陰暗處張開，我舉到與眼睛齊平的位置，另一手摸索著門把。關鍵就是持續呼吸。關鍵就是不要停下。

我沒停下。

鎖先開了，接著就是轉開門把。我用力閉上眼睛，拉門。一陣冷風迎面撲來，門撞凹傘面，我想辦法從門縫中擠出去。

這時低溫籠罩我，逼近我。我匆匆走下台階，一、二、三、四。雨傘頂著風往前走，猶如船首。我的眼睛緊緊閉著，覺得手中的傘在左右兩邊的急流中漂浮。

小腿前側撞到金屬，是大門。我胡亂揮手，終於摸到門，開了門出去。拖鞋跟拍打著水泥地，我已經走上人行道。細針般的雨水扎進我的髮絲、皮膚。

怪了，我們嘗試荒謬的雨傘策略這麼多個月以來，我或費丁醫生（我猜啦）從來沒想到我也許只要閉上眼睛就好。大概看不到東西亂走也沒什麼意義吧。我察覺得到氣壓的改變，感官都變得敏銳。我知道天空寬廣無垠，就像上下顛倒的海洋……我繼續緊緊閉著眼睛，只想著我的房子：我的書房、我的廚房、我的沙發、我的貓咪、我的電腦、我的照片。

我向左轉，往東走。

我在人行道上盲目前進，我得確定方向，得張開眼睛。我慢慢張開一邊的眼睛，光線透過睫毛打進我眼裡。

一瞬間，我放慢腳步，幾乎要停下。我瞇眼看著雨傘內側的交叉線，四個黑色方塊，四條白線。我想像那些線條充滿能量，如同心率監測器上的線條，隨著我的血流節奏忽上忽下。專心。一、二、三、四。

我將傘往上舉幾度，再往上打。看到了，她如同焦點般明亮，猶如煞車燈般發紅。那件鮮紅的大衣，那雙深色的長靴，頭頂上方的透明半月不斷搖擺。我們之間是雨水形成的隧道和路面。

如果她轉身，我會怎麼做？

可是她沒有。我把傘打低，再度閉上眼睛往前走。

第二步。第三步。第四步。我差點因爲人行道上的裂縫絆倒，拖鞋濕答答，身體開始顫抖，汗水順著背部往下流，此時我決定冒險再看一眼。這次我睜開另一邊眼睛，傘舉高到可以看到那個火紅身形爲止。我往左瞥，看到聖鄧娜中學，現在已經走到紅色房子前，窗台花架箱上開滿菊花。我迅速望向右邊，小貨卡晶亮的小眼睛往前看，車頭燈在灰濛濛天色中怒目圓睜。我瞠目結舌。車子開過我身邊，我用力闔上眼睛。

當我再度睜開，車子已經開遠。我看著前方人行道，她也無影無蹤。

煙消雲散。人行道上空無一人。在煙霧中，我勉強可以看到遠方十字路口人車雜沓。

煙霧越來越濃，我這才發現是自己的視線逐漸模糊，而且越來越快。

膝蓋發軟、顫抖，我慢慢往下沉。雖然眼睛還嵌在頭顱中，我卻想像自己從空中往下看，看到我穿著濕透的睡袍不斷哆嗦，頭髮貼在背後，雨傘無用地落在我面前。空蕩蕩人行道上的寂寞身影。

我癱得更低，融化在水泥地上。

可是——

——她不可能不見，她還沒走到街底。我閉上眼睛，想像她的背影，想像她的頭髮掠過頸項，然後我想到珍站在我家水槽邊，長長的辮子落在兩個肩胛骨之間。

珍轉頭面向我時，我的兩邊膝蓋彼此抵著，睡袍垂到人行道上，但是我尚未崩潰。

我停住，雙腿動彈不得。

她一定走進……我回想附近的建築位置。紅色房子之後是什麼？骨董店在對面——我記得現在是空屋——屋子旁邊是——

咖啡館，沒錯。她一定走進咖啡館了。

我仰頭，下巴對著天空，彷彿可以將自己往上拋，手肘就是活塞。兩隻外翻的腳抵著人行道，傘柄在我的手中顫抖，我伸出一手平衡重心。小雨朦朧，遠方車輛來來往往，我漸漸站直——身子往上、往上、再往上——最後終於站起來。

我的神經嗶啪響，心臟彷彿著了火。我可以察覺安定文在血管中竄動，就像乾淨的水源奔流過廢棄的橡膠水管。

一。二。三。四。

一腳往前拖，片刻之後，另一腳跟上。我正拖著腳走路。不可思議，我竟然辦到了。

現在車水馬龍的騷動聲更接近，也更大聲。我往前走，偶爾透過雨傘往外望。傘面遮住所有視野，包圍著我。傘面之外空無一物。

結果傘往右折。

「噢——對不起。」

我嚇得往後縮。有東西——有人——撞到我，把傘撞到旁邊。那身影匆匆掠過，是一抹牛仔褲和大衣；我轉頭時，看到自己映在玻璃上：頭髮糾結、皮膚濕答答，手裡的淺底深色方格傘往前戳，猶如一朵巨大的花兒。

在我的倒影後方，也就是玻璃另一端，我看到那個女人。

我走到咖啡館了。

我瞪大眼睛，視野轉向，看到我頭頂的帆布篷向下垂。我閉上眼睛再睜開。門不遠。我伸出手，手指不斷顫抖，還沒抓住門把，門突然被拉開，走出一個年輕人。我認得他，武田家的兒子。

我已經一年多沒近看過他——親自碰到，而不是透過鏡頭。他現在比較高，下巴和臉頰上都有鬍碴，但是依然散發出無法言喻的好孩子氣質。這些年下來，我從孩子身上學會識別這種特質，他們頭上都有祕密的天使光圈。小莉有。伊森也有。

那孩子——應該說他是年輕人（爲什麼我記不起他的名字？）——用手肘撐住門，等我進去，我注意到他那雙纖細的大提琴家的手。我看起來一定像遊民，他依舊對我如此客氣。就像莉莉奶奶說的，他的爸媽把他教得不錯。不知道他是否認得我，我自己都不見得認得出來。

我經過他身邊走進店裡，記憶也一點一滴回來。我以前一週會來幾次，早上來不及煮咖啡時就過來。店內的招牌咖啡很苦，但是我喜歡店裡的氣氛：有人用馬克筆在斑駁的鏡子上潦草寫著當日特餐，檯面有奧運標誌般的水漬，喇叭放著老歌。「不做作的場景。」艾德第一次被我帶來就這麼說過。

「這些字出現在同一個句子裡，就是相互牴觸。」我說。

「那就不做作吧。」

而且一模一樣。醫院病房嚇壞我，但是這裡不同，這是我熟悉的地方。我眨眨睫毛，眼神緩緩飄過喧囂的顧客，研究收銀檯上的菜單。現在一杯咖啡要兩塊九五，比我上次來貴了五毛。通貨膨脹眞要命。

雨傘在地上晃，刮過我的腳踝。

好多景象我許久沒見過。好多感覺不曾再有，好多聲音沒再聽過，好多味道沒再聞過——人們的體溫、幾十年前的流行樂、咖啡豆的芬芳。整個場景緩緩播放，籠罩在金黃色光芒中。我閉上眼睛，深呼吸，回憶。

我記得以前的生活輕鬆如意。我記得裹著冬季大衣或及膝洋裝走進這家咖啡館。我記得走過人們身邊，對他們微笑，與他們交談。

我再度張開眼睛時，金光消失，我站在昏暗的室內，雨水打在旁邊的窗戶上。我的心跳加快。點心櫃前閃過一抹火焰。是她，正在打量丹麥酥皮麵包。她抬起下巴，在鏡中看到自己，便用手耙過頭髮。

我漸漸接近，也察覺別人的目光；端詳我的人不是她，是其他顧客。他們看著這個女人不但穿睡袍，還將蘑菇般的雨傘撐在身子前。我在人群中清出一條路，穿過各式聲音，喀嚓喀嚓地往櫃檯移動。我彷彿沉向水底。人們繼續閒聊的聲音就像蓋過我頭頂的潮水。

她就在幾步之外，再走一步，我伸手就能碰到她。我可以抓住她的頭髮，用力扯。

此時，她稍微轉身，手伸進口袋，左右擺動超大的 iPhone，拉出來。我在鏡子裡看著她的手指在螢幕上舞動，看著她的臉發亮。我猜她是傳訊給亞歷斯泰。

「哈囉？」咖啡師問。

女人繼續在電話上打字。

「哈囉？」

我清清喉嚨（這是幹嘛？）低聲說：「輪到妳了。」

她停下動作，往我的方向點頭。「喔。」然後轉身面對櫃檯裡的男子。「脫脂牛奶拿鐵，中杯。」

她甚至沒看我。我望著鏡中的自己，我站在她後面，猶如幽靈，彷彿復仇天使。我來找她算帳了。

「脫脂牛奶拿鐵，中杯。還要什麼糕點嗎？」

我看著鏡子，看著她的嘴——小而薄，一點也不像珍。浪潮般的怒氣湧上心頭，怒火漸漸高漲，燒到腦門。「不用，」她一秒後說，然後綻放鐮刀似的微笑：「我最好別吃。」

我們背後有幾張椅子刮過地板的聲音，一行四人正要走向門邊。我回頭。

店員響亮的聲音蓋過人群。「請問大名？」

女人和我的目光在鏡中對上。她的肩膀震了一下，笑容瞬間消失。

片刻之間，時光凍結，你在那一刻駛離路面，衝向峽谷。

她沒回頭，也沒移開目光，清楚地回答：「珍。」

珍。

那名字湧到我嘴邊，我來不及嚥下去。女人向後轉，向我射出銳利的目光。

「沒想到會在這裡看到妳。」她的語調和眼神一樣沒有起伏。那眼神冷酷、刻薄，彷彿鯊魚。我本來想說我自己也很意外，但是那些字句滑過我的舌頭。

「我以爲妳……不舒服。」她說，然後噤聲不語。

我搖搖頭，她沒再開口。

我又清清喉嚨。她在哪裡，妳又是誰？我想問。妳是誰，她在哪裡？聲音在我四周盤旋，和我腦中的字句混成一團。

「什麼？」

「妳是誰？」我問出口了。

「珍。」不是她的聲音，櫃檯後方的店員拍拍她的肩膀。「珍點的脫脂牛奶拿鐵。」

她一直看著我，盯著我，彷彿我會出拳。我是備受敬重的心理醫生，我可以這麼說，也應該這麼說。妳才是騙子、冒牌貨。

「珍？」店員叫第三次。「妳的拿鐵。」

她轉身，接過套著紙板套子的紙杯。「妳知道我是誰。」她告訴我。

我又搖頭。「我認識珍，我見過她，也見過她在她家出入。」雖然我聲音發抖，但是很清晰。

「那是我的家，妳誰也沒看到。」

「我有。」

「妳沒有。」那女人說。

「我——」

「聽說妳酗酒，聽說妳得服藥。」她在我身邊繞圈圈，就像頭母獅。我跟著她慢慢轉，想跟上她的速度。我覺得自己成了孩子，周遭的對話打住，一觸即發的靜默。我眼角看到武田家的兒子站在咖啡廳角落，依舊守在門邊。

「妳偷窺我的房子，跟蹤我。」

我左右搖頭，動作緩慢，模樣愚痴。

「不能再這樣下去，我們不能過這種日子。也許妳可以，但是我們不能。」

「告訴我她在哪裡。」我輕聲說。

我們已經繞了一整圈。

「我不知道妳說誰，也不知道妳說什麼。我現在要報警。」她向我走來，肩膀撞上我。我在鏡中看著她離開，她在桌子之間穿梭，彷彿穿過浮標。

她開門時，鈴鐺響了，門在她身後關上時，鈴鐺又是一陣聲響。

我呆立原地，咖啡廳裡靜悄悄。我的目光垂到雨傘上。我閉上眼睛，外面的世界似乎想鑽進來。我覺得被掘過、被掏空。這次我依然什麼也不知道。

只知道她沒與我爭論——應該說，不是只和我爭辯。

我覺得她是苦苦哀求。

62

「福克斯醫生？」

背後傳來小小的聲音。有隻手輕輕搭上我的手肘。我轉身，張開一邊的眼皮。是武田家的兒子。

依舊想不起他的名字。我又閉上眼睛。

「妳需要幫忙嗎？」

我需要幫忙嗎？我離家裡一百多公尺，穿著睡袍，緊閉著眼睛站在咖啡館裡。我的確需要幫忙。我垂著頭。

他的手握得更緊了。「跟我來。」他說。

他領著我在咖啡館裡走動，雨傘猶如白色拐杖，一路擋到椅子、膝蓋。我們身邊是人們的閒聊低語。

鈴鐺叮噹響，風吹向我們。他的手落到我的腰背處，輕推著我出門。

戶外的空氣靜止，沒有雨絲。我聽到他要接過我的傘，但是我扯回來。

他的手回到我手肘上。「我送妳回家。」

他的手始終緊緊握著我一邊胳膊，猶如血壓帶。他大概摸得出我的動脈跳動著。有人這般護送我，感覺好奇怪，彷彿我行將就木。我想睜開眼睛瞧瞧他的臉，但是我沒張開。

武田家的兒子配合我的速度，我們走走停停。我們踩過葉子，我聽到左側的車子呼嘯而過。走到某一個地方時，雨水從上方的樹叢打到我的頭、肩膀。不知道那個女人是不是在我們前方，我想像她扭頭，看到我尾隨她。

然後——

「我爸媽提過那件事，」他說。「我很遺憾。」

我點頭，依舊閉著眼睛。我們繼續走。

「妳有一陣子沒出門了吧？」

最近出門的頻率倒是很高，然而我還是點點頭。

「我們快到家了，我看到屋子了。」

我感到充實。

有東西打到我的膝蓋，原來是他自己那把勾在手臂上的雨傘。「抱歉。」他說。我懶得回答。上次我和他說話——那是何時？大概是萬聖節吧，已經一年多前了。沒錯，他來應門，艾德和我穿著休閒服，奧莉薇亞扮成火車頭。他稱讚她的裝扮，將糖果舀進她的背包，祝我們討糖愉快。好乖的孩子。

十二個月後，他領著我往前走，我穿著睡袍，拖著步伐，對這個世界閉上眼睛。

好乖的孩子。

這倒提醒了我。

「你認識羅素家嗎？」我聽起來很沮喪，但尚未屈服。

他愣住，也許聽到我開口很意外。「羅素家？」

這個反應就答覆了我的問題，但我不死心。「就在你家對面。」

「喔，」他說。「新搬來的——不認識。我媽一直唸著要去拜訪，應該還沒去。」

再次揮棒落空。

「我們到了。」他輕輕地將我轉向右邊。

我舉起雨傘，張開眼睛，發現自己站在鐵門前，屋子向下俯視我。我打了個寒顫。

他又開口：「妳的門開著。」

他當然沒說錯，我可以直接望進客廳，亮著燈的客廳就像屋子門面的一顆金牙。雨傘在我手中搖搖晃晃，我再度閉上眼睛。

「妳沒關門嗎？」

我點頭。

「了解。」他的手搭到我肩上，輕輕領我往前走。

「妳這是做什麼？」

那不是他的聲音。有人推他的手，我沒能阻止他們就先張開眼睛。

穿著過大運動衫，一臉蒼白的伊森就站在我們旁邊。有一邊眉毛上冒出一顆青春痘，他的手在口袋上把弄著。

我聽到自己喃喃說出他的名字。

武田家的兒子轉向我。「你們認識？」

「妳這是做什麼？」伊森又重複，還往前踏一步。「妳不該離開家裡。」

我心想：你可以去問你「媽媽」。

「她還好嗎？」他問。

「應該還好。」武田家的兒子回答。我突然想起來，他的名字是尼克。

我慢慢地看著他們兩人。他們應該差不多年紀，但是送我回來的這位已經是個發育完全的青年，整個人相當體面；伊森肩膀狹窄，眉毛肩有傷疤，一臉笨拙，站在他旁邊猶如一個孩子。我提醒自己，他的確是個孩子。

「我可以——我可以帶她進去嗎？」他看著我說。

尼克也看我，我又點頭。「應該可以吧。」他同意。

伊森走過來，一手放在我背上。有那麼片刻，他們就像黏在我肩胛骨上的翅膀，一人站在我一邊。

「但是要妳說好。」伊森補上。

我直視他，直視那對水汪汪的藍眼睛。「好。」我低聲說。

尼克放開我，往後退。我先用唇語說出那句話，才真正開口。

「不客氣。」他回答。接著對伊森說：「她驚嚇過度，也許要倒水給她。」他走回街上。「要不要我晚點再來看妳？」

我搖頭，伊森聳肩。「不一定，再看看好了。」

「好。」尼克舉起一隻手，迅速揮動。「再見，福克斯醫生。」

他離開時，一陣雨水先落到我們頭上，打濕我們，才在傘上濺開。「我們進去吧。」伊森說。

63

壁爐裡的火焰還熊熊燃燒著，彷彿剛生著。我沒熄滅爐火就出門，眞是太不負責。

儘管十一月穿門而入，屋裡還是很溫暖。我們一走進客廳，伊森就從我的手中接過傘，收好放到角落。我走向壁爐，火焰向我揮手、招呼，我癱軟跪下。

我聽到火焰吐信，聽到自己的呼吸聲。我可以感覺到他盯著我的背。

立鐘打起精神，敲響三次。

他走去廚房，到水槽倒一杯水，端來給我。

現在我的呼吸已經恢復平順，他將杯子放在我旁邊的地板，碰到石材時鏗了一聲。

「你爲什麼說謊？」我說。

他猶豫了一下。我盯著火焰，等他回答。

我聽到他動了一下。我轉向他，依舊跪在地上。消瘦的他俯瞰我，火光映得他的臉紅通通。

「哪件事？」他終於開口，始終看著他的腳。

我已經搖起頭。「你明知故問。」

他又遲疑了一下，閉上眼睛，臉上有濃密的睫毛影子。他突然變得好小，比先前年紀更小。

「那個女人是誰？」我逼問他。

「我的母親。」他低聲說。

「我見過你的母親。」

「沒有，妳——妳糊塗了。」現在換他搖頭。「妳不知道自己說些什麼。那就是……」他打住。

「那就是我爸說的。」他說完。

我爸。我張開雙手，撐地站起來。「每個人都這麼說，連我朋友也不例外。」我吞一口口水。「即使我的丈夫也這麼說。但是我知道自己看到什麼。」

「我爸說妳瘋了。」

我不語。

他後退。「我該走了，我不該來這裡。」

我往前走。「你媽呢？」

他沒說話，只是瞪大眼睛看著我。衛斯理總是勸我們「慢慢來」，可是我已經過了那個階段。

「你的母親死了？」

沒回應。我看到火光映在他的眼底，他的瞳孔如同微小的火苗。

他動了動嘴唇，但我聽不到。

「什麼？」我湊上去，聽到他悄悄說了幾個字。

「我好怕。」

我還來不及回答，他已經衝到門口拉開門，房門還在搖晃，大門已經關上。

我站在壁爐邊，背後暖烘烘，前面卻是冷冰冰的走廊。

64

關門之後，我拿起地上的杯子，將水倒進水槽。倒梅洛紅酒時，酒瓶撞到杯緣，後來又撞到一次。我的手抖個不停。

我喝了好大一口，努力思考。我筋疲力盡，又覺得興高采烈。我冒險出門——走出去——而且活下來了。不知道費丁醫生會說什麼，不知道哪些事情該告訴他。乾脆都別說。我皺眉。

現在我知道的更多了。那個女人慌了。伊森很害怕。珍……算了。我不知道珍怎麼了，但我已經比先前知道更多事情。我彷彿拿下一個小兵，我是「思考機器」。

我又喝了好大一口。我是「喝酒機器」。

我喝到神經不再抽搐——照立鐘的聲音聽來，已經過了一小時。我看著分針走了一整圈，想像血管裡都是濃稠的紅酒，酒精讓我冷靜下來，堅強起來。我上樓，看到貓咪在樓梯轉角。牠發現我，溜進了書房，我跟上去。

我的手機在書桌上發亮，我不認得這個號碼。我放下杯子，等手機響到第三聲，才刷開接聽。

「福克斯醫生，」好低沉的聲音。「我是李鐸警探。如果妳沒忘記，我們週五見過。」

我遲疑了一下，坐到桌前，把杯子推遠。「我記得。」

「很好。」他好像很開心。我想像他坐在椅子上伸懶腰，一手枕在後腦勺。「醫生好嗎？」
「很好，謝謝。」
「我本來還想著妳會不會先找我。」
我不語。
「我向晨曦醫院問到妳的電話，妳還好嗎？」
我才剛說過我很好。「很好，謝謝。」
「很好、很好，家人都好嗎？」
「都很好。」
「很好、很好。」他到底想問什麼？
接著他的聲音換檔。「事情是這樣的，剛剛妳的鄰居打來。」
我就知道，賤貨。好吧，她警告過我，這個賤貨挺講信用。我伸手取過那杯紅酒。
「她說妳跟蹤她進街上的咖啡館。」他等我答話，我沒搭腔。「我猜妳不是今天突然想喝拿鐵，我猜妳碰到她也不是巧合。」
不知不覺中，我差點咧嘴笑。
「我知道妳不好受，這禮拜很難捱。」我發現自己頻頻點頭。他討人喜歡，很適合當心理醫生。
「但是這種事幫不了任何人，也幫不了妳。」
他到現在都沒提過她的名字，待會兒會說嗎？「妳週五說的話讓某些人很不舒服。我私下告訴妳，羅素太太，」他說了。「似乎很緊張。」

她一定很緊張，畢竟她假冒一個過世的女人。

「她的孩子可能也不是太開心。」

我張嘴：「我才——」

「所以我——」他打住。「妳說什麼？」

我噘嘴。「沒事。」

「妳確定？」

「對。」

他咕噥了幾聲。「我想請妳先放鬆一陣子。很高興聽到妳出門。」那是笑話嗎？

「府上貓咪如何？還是那麼跩嗎？」

我沒回答，他似乎沒察覺。

「妳的房客呢？」

我咬住嘴唇。樓下有個梯子擋住地下室的門。我在大衛床邊看到被害女子的耳環。

「警探。」我抓緊電話。我必須再聽一次。「你眞的不相信我？」

他靜默許久之後，深深嘆一口氣。「抱歉，福克斯醫生，妳相信妳說的事情眞的發生過。但是我——我不相信。」

我不意外。好，很好。

「如果妳想找人談，我們有很好的諮商人員可以幫助妳。光聽妳說也行。」

「謝謝你，警探。」我的聲音很僵。

又是靜默。「拜託——不要逼太緊，好嗎？我會告訴羅素太太，說我們談過了。」

我縮了一下，搶在他之前結束通話。

65

我啜飲紅酒，抓了手機走進走廊。我想忘記李鐸，忘記羅素一家。

「空曠」網站。我要上網看留言。我下樓，將杯子放在廚房水槽，走到客廳，在手機上輸入密碼。

密碼錯誤。

我皺眉，手指太笨了。我二度輸入密碼。

密碼錯誤。

「什麼？」我問。傍晚的客廳已經暗下來，我打開檯燈開關，小心翼翼地看著手指按：0214。

密碼錯誤。

電話震動了一下。我的裝置遭到停用。我不明白。我上次輸入密碼是什麼時候？我剛剛接聽李鐸的電話沒輸入密碼，先前打給波士頓是用 Skype。我記憶模糊。

我惱火地走回書房電腦前。我應該還能用電子信箱吧？我輸入電腦密碼，進入 Gmail 首頁。螢幕上原本就有我的帳戶，我慢慢輸入密碼。

太好了，我登入了。恢復模式的過程很簡單，不到六十秒，我的信箱就收到新密碼，我輸入手機中，再將密碼改回 0214。

可是這是怎麼回事？也許密碼過期，有這種事嗎？是我改的？或只是我手指太不靈敏？我咬起指甲。我的記憶力大不如前，小肌肉動作靈敏度也退步。我打量著酒杯。

信箱有許多留言，有一封是奈及利亞王子的請願書，其他都來自「空曠」網站的夥伴，我花了一小時一一回覆。曼徹斯特的米齊最近換了焦慮症的藥物。「卡拉八八」訂婚了。今天下午莉莉奶奶在兒子陪同下，成功在外面走了幾步。我心想：我也是呢。

六點過後，我突然覺得疲倦排山倒海而來，幾乎要淹沒我。我像枕頭般往前倒，額頭貼在書桌上。我需要睡覺，今晚就吃兩倍的替馬西泮。明天再思考伊森的事。

以前某個比較早熟的病患看診的開場白都是：「好奇怪，可是……」——然後說的都是再平常不過的小事。但是我現在也有這種心情。好奇怪。好奇怪，剛剛我覺得迫在眉睫的事情——週二以來最重大的事情——已經不斷縮小，就像漸漸冷卻的火焰。珍。伊森。那個女人。甚至亞歷斯泰。

即使快沒電了，我依舊硬撐著。靠的就是葡萄酒，我聽到艾德捧腹大笑。哈哈。

我也會跟他們談。明天吧。我會找艾德，找小莉。

十一月八日　星期一

66

「艾德。」

片刻之後，也可能過了一個小時。

「小莉。」

我的聲音是一縷白煙，我看得到。就像飄在我面前的幽靈，在冰天雪地中是一抹淡淡的白色鬼魅。

附近不斷傳出短促高亢的聲音，而且是單一音調，彷彿瘋狂鳥兒的鳴叫聲。後來就停了。

我的視線流淌在一片紅潮中。頭抽痛，肋骨疼，背似乎斷了，喉嚨燒灼。安全氣囊皺巴巴地壓著我的側臉，儀表板發出紅光，裂開的擋風玻璃往我的方向凹陷。我皺眉。眼睛後面似乎持續重新開機，就像電腦當機，機器發出嘈雜聲。

我深呼吸，結果嗆到，聽到自己痛苦地發出粗嘎的聲音。我轉頭，腦袋上方摩擦著頂篷。這不對勁吧？而且口腔上方的唾液不斷增加，怎麼——

嘈雜聲停止。

我們車子翻了。

我又嗆到。我的雙手往下垂，埋在氣囊裡，彷彿這麼做就能舉起車子，讓自己站起來。我聽到自己哀號、嘟囔。

我再往旁邊轉頭，看到艾德的臉朝向另一邊，動也不動，鮮血從他的耳裡滲出來。

我喊他，我想喊他，單一音節在冰天雪地中化成一朵白煙。我的氣管劇痛，安全帶緊緊卡住我的喉嚨。

我舔舔嘴唇，舌頭碰到上顎有個洞，原來我斷了一顆牙。

安全帶彷彿嵌進我的腰。我用右手按扣鈕，再用力壓，聽到喀嚓聲時倒抽了一口氣。安全帶滑過我的身體，我落到車頂。

又有高亢的聲音。車子斷斷續續發出安全帶警示音，一會兒之後便停了。

我的嘴巴不斷呼出煙霧，在儀表板映照下發著紅光。我雙手撐住車頂，往後轉頭。

奧莉薇亞被安全帶扣在後座半空中，馬尾往下垂。我彎著脖子，肩膀和車頂呈直角，伸手摸她臉頰。我的手指發出嘎嘎聲。

她的皮膚冷冰冰。

我彎曲手肘，雙腿往旁邊垂，用力落在天窗上，蜘蛛網般的玻璃在我的腳下嘎吱嘎吱響。我掙扎地擺正身體，膝蓋拚命往前爬向她，心臟在胸腔裡面怦怦跳。我抓住她的肩膀搖晃。

尖叫。

我猛烈擺動，她也隨著我晃動，馬尾擺個不停。

「小莉。」我大叫，喉嚨灼痛，我嘗到嘴裡和唇上的血。

「小莉。」眼淚流下我的臉龐。

「小莉。」我低聲說，她張開眼睛。

我的心跳都快停了。

她看著我，望進我的眼睛深處，只說了兩個字：

「媽咪。」

我用大拇指壓她的安全帶扣鎖，帶子咻地鬆開。她落下時，我捧著她的頭，她的身體就落在我懷中，手腳垂落四方就像卡住的風鈴。有隻胳膊似乎脫臼。

我將她放在天窗的位置。「噓。」我告訴她，儘管她沒發出一點聲音，儘管她又閉上眼睛。她看起來就像個小公主。

「嘿。」我搖晃她的肩膀，她又看我一眼。「嘿。」我又說一遍。我想擠出笑容，但是臉很麻。

我連忙擠到門邊，抓住門把用力拉，再拉一次，卡榫打開了，我的手指用力推窗戶，車門無聲無息地往外面暗處擺盪。

我往前爬，兩手碰到外面，白雪凍得我手心熱辣辣。我用手肘當支點，引體往上，將軀幹拉出車外，癱在霜雪中，雪在我身下嘎嘎響。我繼續爬，臀部、大腿、膝蓋、小腿都出來了。褲腳反折處勾到掛鉤，我想辦法踢鬆，終於爬出車子。

我打個滾仰躺，脊椎立刻痛得像觸電。我深呼吸，疼得我皺眉。我的頭部搖來晃去，脖子彷彿罷工。

沒時間了。沒時間了。我打起精神，併攏雙腿，逼它們正常運作。我跪在車子旁，環顧四周。

抬頭看，一片天旋地轉。

天空就像綴滿星辰的巨缽。月亮就像龐然大物，而且明亮得如同太陽。底下的峽谷光影分明，如木板刻畫般清晰。雪幾乎停了，空中只飄著零星的雪花。這裡看起來就像一個嶄新世界。

至於聲音……

靜悄悄。徹頭徹尾的寂靜。沒有風聲，沒有樹枝擺動。就像一部默片、一張照片。我跪著轉身，聽到雪遭到壓擠的聲音。

我回到地球。先前車子往前衝，車頭撞到地面，車尾稍微往上翹。外露的底盤就像昆蟲的腹部。我打個寒顫，脊椎抽痛。

我從車門鑽回車裡，抓住奧莉薇亞的羽絨外套用力拉。我將她拖過天窗、繞過頭枕，拉出車外。我兩手抱著她，她小小的身軀就像個破娃娃。我喊她的名字，又喊一次，她睜開眼睛。

「嗨。」我說。

她的眼皮又閉上。

我讓她躺在車邊，再將她拖遠一點，免得車子翻覆。她的頭垂向肩膀，我輕輕捧著她的腦袋，將她的臉再度轉向天空。

我停下來，肺部就像風箱一樣大開大闔。我看著我的寶貝，她就像雪中的天使。我摸摸她受傷的胳膊，沒反應，我又摸一次，這次力道重一點，看到她痛苦地皺起臉。

接下來換艾德了。

我爬進車內，才發現我不可能從後座把他拉出來。我拖著小腿往後退，爬到車子另一邊，伸手拉前門門把。用力擠出去，再擠一次。門鎖鬆開，車門開了。

他出現了，儀表板虛弱的紅光照得他皮膚一片暖紅色。我鬆開他的安全帶時，心裡也對燈光感到納悶，撞擊力道這麼大，電池竟然沒事。他倒向我，如同航海時打的結一般鬆開。我的手勾住他的腋下。

我開始拖，腦袋撞到排檔桿，將他的身體拖過頂篷。離開車子時，我看到他的臉上都是血。

我站起來拉，蹣跚地倒退走，終於走到奧莉薇亞身邊，讓他躺在女兒旁。她動了一下，他卻動也不動。我抓過他的手，把袖子往上推，手指壓在他的皮膚上。他還有微弱的脈搏。

我們一家都離開車子，頭頂是滿天的星星，腳下就是宇宙深處。我聽到規律的火車頭嘎嚓聲，原來是我自己的呼吸。我正在喘氣，汗水順著我臉龐兩側流下，脖子都滑溜溜。

我一手彎到背後，手指小心翼翼，爬樓梯般地順著脊椎往上摸，肩胛骨之間那段最劇痛難耐。

我吸氣，吐氣，看著奧莉薇亞和艾德吐出的微弱煙霧。

我轉頭。

底下九十公尺深的峭壁在月光中散發白色螢光。上方有道路，只是我看不到，也爬不上去，我無法攀爬到任何地方。我們的車子墜落在岩棚上，這個岩塊從山邊往外突出。我們在路面以外，公路之下，四周毫無人煙，只有星星、冰雪、大地。萬籟俱寂。

我的手機。

我拍拍口袋，前面、後面、外套都拍過，想起艾德本來抓在手裡，不肯讓我拿回來。我想到手機落到地上，彈了一下，在我的雙腳之間震動著，螢幕不斷閃著那個名字。

我第三次回到車上，兩手在車底摸索，終於在擋風玻璃邊找到，而且螢幕還沒裂開。看到手機完好無缺頗令我震驚，我的丈夫血流不止、女兒受傷、我的身體負傷，休旅車全毀，手機卻毫無損傷。這是另一個時代、另一個地球的遺物。手機顯示時間是十點二十七分，我們已經飛出路面將近半小時。

我蹲在車裡，用大拇指刷開螢幕，按了九一一，將電話貼在耳邊，覺得手機在我臉頰邊微微顫抖。

沒有聲音，我皺眉。

我結束通話，爬出車子，檢查螢幕。沒有訊號。我跪在雪地上，再度撥號。

沒有反應。

我又打了兩次。

沒聲音。沒聲音。

我站起來，點擴音鍵，舉高手臂。沒訊號。

我繞著車子，蹣跚地在雪地走著。撥號，再撥號。四次，八次，十三次。最後我都不知道自己撥了幾次。

沒有訊號。

沒有訊號。

沒有訊號。

我大叫。吶喊聲從我體內迸發，衝出喉嚨，冰刀般劃破黑夜，漸漸成為回音。我叫了又叫，直到我舌頭灼痛，直到我完全失聲。
繞圈圈走讓我頭昏腦脹，我丟出手機，電話埋進雪地。我撿起來，螢幕已經潮濕，我再度丟出去，這次丟得更遠。一陣恐慌襲來，我向前衝，拚命挖，握在手中。我撥開雪，再撥號。
沒有訊號。
我回到奧莉薇亞和艾德身邊。他們映著月光，並排躺著，毫無動靜。
啜泣聲衝出我的嘴，跌跌撞撞奔出我的嘴唇，只想呼吸求生。我的膝蓋猶如彈簧刀，發軟彎曲，我慢慢跪倒在地。我爬到丈夫和女兒之間，放聲大哭。

醒來時，我的手指凍得發青，依舊緊緊抓著手機。時間是零點五十八分，手機就快沒電，只剩下百分之十一的電量。我說服自己，無所謂，反正也無法打給九一一，無法聯絡任何人。
但是我還是撥了電話。沒有訊號。
我轉頭看左右兩邊，艾德和小莉躺在我的兩側，呼吸微弱但平穩。艾德臉上有乾掉的血跡，奧莉薇亞的兩頰黏著髮絲。我摸摸她的額頭，很冰。是不是應該躲在車裡避寒？可是如果……我不知道；如果翻覆呢？如果爆炸呢？
我坐起來，然後起立。我看看車子，觀察天空，這晚是滿月，天空布滿星辰。我緩緩轉身，面向山岳。
我向山邊走去，手裡揮舞著電話，彷彿揮著魔杖。我用大拇指往上刷過螢幕，點開手電筒。手裡有了微小的白光。

燈光照映下，岩面看來平坦，沒有裂縫。手指沒有地方可以抓，沒有雜草、樹枝或突出的岩石邊緣，只有土壤和碎石，就像一面嚴峻的高牆。我看遍我們這個小峭壁，仔細檢查每一吋。我用手電筒往上照，更上方就是無盡黑夜了。

什麼也沒有。一切都完了。

電量剩下百分之十一。這時是凌晨一點十一分。

我小時候很喜歡研究星群，夏夜還會在後院將整片天空畫在牛皮紙上，身邊是令人昏昏欲睡的藍芙蓉，手肘下是濕軟的青草。現在那些冬天的星座就散布在夜空：獵戶座，光亮、繫著腰帶；大犬座，大步跟著獵人；昴宿星團，珠寶般地在金牛座肩膀上一字排開。雙子座。英仙座。鯨魚座。

我用受傷的喉嚨對小莉和艾德輕輕說出這些名字，猶如唸著咒語。他們的腦袋都靠在我胸口，隨著我的呼吸起伏。我撫過他們的頭髮、他的嘴唇、她的臉頰。

這些星星冷冰冰地掛在夜空。我們在星星底下打哆嗦，又沉沉睡去。凌晨四點三十四分，我抖到醒過來。我看看他們父女，先看奧莉薇亞，再看艾德。我將雪放到他臉上，他沒反應，我用雪抹他的臉，清理血跡。他抽搐了一下。「艾德。」我推推他的肩膀。沒有反應。我又檢查他的脈搏，速度更快，卻也更微弱了。

我的肚子開始抱怨，我想起今晚沒吃晚餐。他們一定餓昏了。

我回到車裡，儀表板變暗，幾乎要熄滅。找到了，我放了花生果醬三明治和盒裝果汁的旅行袋就卡在後座窗邊。我抓住揹帶時，車裡光線全滅。

回到車外，我剝開三明治的保鮮膜，甩到一邊，一股風吹來，我看著它飄走，如同蛛絲，如同精靈，如同鬼火。我撕下一小塊麵包，遞給奧莉薇亞。「嘿。」我輕聲說，手指碰碰她的臉頰，她張開眼睛。「給妳。」我將麵包放到她的嘴邊。她張開嘴唇，麵包就像溺水的泳客忽上忽下，最後終於沉入她的舌頭。我撕開盒裝果汁的吸管，插進飲料中，溢出來的檸檬汁滴到雪地上。我用胳膊枕著奧莉薇亞的頭，將她的臉抬到吸管邊，再擠果汁盒。檸檬汁溢出她的嘴，她噴灑出飲料。

我將她的頭抬更高，她雖然小口小口啜飲，就蜂鳥而言已是大口飲盡。一會兒之後，她的頭滑到我手掌，閉上眼睛。我輕輕將她放在地上。

換艾德了。

我跪在他身邊，但是他不肯張嘴，甚至不肯張開眼睛。我將麵包壓在他唇邊，摸摸他的臉頰，彷彿這樣就能誘導他鬆開下顎，但是他依舊紋風不動。我越來越恐慌，將頭湊在他的臉上。他還有氣息，雖然微弱卻很規律，吹著我的皮膚一陣暖。我鬆了一口氣。

如果他吃不下，一定可以喝。我先用一點雪抹在他嘴唇上，再將吸管插進他嘴裡。我擠壓紙盒，果汁從他兩邊嘴角流出來，卡在他的鬍碴中。「拜託。」我哀求，但是果汁不斷流到他的下巴。

我抽出吸管，再抹點冰雪在他唇上、舌頭上，讓冰融進他的喉嚨。

我坐在雪地吸著吸管。儘管檸檬汁太甜，我還是喝光光。

我從車裡拿出裝了羽絨外套和滑雪褲的旅行袋，抽出這些衣物，鋪在小莉和艾德身上。

我抬頭看天空，無邊無際得難以置信。

光線照在我的眼皮上，感覺沉甸甸，我睜開眼睛。

我瞇著眼睛。我們上方的天空一望無際，彷彿一片雲海。紛飛的雪花就像蒲公英，一一打到我的皮膚上。我看看手機，早晨七點二十八分，電力只剩下百分之五。

奧莉薇亞在睡夢中稍微改變姿勢，壓著左手臂側躺，右手鬆垮垮地垂在一邊。她的臉壓著地面，我將她推成仰躺，抹掉她臉上的雪，輕輕搓著她的耳朵。

艾德都沒動。我靠到他臉上，他還有氣。

我剛剛將手機放回牛仔褲口袋，現在又取出來，緊緊壓著，希望好運降臨。我再次撥打九一一，有那麼一秒，我想像電話發出嘟聲，幾乎可以聽到聲音在我耳中響起。

沒有聲音。我盯著螢幕。

我瞪著車子，翻覆的車子看起來很無助，就像負傷的動物，模樣很不自然，甚至可說是尷尬。

我瞪著底下覆滿樹木的山谷，遠方有一條銀色緞帶般的河流。

我站起來，轉身。

山壁巍然聳立。就著天光，我才知道先前錯估我們墜車的高度，我們至少從上面的道路摔了一百八十幾公尺，而且岩壁比晚上看來更無法攀爬，更難以應付。我的目光往上移，往上再往上，直到落在山頂。

我的手游移到脖子上，我們摔得這麼深，卻還活著。

我的頭抬得更高，就為了將天空盡收眼底。我瞇起眼睛。一切顯得太過廣闊，太過龐大。我彷彿成了娃娃屋裡的小模型，我可以從外面、從遠處看到渺小如沙塵的自己。我開始旋轉，搖搖晃晃。

眼前天旋地轉，雙腿感到刺痛。

我搖頭，揉揉眼睛。整個世界開始消退，撤到邊境。

我在艾德和奧莉薇亞身邊睡了幾個小時，醒來時已經是早上十一點十分。暴風雪浪潮般湧來，強風呼嘯猶如抽鞭，打雷的低吼聲似乎就在附近。我撥開臉上的雪花，一躍而起。

我的視線又開始旋轉，似乎在漣漪中載浮載沉。而且這次左右膝蓋彎向彼此，彷彿裝了磁鐵似的。我開始往下跪。「不行。」我的聲音分岔，一手迅速往雪地揮，撐起身子。

我怎麼了？

沒時間了。沒時間了。我撐著地站起來，看到艾德和奧莉薇亞在我腳邊，半個身子都埋在雪裡。

我開始將他們拖回車裡。

時間怎麼過去的？後來這一年，光陰流逝的速度遠比當時和艾德、小莉在翻覆的車中那幾小時還快，那時風雪就像漲潮般堆在窗外，擋風玻璃在大雪的重量下裂開。

我唱歌給她聽，唱著流行歌、兒歌、我隨口亂編的歌。車外的暴風雪越來越大聲，車內的光線越來越昏暗。我研究她的耳窩，用手指描過，對她耳朵哼歌。我兩手抱著艾德的胳膊，雙腿夾著他的腿，與他十指交纏。我狼吞虎嚥吃了一個三明治，喝了一盒果汁。我開了一瓶紅酒，後來才想起喝酒會導致脫水。但是我想喝，我想喝啊。

我們彷彿在地下，似乎鑽到祕密的暗處，躲開全世界。我不知道何時才會回到地面，如何回到地面，是否回得去。

後來電話沒電，我下午三點四十分睡著時，電力只剩百分之二。醒來時，手機螢幕已經全黑。

周遭靜悄悄，只有風聲。小莉勉強呼吸著，艾德的喉嚨發出微弱的聲響。至於我，嗚咽聲正在我體內流淌。

寂靜無聲。一點聲音也沒有。

我在子宮般的車內醒來，視線模糊。後來我看到光線滲入車內，看到擋風玻璃後面有昏暗的光線，聽到周遭靜默無聲。那寂靜就住在車內，彷彿有生命。

我伸直身子，伸手搆門把。門的確發出喀答聲，卻動也不動。

不。

我急忙跪著移動，儘管背部劇疼，依舊翻身躺下，用力踢門。門撞向積雪之後便停住。我用腳跟踢窗戶，車門斷斷續續地打開，白雪崩進車內。

我趴著蠕動到車外，緊閉眼睛抵抗光線。再次睜開眼睛，我看到日出在遠方山邊醞釀著。我跪著，打量周圍的新世界，端詳一片白茫茫的山谷、遙遠的河流、腳下厚厚的積雪。

跪著的我搖搖擺擺。接著我聽到碎裂聲，我知道那是擋風玻璃往內陷。

我一腳跟著一腳踩進雪裡，艱難地走到車頭，看到玻璃往內塌。我回到助手座外，鑽進車裡。再度將他們拖出來，先拉小莉，再拉艾德。我再度讓他們肩並肩躺好。

我站著俯瞰他們，氣息都化成面前的白煙，我又開始覺得頭暈腦脹。天空彷彿向我壓下來，我撐不住，緊緊閉上眼皮，心臟怦怦跳。

我禽獸般地哭嚎。我躺下，兩手分別攬著奧莉薇亞和艾德，緊抱著他們，我對著雪地嗚咽。

那就是我們被發現時的模樣。

67

週一早上醒來時，我想和衛斯理聊聊。

我將自己捲進被單裡，得像削蘋果皮般剝掉。陽光從窗外瀉入，照亮床鋪。我的肌膚在光線下發光，我竟然覺得很美。

電話就在旁邊的枕頭上。電話在我耳中嘟嘟響時，我才想到他也許換了號碼，但我隨後就聽到他的聲音一如往常般響亮：「留言吧。」他喝令。

我沒留言，隨後打到他的診所。

「我是安娜．福克斯。」我告訴接電話的女子，她的聲音很年輕。

「福克斯醫生，我是菲比。」

我錯了。「抱歉。」我說。是菲比，我和她共事將近一年，她絕對不年輕。「我沒認出妳，沒認出妳的聲音。」

「沒關係，我大概感冒了，所以聲音不太一樣。」她這麼說只是客氣，典型的菲比作風。「妳好嗎？」

「我很好，謝謝。請問衛斯理在嗎？」當然在，菲比很拘謹，可能會稱他——

「利爾醫生，」她說。「整個早上都要看診，我可以請他晚點回電。」

我謝過她，留下手機號碼——「好，這也是我存檔的號碼。」——便掛斷。
不知道他會不會回電。

68

我下樓。暗自決定，今天不喝酒，至少早上別喝。我必須清醒地與衛斯理——利爾醫生應答。要緊事得先辦。我走到廚房，看到梯子還靠在地下室門邊。在火一般明亮的晨光下，梯子看起來脆弱、可笑，大衛用肩膀一撞就能推開。疑惑瞬間躡手躡腳走進我腦海：他的床邊是有女人的耳環，那又如何？妳不知道那是不是她的，艾德說過，他沒說錯。只是三顆小珍珠，我自己可能都有類似的款式。

我看著梯子，它彷彿要邁開細長的鋁質梯腳向我走來。我看到梅洛紅酒在流理臺上發光，旁邊的鉤子上掛著家裡的鑰匙。不行，不能再喝酒，況且家裡已經到處都是紅酒杯。（我在哪裡見過類似的情景？有了，就是驚悚片《靈異象限》——作品馬馬虎虎，配樂倒是頗有伯納．赫曼風格。早熟的女兒到處放了沒喝乾的水杯，結果變成攻擊外星人的武器。艾德臭罵：「如果外星人對水過敏，怎麼會來地球呢？」那是我們第三次約會。）

我分神了。我上樓去書房。

我坐到書桌前，手機放在滑鼠旁，插進電腦充電。我看看電腦上的時間，剛過十一點，比我預想的還晚。那個替馬西泮果然讓我昏過去了。好吧，嚴格來講，應該說是那些替馬西泮，是複數。

我望出窗外，街道對面的米勒太太準時出門。她帶上門，但是我聽不到聲音。今天早上，她穿了一件深色冬裝外套，嘴巴吐出白煙。我點開氣象應用程式，外面是攝氏零下十一度。我起身，走向樓梯轉角的自動調溫器。

不知道麗泰的丈夫最近忙什麼，我已經幾百年沒見過他，也已經很久沒找過他。

我回到書桌，目光飄到房間另一頭，越過公園看著羅素家，窗邊空無一人。伊森，我心想，我得聯絡伊森。我覺得他昨晚猶豫了。「我好怕。」他睜大眼睛，幾乎是情緒失控。一個痛苦的孩子，我有義務幫助他。無論珍發生什麼事，無論她是生是死，我都得保護她的兒子。

下一步該怎麼走？

我咬住嘴唇。我登入西洋棋論壇，開始下棋。

一小時後，已經過了正午十二點，我什麼也沒想到。

我剛把酒瓶靠到杯子上——我又開始喝，但現在已經過了正午——然後開始思考。這個問題就像環境音般，一直盤繞在我腦海中：我該如何聯絡伊森？每隔幾秒我就望向公園對面，彷彿答案會寫在那棟房子的牆上。我不能打到他家，他自己又沒手機。如果我對他打暗號，他的父親——或那個女人——也會先看到我。他說他沒有電子信箱，沒有臉書帳號，就等於不存在。

他幾乎和我一樣孤獨。

我坐回椅子上喝酒，放下杯子，看著正午的陽光爬過窗台。電腦發出聲音，我移動騎士，用它設陷阱，等待對方出招。

螢幕上的時間顯示十二點十二分，衛斯理沒回電，他一定會打來吧？還是我該再打去？我取過手機，刷開螢幕。

桌上型電腦發出聲音，有人寄信到我的 Gmail。我握住滑鼠，將游標移出棋盤外，點開瀏覽器。我左手取過杯子，端到嘴邊。酒杯在陽光照射下發光。

我從杯緣邊看信箱，只有一封信，主題欄空白，寄件者名字是粗體字。

珍．羅素。

我的牙齒撞到杯子。我盯著螢幕，周遭的空氣突然變得稀薄。

我抖著手將杯子放回桌上，紅酒跟著搖晃。我抓住的滑鼠脹大，貼著我的掌心。我剛才都忘了呼吸。

游標點到她的名字。珍．羅素。

我點開。

信件展開是大片的空白，沒有文字，只有顯示附件的迴紋針圖樣，我點了兩下。

螢幕一片黑。

圖像開始慢慢下載，一行一行出現，螢幕漸漸出現深淺不一的灰色點狀。

我呆若木雞，依舊無法正常呼吸。黑線一條接著一條出現，猶如緩緩降下的窗簾。時間一點一滴過去。

然後——

——然後是一團……樹枝嗎？不對，是頭髮，打結的深色頭髮，而且是特寫。

接著是蒼白的皮膚。

一隻眼睛，閉著眼皮，而且垂直出現在畫面上，眼皮下是一排睫毛。

這是某個側躺的人，我正看著這個人的睡臉。

我看著我自己的睡臉。

照片突然快速擴張，下半部全部一起顯示。我看到自己，看到整個頭部，一束頭髮橫在我的眉毛上。我閉著眼睛，嘴巴微張，臉頰埋在枕頭中。

我跳起來，椅子往後倒。

珍寄了一張我睡著的相片。我的腦子緩緩接收這個訊息，彷彿剛剛一行一行下載照片。

珍晚上來過我家。

珍進了我的臥室。

珍看著我睡覺。

我很震驚，周遭是震耳欲聾的安靜。然後我看到右下角的數字，日期是今天，時間是凌晨兩點零二分。

今天早上兩點。怎麼可能？我看看寄件者名字旁的電郵地址。

guesswhoanna@gmail.com（猜猜我是誰安娜）。

69

原來不是珍。有人盜用她的名字，這個人還挖苦我。

我的思緒立刻箭一般地射向樓下，就是門後的大衛。

我緊抱著套著睡袍的自己。努力思考，不要慌張，冷靜面對。

他推開門了？沒有，那個梯子還在原位。

挨著身體的手顫抖著。我傾身向前，雙手撐著書桌。他打了我的鑰匙嗎？我帶他上床的那晚，的確聽到樓下有聲響。難道他在屋裡閒晃，偷了放在廚房的鑰匙？

但是我一小時前才看到鑰匙，而且他離開沒多久，我就擋住了門，他根本沒辦法進來。

除非——當然啦，當然有辦法進來，他有另一副鑰匙，隨時都能進來。可能把原來那把掛回去了。

但是他昨天去了康乃狄克。

至少他是這麼告訴我。

我看著螢幕上的自己，看著半月型的睫毛，看著上唇下的牙齒：完全無知無覺，也毫無防備。我打哆嗦，胃酸彷彿都衝到喉嚨。

猜猜我是誰安娜。如果不是大衛，又會是誰？為何要告訴我？這個人不僅闖進我家，進了我的臥室，拍下我的睡相，還要我知道。

這個人知道珍的事情。

我兩手捧起杯子喝，灌了一大口。放下杯子，拿起電話。

李鐸的聲音是輕柔的沙沙聲，就像枕頭套。也許他剛剛在睡覺，這不重要。

「有人闖進我家。」我告訴他。我已經走到廚房，一手拿著電話，一手拿著杯子，緊盯著地下室的門。當我說出這些荒謬的字句，它們聽起來毫無起伏、不足採信，沒有眞實感。

「福克斯醫生，」他聲音雀躍。「是妳嗎？」

「有人早上兩點闖進我家。」

「等等，」我聽到他把電話換到另一邊。「有人闖進妳家？」

「今天早上兩點。」

「妳怎麼現在才報案？」

「因爲當時我在睡覺。」

他的聲音變得友善，自以爲抓到我的語病。「那妳怎麼知道有人闖進妳家？」

「因爲他拍照傳給我。」

頓住。「什麼照片？」

「我的照片，我睡著的照片。」

他再度開口，聲音似乎變得比較近。「妳確定？」

「確定。」

「還有……我不想嚇到妳……」

「我已經被嚇到了。」

「妳確定他離開了？」

我愣住了。我完全沒想到。

「福克斯醫生？安娜？」

「確定。」家裡絕對沒有別人，否則我早該發現了。

「妳可以——妳有辦法出去嗎？」

我差點大笑，可是我只低聲說：「不行。」

「好，妳就——就留在家裡，妳要我繼續和妳通話嗎？」

「我要你過來。」

「我們這就來了。」我們，所以諾芮莉也會來。很好，我希望她親眼看到。因爲這是眞眞實實發生過，無可否認。

李鐸還在說話，對著手機的鼻息如翻騰巨濤。「知道我希望妳怎麼做嗎，安娜？妳站到前門邊，以防有必要衝出門。我們很快就到，幾分鐘而已，但是如果妳需要離開……」

我看著客廳入口，往門口走。

「我們上車了，很快就到。」

我緩緩點頭，看著門離我越來越近。

「妳最近看了什麼電影嗎，福克斯醫生？」

我沒辦法打開抽屜，連踏進那個灰色地帶都不敢。我搖頭，髮絲掃過我的臉頰。

「有看那些驚悚老片嗎？」

我再度搖頭，對他說「沒有」，這時才發現自己還捧著酒杯。無論有沒有歹徒闖入——我也不覺得有——我不能這個模樣應門，得把酒杯擺到一邊。

但是我的手正發抖，紅酒濺到睡袍前襟，心臟上方一片血紅，看起來就像受了傷。

李鐸還在我耳邊碎唸——「安娜？妳沒事吧？」我已經回到廚房，電話緊壓著太陽穴，酒杯被我放到水槽裡。

「沒事吧？」李鐸問。

「沒事。」我打開水龍頭，脫下睡袍放到水下，身上只穿著T恤和運動褲。紅酒漬在水流下翻騰，漸漸稀釋，變成淡粉紅色。我擠壓衣服，手指在冰水下變白。

「妳可以走到門口嗎？」

「可以。」

關掉水龍頭，我擰乾睡袍。

「好，站在那裡等。」

我甩乾睡袍，發現紙巾用完了，架子赤裸外露。我打開放餐巾的抽屜，在折好的布織品上又看到我自己。

不是特寫的睡相，不是躺在枕頭上，而是坐得端端正正，容光煥發，頭髮披在背後，目光熠熠，是一張原子筆素描。

好厲害，我這麼說過。
珍・羅素的原作，她說。
然後她簽了名。

70

那張紙在我手中顫動。我看著用力刻在角落的署名。

我幾乎要懷疑這件事，幾乎要懷疑她的存在。但是現在有那晚的證據，這是紀念品，是Memento mori。記得，人終有一死。

記得。

我記得，我記得下棋、吃巧克力。我記得那些菸、那些紅酒，帶她參觀家裡。更重要的是，我記得珍，記得她沙啞的笑鬧聲和飲酒暢談，當時她生龍活虎。我記得她的銀粉補牙，記得她靠在窗前欣賞她的家——很漂亮的房子呢。當時她喃喃地說。

她來過這裡。

「我們快到了。」李鐸說。

「我找到——」我清清喉嚨。「我有——」

李鐸打斷我。「我們已經轉到……」

但是我沒聽到，因為我從窗邊看到伊森走出大門，先前他一定都在家。一小時以來，我不斷望向他家，從廚房跳到起居室、臥室，不知我為何沒看到他行動。

「安娜？」李鐸的聲音變得很小聲。我低頭，看到自己抓著電話，但是手垂在臀部邊，睡袍就堆在腳邊。我將電話放在流理臺上，將照片放在水槽邊。我開始敲玻璃，而且很用力。

「安娜？」李鐸又喊了一次，我不理他。

我又敲得更用力，伊森已經轉到人行道，往我家的方向走來。太好了。

我知道我該怎麼做。

我抓住窗框，手指出力、敲擊、放鬆。用力閉上眼睛之後，我將窗子往上推。

酷寒一把攫住我，刺痛至極，我幾乎快嚇昏；強風吹得我的衣服狂抖，我的耳裡都是風聲。酷寒充斥我，輾壓我。

然而我還是大聲呼喊他的名字，這兩個字從我的舌尖發射出來：*伊森*！叫聲劃破寂靜。我想像鳥群四散紛飛，行人呆若木雞。

我又用盡最後一口氣說：

我知道了。

我知道你的母親就是我口中那個女人，我知道她來過，我知道你說謊。

我用力關上窗戶，額頭靠在玻璃上，方才睜開眼睛。

他站在人行道上，一動也不動。他穿著太大的羽絨外套、太小的牛仔褲，柔軟的頭髮在風中飄揚。

他看著我，吐出的白煙匯成他面前的小白雲。我回望他，胸口劇烈起伏，心跳大約時速九十哩。

他搖頭，繼續往前走。

71

我看著他走出我的視線之外，我的肺已經無力，肩膀下垂，冷空氣在廚房盤旋。我盡力了，至少他沒衝回家。

但是依舊不盡理想。依舊不盡理想。警探隨時會到，我手上有那張畫——被風吹到地上，正面朝下。我彎腰撿起來，順便抓了我的睡袍，還濕答答呢。

門鈴響了，是李鐸。

我站直身子，取過電話丟進口袋，快步走到門口，用拳頭按開門，抽開門鎖。我看著毛玻璃，有個影子漸漸升起，最後匯集成一個人形。

那張紙在我手中抖個不停，我等不及了。我轉開門把，拉開門。

是伊森。

我太驚訝，以致沒打招呼。我呆站在原地，手裡緊緊抓著那張紙，睡袍的水滴到腳邊。

他的臉被凍得紅通通，頭髮需要修剪，都蓋過眉毛，也垂過耳邊了。他瞪大眼睛。

我們四目相對。

「妳不能對我大喊大叫。」他平靜地說。

我很意外，來不及阻止自己就說：「否則我沒有其他方法可以找你。」我說。

水滴落到我的腳上、地板上。我把睡袍夾到腋下。
拳拳從樓梯走進房裡，直接走向伊森的小腿。
「你想要什麼？」他低頭問。我不知道他是對我或對貓咪說話。
「我知道你的母親來過。」我告訴他。
他嘆氣搖頭。「妳有——妄想症。」這句話踩著高蹺走下他的舌頭，他似乎不熟悉這些字句。我不必猜也知道他從哪兒聽來，也知道這是描述誰。
我也搖頭。「沒有。」我發現自己嘴唇上揚，微笑以對。「我發現這個。」我舉出肖像畫給他看。
他看了看。
屋裡靜悄悄，只有拳拳的貓毛摩擦伊森牛仔褲的聲音。
我看著他，他目瞪口呆地盯著畫。
「這是什麼？」他問。
「是我。」
「誰畫的？」
我歪頭，往前踏一步。「你可以看署名。」
他接過紙，瞇起眼睛。「可是——」
門鈴聲音嚇到我們，我們轉向大門。拳拳衝向沙發。
伊森看著我拿起對講機話筒，摁按鈕。走廊響起腳步聲，李鐸進入房間，猶如人形海嘯。諾芮莉跟在他後面。

他們先看到伊森。

「這是怎麼回事？」諾芮莉的目光輪流在我們之間移動。

「妳說有人闖進妳家。」李鐸說。

伊森看著我，眼神瞟向門口。「你不要走。」我說。

「你可以離開。」諾芮莉告訴他。

「留下來。」我咆哮，他動也不動。

「妳檢查過屋裡了嗎？」李鐸問。我搖頭。

他對諾芮莉點頭示意，她走過廚房，在地下室門口停住腳步，看了梯子一眼又看看我。「有房客。」我說。

她一語不發地走向樓梯。

我轉向李鐸。他兩手插在口袋裡，盯著我看。我深呼吸。

「發生了——發生了許多事情，」我說。「我先收到這個……」我伸手從睡袍口袋挖出電話。「收到這封電郵。」睡袍啪一聲地落到地上。

我點開電郵，放大照片。李鐸接過手機，握在巨大的手掌中。

他仔細端詳螢幕時，我打了寒顫，這裡好冷，我穿得又很少。我知道，我的頭髮毛糙打結，起床之後還沒梳理過。我很不自在。

變換站立重心的伊森似乎也是。站在李鐸身邊，他看起來格外嬌弱，彷彿馬上就會折半。我想抱抱他。

警探點點手機螢幕。「珍・羅素。」

「不是。」我告訴他。「你看電郵地址。」

李鐸瞇起眼睛。「guesswhoanna@gmail.com。」他小心翼翼地唸出來。

我點頭。

「今天早上兩點零二分拍攝。」他看著我。「今天中午十二點十一分傳出。」

我再度點頭。

「妳收過這個電子信箱寄來的信嗎？」

「沒有，但是你們不能……追蹤寄信人嗎？」

伊森在我背後發問：「這是什麼？」

「是照片。」我開口，但是李鐸繼續說：「別人怎麼能闖進妳家？妳沒有警報器嗎？」

「沒有，我永遠都在家，何必……」我沒說完。答案就在李鐸的手中。「沒有。」我打住。

「那是什麼照片？」

這次李鐸望向他，瞪得他不敢輕舉妄動。「你問夠了。」伊森縮了一下。「你過去那邊。」伊森走到沙發邊，坐在拳拳旁邊。

李鐸踏進廚房，步向側門。「歹徒可能從這邊進來。」他的聲音很尖銳。開了門鎖，開門之後又關上。一陣冷風飄進屋裡。

「的確有人闖進來。」我指出。

「而且沒驚動妳。」

「對。」

「府上有財物失竊嗎？」

我想都沒想過。「不知道，」我坦承。「我的電腦和手機都在，也許——我不知道，我還沒找過，先前太害怕了。」我補上。

他的表情軟化。「一定的。」語氣比較溫柔。「知道誰有可能拍妳的照片嗎？」

我停住。「唯一有鑰匙的人，唯一可能有我家鑰匙的人，就是我的房客大衛。」

「他人呢？」

「不知道，他說要出城，可是——」

「所以他有鑰匙，或是可能有鑰匙囉？」

我雙手抱胸。「有可能。他的公寓——他家的鑰匙不一樣。他有可能……可能偷了我的。」

李鐸點頭。「妳和大衛有爭執嗎？」

「沒有，我是說——沒有。」

李鐸再度點頭。「還有什麼事嗎？」

「本來——他——他本來借了一把刀子，是美工刀。他沒告訴我就放回來了。」

「沒有其他人可以進來嗎？」

「沒有。」

「我只是自言自語。」他吸了一大口空氣之後喊叫，音量大到我神經抽痛。「嘿，小薇？」

「我還在樓上。」諾芮莉回話。

「上面有什麼動靜嗎？」

沒有回應，我們等著。

「沒有。」她大喊。

「有損毀嗎？」

「沒有。」

「櫃子裡有人嗎？」

「櫃子裡沒有人。」我聽到樓梯傳來她的腳步聲。「我下來了。」

李鐸轉向我。「有人闖進來，雖然不知道他用什麼方法，總之他拍了妳的照片，但是沒取走任何財物。」

「對。」他這是懷疑我嗎？我指著他握著的手機，彷彿那就能回答他的問題，一定可以。

「抱歉。」他還給我。

諾芮莉走進廚房，大衣在她身後飄揚。「我們安全嗎？」李鐸問。

「沒問題。」

他向我微笑。「警報解除。」他說，我沒回話。

諾芮莉走過來。「妳報案說有歹徒闖入是怎麼回事？」

我伸手拿電話給她，她沒接下，只是看著螢幕。

「珍・羅素？」她問。

我指著珍名字旁邊的電郵地址，諾芮莉怒目圓睜。

「他們以前曾經寄東西給你嗎？」
「沒有，我剛剛才說——沒有。」
「這是 Gmail 的信箱。」她指出，我看到她和李鐸互望。
「對。」我雙手抱住自己。「難道不能追蹤或追溯嗎？」
「這個嘛，」她後退。「這就有問題了。」
「爲什麼？」
她向搭檔歪一下頭。「這是 Gmail。」他說。
「對，所以呢？」
「Gmail 會隱藏 IP 位址。」
「我不知道這是什麼意思。」
「也就是我們無法追溯 Gmail 的帳戶。」他繼續說。
我瞪著他。
「說不定，」諾芮莉解釋。「這是妳自己傳的。」
我轉身看她，她雙手抱胸。
我失聲大笑。「什麼？」我還能說什麼？
「妳可能用手機傳出那封信，我們也查不到證據。」
「爲什麼——爲什麼？」我口吃了起來。諾芮莉往下瞄那件濕答答的睡袍，我彎腰撿起來，只是爲了找事做，只是爲了找回秩序和條理。

「在我看來，這張照片就像是半夜自拍。」

「當時我在睡覺。」我反駁。

「妳只是閉著眼睛。」

「因爲我睡著了。」

「或是妳希望別人認爲妳睡著。」

我轉向李鐸。

「福克斯醫生，這麼說吧，」他說。「我們找不到任何人闖入的跡象，也沒有任何財物失竊。前門沒遭到破壞，那邊也完好無缺。」他指向側門。「妳說沒有其他人有鑰匙。」

「錯，我說我的房客可能打了鑰匙。」我不是說過嗎？我的思緒亂糟糟，我又開始發抖，空氣彷彿帶著寒意。

諾芮莉指向梯子。「那是做什麼？」

「她和房客起爭執。」李鐸搶在我前頭回答。

「你問過——她丈夫的事情了嗎？」她的語氣有種莫名的音調，某種小和弦。她挑高一側的眉毛。然後她轉向我。「福克斯太太，」這次我沒糾正她。「我警告過妳不要浪費——」

「浪費時間的人不是我，」我咆哮。「你們才是，是你們。有人闖進我家，我都給你們證據了，妳卻說是我自己捏造，就像上次一樣。我看到有人中刀，你們也不相信我。到底要怎樣才能讓你們——」

那張肖像畫。

我轉身，看到伊森坐在沙發上，拳拳就躺在他腿上。「過來，」我說。「把畫拿過來。」

「不要把他扯進來。」諾芮莉插嘴，但是伊森已經走向我，一手抱著貓，一手拿著紙。他遞給我的姿勢可說是畢恭畢敬，彷彿在教堂遞聖餅。

「看到了嗎？」我將紙湊到諾芮莉面前，她往後退一步。「看看誰簽的名。」我加上這句。

她皺眉。

此時門鈴響起，這已經是今天第三次。

72

李鐸看著我，然後走向門口，觀察對講機。他摁下開關。

「是誰？」我問，他已經拉開門。

一陣清晰的腳步聲之後，亞歷斯泰・羅素進門。他身穿開襟毛衣，臉凍得紅通通，似乎比上次見面更顯蒼老。

他鷹眼般地掃過房裡，目光停在伊森身上。

「你給我回家。」他告訴他兒子，伊森卻紋風不動。「放下貓，立刻離開。」

「我要你看看這個。」我遞上畫作，但是他不理我，直接對李鐸說。

「很高興你們在這裡。」他一臉不高興。「我太太說她聽到這個女人探出窗外，對我兒子大叫，接著我就看到你們停好車子。」我記得他上次過來還很客氣，甚至有點困惑。這次卻不復見。

李鐸上前。「羅素先生——」

「你們知道嗎？她打到我家，」李鐸沒回答。「還打到我以前的辦公室。她打到我以前的辦公室。」

原來艾利克斯打我的小報告。「你爲什麼被開除？」我問，但是他已經大發雷霆，連珠炮似地繼續說。

「昨天她跟蹤我老婆，她有提到嗎？應該沒有吧，跟蹤她到咖啡館。」

「先生，我們知道。」

「她想……和她對質。」我偷看伊森，他顯然沒告訴他爸爸，之後他見過我。

「這已經是我們所有人第二次齊聚一堂。」亞歷斯泰的聲音很不客氣。「她先是說我家有人遭到攻擊，現在又誘導我兒子來她家。不能再這樣下去了，要鬧到什麼地步？」他直視我。「她死纏著我們不放。」

我把畫像湊到他面前。「我認識你的妻子——」

「妳不認識我妻子！」他大吼。

我不語。

「妳不認識任何人！妳從來不出門，只會偷窺別人。」

我漲紅脖子，垂下手。

他還沒說完。「妳捏造事實，說妳……碰見某個不是我妻子的女人，而且這個人甚至——」我等他說出下一個字，彷彿等著挨揍。「甚至不存在，」他說。「現在妳還騷擾我兒子，騷擾我們全家人。」

屋內鴉雀無聲。

李鐸終於開口。「好了。」

「她有妄想症。」亞歷斯泰補上一句。他說出口了，我瞟向伊森，他盯著地板。

「好了，好了。」李鐸重複。「伊森，你該回家了。羅素先生，如果你可以留下——」

換我說話了。

「留下來，」我附議。「也許你可以解釋這個。」我又舉起手臂，抬到亞歷斯泰眼前。

他伸手接過紙。「這是什麼？」

「這是你太太畫的圖。」

他一臉茫然。

「她來我家時，坐在桌邊畫的。」

「這是什麼？」李鐸走到亞歷斯泰身邊。

「珍畫給我的。」

「這是妳。」李鐸說。

我點頭。「她來過，這就是證據。」

亞歷斯泰恢復鎮定。「這不代表什麼，」他抓狂。「根本不是——只證明妳有多瘋狂，竟然想……捏造證據。」他嗤之以鼻。「妳瘋了。」

瘋到極點！我心想，這是《失嬰記》的台詞，我發現自己皺眉。「你說我捏造證據是什麼意思？」

「這是妳自己畫的。」

站在我們之間的諾芮莉發言了：「妳也可以自拍傳給自己，我們同樣無法證明。」

我往後退，彷彿挨了一拳。「我——」

「福克斯醫生，妳還好嗎？」李鐸走過來。

睡袍再次從我手中落下，滑行到地上。

我搖搖擺擺，屋子就像旋轉木馬似地開始繞著我轉。亞歷斯泰瞠目怒視，諾芮莉的眼睛變得一片漆黑，李鐸的手在我的肩膀上盤旋。伊森往後退，一手依舊抱著貓咪。他們所有人都從我眼前轉過，我無法抓住任何人，也無法站穩。「這幅畫不是我畫的，是珍，就在這裡。」我向廚房揮動手指。「我也沒拍那張照片，不可能是我。我——事情不對勁，而且你們完全不幫忙。」我只能這麼說。我想抓住房間，卻抓不住。我蹣跚走向伊森，顫抖地抓住他的肩膀。

「放開他。」亞歷斯泰暴怒，但是我望著伊森的眼睛，提高聲音：「不對勁。」

「怎麼了？」

我們全都轉頭。

「門沒關。」大衛說。

73

他站在門口，兩手插在口袋，單邊肩上揹著一個破舊的布袋。「怎麼回事？」他問，我放開伊森。

諾芮莉放下交抱在胸前的手。「你是誰？」

這下換大衛抱胸。「我住在樓下。」

「喔，」李鐸說。「你就是大名鼎鼎的大衛。」

「我不知道我這麼有名。」

「大衛，你有姓氏吧？」

「大部分人都有。」

「溫特斯。」我從記憶深處挖出這名字。

大衛不理我。「你們是誰？」

「警察，」諾芮莉回答。「我是諾芮莉警探，這位是李鐸警探。」

大衛下巴對著亞歷斯泰。「我認得他。」

亞歷斯泰點頭。「也許你可以解釋這個女人哪裡有毛病。」

「誰說她有毛病？」

感激之情油然而生，我覺得自己又能呼吸。總算有人站在我這邊。

接著我又想起這個人是誰。

「溫特斯先生，你昨晚在哪裡？」李鐸問。

「康乃狄克州，我去工作。」他說。「爲什麼要問？」

「有人半夜兩點拍下福克斯醫生睡覺的模樣，還傳給她。」

大衛的眼神閃爍了一下。「太扯了。」他望著我。「有人闖進來？」

李鐸不讓我回答。「有誰可以證實你昨晚在康乃狄克嗎？」

大衛一腳晃到另一腳前。「和我在一起的女性朋友。」

「請問她貴姓大名？」

「我沒問她姓什麼。」

「她有電話嗎？」

「大部分人不都有嗎？」

「我們需要她的電話號碼。」李鐸說。

「只有他有可能拍那張照片。」我堅稱。

大衛愣了一下皺眉。「什麼？」

我看著那對深邃的眼睛，似乎開始動搖。「是你拍的嗎？」

他冷笑。「你們覺得我上樓——」

「沒有人這麼想。」諾芮莉說。

「我就這麼想。」我告訴她。

「我不知道妳他媽說什麼。」大衛的聲音似乎不耐煩，他將手機遞給諾芮莉。「拿去，打給她，她名叫伊莉莎白。」諾芮莉走進客廳。

我再不喝一杯就聽不下去。我離開李鐸，走向廚房，聽到他在我背後說話。

「福克斯醫生說她看到對街有女人遭到攻擊，就在羅素先生家裡。你知道這件事嗎？」

「不知道，所以她上次才問我有沒有聽到尖叫嗎？」我沒轉身，已經開始把酒倒進平底杯。「我上次就說過，我什麼也沒聽到。」

「當然沒有。」亞歷斯泰說。

我轉身面對他們，手裡拿著杯子。「可是伊森說——」

「伊森，給我滾出去。」亞歷斯泰大喊。「要我說多少次——」

「羅素先生，福克斯醫生，冷靜點，我不建議妳現在碰那個。」李鐸對我揮動一根手指。我將杯子放在流理臺上，但手還握著杯子。我覺得自己很反骨。

他轉身面對大衛。「你在公園對面的房子有看到任何不尋常的事情嗎？」

「他家？」大衛瞄向火冒三丈的亞歷斯泰。

「這實在——」他開口。

「沒有，我什麼都沒看到。」背包滑下大衛的肩膀，他站直，將包包揹好。「也沒仔細看。」

李鐸點頭。「嗯哼。你有見到羅素太太嗎？」

「沒有。」

「你怎麼會認識羅素先生？」

「我雇用他——」亞歷斯泰想解釋，但李鐸伸出一隻手掌打斷他。

「他雇用我打零工，」大衛說。「我沒見到女主人。」

「但是你的臥室有她的耳環。」

所有人的目光都轉向我。

「我在你的房間看到一只耳環，」我握緊杯子。「就在你的床頭櫃。有三顆珍珠，那是珍．羅素的耳環。」

大衛嘆氣。「不是，那是凱瑟琳的。」

「凱瑟琳？」我說。

他點頭。「當時和我約會的女性，其實也不算約會，只是在這裡住過幾晚。」

「什麼時候的事？」李鐸問。

「上禮拜。這有什麼重要？」

「不重要。」諾芮莉向他保證，並走回他身邊。她將電話放回他的手中。「伊莉莎白．休斯說，她昨天午夜到今天早上十二點都和他一起待在康州的達連。」

「然後我就回來了。」大衛說。

「妳爲什麼進他的臥室？」諾芮莉問我。

「她偷偷摸摸到處看。」大衛回答。

我臉紅反擊：「你從我這裡拿走美工刀。」

他往前踏一步，我看到李鐸神情緊繃。「是妳拿給我的。」

「對，可是你一聲不吭放回去。」

「沒錯，我去上廁所時，刀子就在我口袋，所以我放回原位。不必謝我了。」

「只是你放回來之前，珍剛剛——」

「夠了。」諾芮莉生氣地說。

我舉起杯子，紅酒在杯子裡搖晃。我在眾目睽睽下，大口喝酒。

肖像畫、照片、耳環、美工刀，一個個都遭到駁斥，一個個都像破掉的氣泡。我沒有其他證據了。幾乎沒有了。

我吞下紅酒，深呼吸。

「他坐過牢。」

即使這些字句已經衝出口，我依舊無法相信自己說了這句話，無法相信我竟然會聽到這句話。

「他坐過牢，」我又說了一次。彷彿靈魂出竅，我又補上一句：「是傷害罪。」

大衛的下顎線條緊繃，亞歷斯泰盯著他看，諾芮莉和伊森則瞪著我。至於李鐸——李鐸看起來悲傷得無可言喻。

「你們為何不逼問他？」我問。「我看到一個女人遇刺，」我揮舞著電話。「你們說我幻想，說我騙人。」我把手機用力放到中島。「我給你看她畫了又簽名的畫，」我指著亞歷斯泰，指著他手中的肖像畫——「你說是我畫的。那個房子裡有個女人身分不符，你們卻查都不查，連試試看都不肯。」

我向前走，只是往前跨出一小步，但是所有人都後退，彷彿當我是即將來襲的暴風雨，當我是野獸，很好。「有人在我睡覺時闖進我家，拍了我的照片傳給我——你們卻怪我。」我聽到喉嚨哽咽，聲音分岔。淚水落下臉頰，我繼續說。

「我沒發瘋，這不是我編造的。」我對亞歷斯泰和伊森伸出一隻抖個不停的手指。「我沒憑空幻想。這件事情都從我看到他的妻子和他的母親遇刺開始，這才是你們應該調查的事情，這才是你們該問的問題。不要再說我沒看到，我很清楚自己看到什麼。」

鴉雀無聲。他們動都不動，彷彿活人扮的靜態畫面。就連拳拳也靜止，尾巴捲成問號。

我用手背抹臉，拖過鼻子，撥開眼睛上的髮絲，舉起酒杯，一飲而盡。

李鐸醒過來，走向我，慢慢跨出一步就走過半個客廳，他與我四目相對。我放下杯子，我們隔著中島對望。

他用手蓋住杯子，拉到旁邊，彷彿那是槍械。

「可是安娜，」他的聲音低沉，速度緩慢。「我昨天和妳的醫生談過，就在我們通過電話之後。」

我口乾舌燥。

「費丁醫生，」他繼續說：「妳在醫院提過他。我想找個認識妳的人問清楚。」

我的心臟彷彿快停止。

「他非常關心妳。我說我很擔心妳對我，對我們說的話，我很擔心妳一個人住在這間大房子，因爲妳說妳的家人住得很遠，妳沒有人可以聊。結果——」

——結果。結果。我知道他要說什麼，我也很感激由他來說，因爲他很友善，因爲他的聲音很溫暖，否則我沒辦法承受。我無法忍受——

結果諾芮莉打斷他。「結果妳的丈夫和女兒過世了。」

74

沒有人這麼說過，沒有人照這順序說出這件事。

急診室的醫生沒有；他們照顧我受傷的背部、受損的氣管時說：「妳的丈夫沒熬過來。」

護理長沒有，她在四十分鐘後說：「我很遺憾，福克斯太太。」她甚至沒說完，因爲沒有必要。

朋友沒有——艾德的朋友；我苦澀地發現，小莉和我沒有多少朋友——他們慰問我、參加葬禮，後來幾個月偶爾會打來關心我：「他們走了」，或「他們不在我們身邊了」。比較冒失的人就說：「他們死了。」

就連碧娜都沒有。甚至連費丁醫生都沒說。

但是諾芮莉卻說了，她打破魔咒，說出不能說的那句話：*妳的丈夫和女兒過世了。*

❖

沒錯，是的，他們沒熬過來，他們走了，過世了——死了。我不否認。

「妳還看不出來嗎，安娜？」現在我聽費丁醫生說話，語氣近乎懇求。「問題就在*這裡*啊，就是妳拒絕接受事實。」

再正確不過了。

❖

可是——

要我怎麼解釋？怎麼告訴所有人——告訴李鐸、諾芮莉，告訴亞歷斯泰或伊森，告訴大衛，甚至告訴珍？我聽得到他們，他們的聲音在我體內迴盪，響徹屋內。他們離去、失去他們——現在我能說出來了，他們死亡——所致的痛苦淹沒我時，我聽得到他們。需要找人談心時，我聽得到他們。我想都沒想到時，也聽得到他們。他們會說：「猜猜我是誰。」我便展開笑顏，心花怒放。

我也會回覆他們。

75

那些字句懸在半空中，飄蕩著，猶如一縷輕煙。

我越過李鐸肩膀，看到亞歷斯泰和伊森瞪大眼睛；看到大衛張大嘴巴；不知爲何，諾芮莉卻看著地上。

「福克斯醫生？」

是李鐸。我聚焦看著中島對面的他，臉龐籠罩在午後的陽光中。

「安娜。」他說。

我沒動，也動不了。

他深吸一口氣，先屏住才吐氣。「費丁醫生都告訴我了。」

我用力閉上眼睛，只看得到一片黑，只聽得到李鐸的聲音。

「他說州警在峭壁底下發現你們。」

是的，我記得他的聲音，那個深沉的吶喊聲順著山壁斷斷續續往下降。

「當時你們已經在戶外待了兩晚，還是隆冬的暴風雪中。」

三十三個小時，從我們飛出公路，到直升機出現時。那些在上方盤繞的旋翼就像漩渦。

「他說他們到達現場時，奧莉薇亞還活著。」

媽咪，他們將她抬上擔架，爲她蓋上毯子時，她低聲叫著。

「但是妳的丈夫已經過世了。」

沒有，還沒有。當時他還在，絕對在，一點也沒離開，只是身體在雪地中漸漸冷卻。是內傷，他們說。暴露在冰天雪地又加重傷勢，無論如何，妳都無法改變事實。

許多事情明明可以改變。

「當時妳就開始出狀況，妳無法出門，得了創傷後壓力失調症。我實在難以想像。」

天啊，我在醫院日光燈下瑟縮；我在警車中驚慌失措。頭幾次走出家門，我崩潰倒地，一次、兩次，三次四次，最後只能拖著身軀回到屋內。

然後鎖上門。

關上窗。

發誓永遠足不出戶。

「妳需要安全的地方，這我懂。他們找到妳的時候，妳已經凍得半死，妳走過地獄一遭。」

我的指甲鑿進掌心。

「費丁醫生說妳有時候……會聽到他們。」

我將眼睛閉得更緊，希望越黑越好。他們不是——你知道，幻覺，我這麼告訴他；我只是偶爾喜歡假裝他們還在我身邊，這是我的應對方法。我也知道頻率太高就不健康。

「而且妳有時候也會自言自語。」

陽光打在我的頸背。妳最好不要太常與他們對話，他曾警告我。我們可不希望妳依賴他們。

「我本來有點困惑，因爲妳的口氣彷彿他們住在另一個地方。」我沒指出這在技術層面上無錯之有，因爲我已經毫無鬥志，就像個被掏空的瓶子。

「妳說你們分居，女兒跟著爸爸。」這在技術層面上也沒錯。我好疲倦。

「妳也這麼告訴我。」我張開眼睛，望著亞歷斯泰。光線灑滿整個房間，影子不復見。他們五個人棋子般地站在我面前。

「妳說他們住在其他地方。」他撇嘴，一臉嫌惡。我絕對沒這麼說——我從來不說他們住在哪裡，我很謹愼。不過無所謂，都不重要了。

李鐸傾身越過中島，手放在我的手上。「妳很難熬，也認爲自己眞的見過這位女士，就像妳相信自己還能與奧莉薇亞和艾德說話。」他說到艾德之前頓了一下，彷彿不確定他的名字，不過也可能只是調整說話速度。我凝視他的雙眸，深不可測。

「但是這件事不是眞的，」他的聲音輕柔軟綿。「我希望妳放手。」

我發現自己不斷點頭，因爲他說得對，我做得太離譜了。不能再這樣下去了，亞歷斯泰說。

「妳知道，有人關心妳。」李鐸的手握攏我的手指，我的指節發出聲響。「例如費丁醫生，還有妳的物理治療師。」還有呢？我想說。還有呢？「而且……」我的心臟瞬間快速跳動，還有誰關心我？

「……而且他們想幫助妳。」

我的目光垂向中島，垂向他握著的手。我仔細端詳他不再閃亮的黃金婚戒，也打量我的戒指。

現在屋裡更安靜了。「醫生說——他告訴我，妳吃的藥可能會引起幻覺。」

還有沮喪、失眠、自燃。但是這些都不是妄想，而是——

「也許妳覺得無所謂，我就不在乎。」

諾芮莉插嘴。「珍・羅素——」

李鐸舉起另一隻手，眼睛還是盯著我，諾芮莉就此打住。

「她的身分無誤，」他說。「就是二〇七號那位女士。她並未假冒任何人。」我沒問他們怎麼知道，我不在乎了，我好累好累。「妳認爲妳見過的女士——我認爲妳……沒見過。」

我竟然點起頭。可是怎麼……

他又接著說：「妳說她扶妳進來，也許是妳自己進門。也許妳……我不曉得，也許妳是做夢。」

如果我醒著也能做夢……我在哪兒聽過這句話？

這個場景就像彩色電影畫面，我完全可以想像：我拖著身軀離開門廊，攀岩似地爬上台階，努力爬進屋子。我幾乎就要想起來。

「妳說她在這裡陪妳下棋、畫畫。其實……」

對，又來了，天啊。我又看到那個畫面：藥罐、小卒、皇后、步步進逼的雙色敵軍——我的手伸到對面，如同盤旋在棋盤上的直升機。我的手沾了油墨，手指之間夾著筆。我練習簽名，在冒著蒸氣的淋浴門上寫她的名字，字母沿著玻璃往下流，就在我眼前逐步消失。

「妳的醫生說妳完全沒提到這件事。」他暫時打住。「我想，妳沒告訴他，也許就是不想讓他……說服妳擺脫這個妄想。」

我搖頭，又點頭。

「我不知道妳聽到的尖叫聲是什麼……」

我知道。伊森，他並未否認。那天下午，我看到他和她坐在起居室——他甚至沒看著她，他看著自己的腿，而不是旁邊的空位。

我望向他，看到他輕輕把拳拳放在地上，目光始終未離開我身上。

「我不知道傳照片是怎麼回事。但是費丁醫生說妳有時候會付諸行動，也許這就是妳求助的方法。」

那是我傳的嗎？就是我，不是嗎？是我傳的。當然啦，猜猜我是誰——這是我和艾德、奧莉薇亞的招呼語，以前是。Guesswhoanna。

「至於妳那晚看到的景象……」

我知道我當晚看到什麼。

我看了一部電影。我看到修復過的驚悚片，看到修復成彩色的老片。我看到《後窗》，看到《替身》，看到《春光乍現》。我看到一部作品集，影片囊括一百部偷窺驚悚電影的片段。

我看到一樁沒有凶手、沒有死者的凶案。我看到空無一人的起居室、空蕩蕩的沙發。我看到我想看到、我需要看到的景象。妳在這裡不孤單嗎？鮑嘉問白考兒，也問我。

她回答：我生來就孤單。

我不是，我是環境所迫。

如果我瘋狂到對著艾德和小莉說話，絕對有可能在心裡捏造一齣凶殺案，尤其我又吃了藥。我長久以來不都拒絕接受事實？我不是扭曲、排斥、改變事實嗎？

珍——那個貨眞價實、有血有肉的珍。她當然沒有冒充任何人的身分。

大衛房裡的耳環主人肯定是凱瑟琳或其他女人。

那晚當然沒有人進我家。

事實浪濤般向我襲來，打在我這片海岸，洗滌我這片沙灘。退潮之後只留下泥沙斑紋，如同指向大海的手指。

我錯了。

而且我受騙了。

而且當時說謊的人就是我，我現在還在說謊。

如果我醒著也能做夢，我就是瘋了。想起來了，是《煤氣燈下》。

一片靜默。我甚至聽不到李鐸的呼吸聲。

然後——

「原來如此。」亞歷斯泰搖頭，嘴唇微張。「我——哇。天啊。」他凝視我。「我是說，天啊。」

我吞了一口口水。

他又看了我一會兒，張開嘴，隨即閉上，再度搖搖頭。

最後他向兒子示意，走向前門。「我們要走了。」

伊森跟著他走到玄關，抬頭時眼神閃爍。「我很遺憾。」他的聲音微弱，我好想哭。

他走了，門關上。

屋裡只剩我們四人。

大衛往前踏步，低頭說：「所以樓下照片中的孩子——死了？」

我沒回答。

「妳要我留藍圖是留給一個死人？」

我回答。

「而且……」他指著擋住地下室門口的梯子。

我沒說話。

他點頭，彷彿我已經開口。他將包包往上拉，轉身出門。

諾芮莉看著他離開。「我們需要找他談嗎？」

「他有騷擾妳嗎？」李鐸問我。

我搖頭。

「好，」他放開我的手。「我實在不算……有資格處理接下來的問題。我的責任是解決這件事情，讓大家平平安安過日子，也包括妳在內。我知道妳很難接受，我說的是今天這件事。我要妳打給費丁醫生，這很重要。」

自從諾芮莉宣布，妳的丈夫和女兒過世了，我都沒開過口。我無法想像，自己說話可能會是什麼聲音，一定是什麼聲音。這是個新世界，因爲有人說出這句話，有人聽到這句話。

李鐸繼續說：「我知道妳很痛苦，而且——」他暫停了一下，重新開口時，語調肅穆。「我知道妳很痛苦。」

我點頭，他也點頭。

「我們每次來，我似乎都問同一個問題，妳獨自一人沒問題嗎？」

我再度緩緩點頭。

「安娜？」他看我。「福克斯醫生？」

我們又改回「福克斯醫生」的稱呼。我張嘴：「沒問題。」我彷彿戴著耳機聽到自己的聲音——彷彿很遙遠。模模糊糊。

「有鑑於——」諾芮莉開口，李鐸再度舉起一隻手，她也再度閉嘴。不知道她想說什麼。

「妳有我的電話。」他提醒我。「我說過，打給費丁醫生，拜託。他會想聽到妳的消息，請不要讓我們擔心，我們兩個都是。」他指向搭擋。「也包括小薇，她其實很關心妳。」

諾芮莉看著我。

李鐸往後退，似乎不樂意轉身。「我也說過，只要妳有需要，我們有很多專業人士可以和妳聊聊。」諾芮莉轉身，走進玄關。我聽到她的鞋跟踩著磁磚，聽到她打開前門。

現在屋裡只剩我和李鐸，他望向我背後的窗戶。

「妳知道，」片刻後，他說。「如果我的女兒發生不測，我不知道自己會是什麼模樣。」他與我四目相對。「不知道我會變成什麼樣子。」

他清清喉嚨，舉起一隻手。「再見。」他走進玄關，帶上門。

我站在廚房，看著灰塵在陽光中匯集又散開。

我的手伸向酒杯，輕輕拿起杯子轉了一下，舉到面前，深呼吸。

然後把他媽的酒杯往牆上砸，放聲尖叫，我這輩子從未叫得這麼大聲。

76

我坐在床緣，筆直盯著前方。影子在我面前的牆上舞動著。

我點了一根蠟燭，是小小的Diptyque，我剛從盒子裡拿出來，是小莉兩年前送我的聖誕禮物。無花果。她很愛這味道。

應該用過去式。

鬼魅般的氣流盤旋在房裡，飄搖的火焰依舊緊抓著燭芯。

一小時過去，又一小時過去。

蠟燭燒得很快，燭芯已經半淹沒在蠟油中。我懶洋洋地坐著，雙手夾在兩腿之間。

手機發亮顫動，朱利安・費丁。他明天應該來看診，但是他不會來。

夜色帷幕般降臨。

當時妳就開始出狀況，李鐸說。妳無法出門。

我住院時，他們說我受到驚嚇，後來驚嚇轉爲恐懼。恐懼突變，成了驚慌。等到費丁醫生出現時，我已經——他說得最簡要，也說得最好——「罹患嚴重恐曠症。」

我需要待在熟悉的家裡，因爲我在那片陌生荒野下，頂著無邊無際的蒼穹過了兩夜。

我需要我可以控制的環境，因爲我看著家人慢慢死去。

妳會發現，我沒問妳爲什麼會變成這樣，她對我說。或者該說我對自己說。

是人生讓我變成這副模樣。

「猜猜是誰？」

我搖頭，現在不想和艾德說話。

「妳好嗎，懶蟲？」

我又搖頭，我無法說話，也不肯說話。

「媽？」

不說。

「媽咪？」

我痛苦地皺眉。

不說。

後來我側躺，睡著了。醒來時，脖子痠痛，燭火已經成爲一個藍色小點在冷風中搖曳。房間一片漆黑。

我坐起來，起身，像個嘎嘎響的生鏽梯子。我飄到浴室。

回來時，我看到羅素家燈光大亮，猶如娃娃屋。樓上是坐在電腦前的伊森；廚房裡的亞歷斯泰在砧板上揮刀，燈光打在鮮豔的胡蘿蔔上，流理臺放著一杯紅酒。我口乾舌燥。起居室的條紋雙人沙發上坐著那個女人，也許我該稱她珍。

珍一手抓著電話，另一手不斷刷著、點著。可能是看全家福的照片，或玩接龍等遊戲，現在的遊戲似乎都和水果有關。

否則就是向朋友報告最新消息。記得我上次說到的怪胎鄰居嗎？

我一陣哽咽。我走到窗前，拉上窗簾。

然後坐在黑夜裡，又冷又孤單，心裡滿是恐懼和某種強烈的渴求。

77

十一月九日　星期二

我整個早上都賴在床上。接近正午時，睡眼惺忪的我傳訊息給費丁醫生：今天不成。他五分鐘後打來，在語音信箱中留言，我沒聽。

中午分分秒秒過去。到了下午三點，我胃部絞痛，我晃到樓下，從冰箱拿出一顆不新鮮的番茄。我一口咬下，艾德又想對我說話，接著是奧莉薇亞。我不理他們，果肉滴落下巴。

我餵了貓，吃了一顆替馬西泮，然後又吃一顆，再吃第三顆。我屈膝睡覺，我只想睡覺。

十一月十日　星期三

78

我因爲飢餓醒來。我到廚房拿出一盒「葡萄果仁」麥片倒進碗裡，再倒些今天就到期的牛奶。我不太喜歡「葡萄果仁」，是艾德喜歡，好吧，應該說以前喜歡。這些食物像小石頭般刮過我的臉頰內側，衝過我的喉嚨。我不知道我爲何繼續採買這個產品。

其實我當然知道。

我想回到床上，卻走向客廳，緩緩走向電視櫃，拉開抽屜。就《迷魂記》吧，故事講的是張冠李戴的身分，或者該說是遭人冒用。台詞我熟到都能背誦了，電影情節意外地令我感到安心。

「你怎麼了？」警察對詹姆斯・史都華咆哮，也對我大吼。「手給我！」然後他就失足從屋頂摔死。

竟然非常安心。

看到一半時，我又倒了一碗麥片。關上冰箱門時，艾德對我低聲說話，奧莉薇亞也模模糊糊說了些什麼。我坐回沙發，調大電視音量。

「他的妻子？」開綠色捷豹的女人說。「可憐的小東西，我不認識她。我問你，她眞認爲……」

我靠向墊子，睡意襲來。

看到大改造情節時（「我不想扮成某個死人！」），我的手機開始震動，彷彿心臟病發，茶几玻璃都跟著震動。大概是費丁醫生吧，我伸手拿電話。

「這就是你帶我來的目的？」女主角金．露華大喊。「就爲了讓你覺得還和某個過世的人在一起？」

手機螢幕顯示「衛斯理．利爾」。

我瞬間無法動彈。

然後按下電視的靜音鍵，大拇指壓上電話、刷開，拿到耳邊。

我發現自己無法說話，但是我也不必開口。靜默片刻之後，他打招呼：「福克斯，我聽到妳的呼吸聲。」

過了將近十一個月，他的聲音還是如此響亮。

「菲比說妳打來。」他繼續說：「我昨天本來想打給妳，可是我很忙，非常忙。」

我沒搭腔。有一分鐘之久，他也沒說話。

「福克斯，妳還在吧？」

「我在。」我幾天都沒聽過自己的聲音，聽起來好陌生、好脆弱，彷彿有人透過我用腹語說話。

「很好，我猜也是。」他措辭謹慎。我知道他嘴裡叼著菸。「我的假設正確。」一陣白色噪音，他正在吐煙。

「我想找你說話。」我開始說。

他安靜下來。我可以察覺他的心情正在換檔，幾乎可以聽到——他的呼吸節奏改變，正切換成心理醫生的模式。

「我想告訴你……」

我停了很久。他清清喉嚨，我才發現他很緊張，這倒是新鮮事。衛斯理・厲害也會不安。

「我很難熬。」我說出口了。

「哪件事情特別讓妳心煩嗎？」他問。

就是我的丈夫和女兒過世的事情，我想破口大喊。「就是……」

「嗯哼。」他這是拖延，還是等我說完？

「那一晚……」我不知道該如何結束這個句子。我就像羅盤上的指針，不斷旋轉，想找個地方歇腳。

「妳在想什麼，福克斯？」催我整理思緒，這就是利爾的風格。我會讓病患照著他們的步調說，衛斯理的節奏比較快。

「那一晚……」

❖

那一晚，我們的車飛出懸崖前，你打給我。我只是希望你知道，我不怪你，你跟這件事無關。

那一晚，四個月的謊言已經結束。我們騙菲比，但她也許早就知情；我們騙艾德，他的確發現了，因爲去年十二月下午要傳給你的訊息錯傳給他。

那一晚，我後悔我們偷情的每分每秒：那些早晨，陽光怯生生地從窗簾探頭到街角飯店；那些夜晚，我們接連好幾個小時互傳簡訊；一切開始的那一天，我們在你的辦公室喝酒。

那一晚，房子已經待價而沽一星期，房仲多次帶買家參觀，我數度懇求艾德，他幾乎無法正視我。

我以為妳是鄰家女孩。

那一晚——

❖

但是他打斷我。

「老實說，安娜，」我全身僵硬，因爲他不常坦誠相對，更少喊我的名字。「我一直想把那件事拋諸腦後。」他停下。「可以說我很努力，也成功了。」

喔。

「後來妳進醫院都不肯見我。我想——記得嗎？我說我可以去妳家看妳，但是妳不肯——也不回我電話。」他說得斷斷續續，彷彿蹣跚走過雪地的男人，彷彿繞著翻車打轉的女人。

「當時我不知道——現在也不知道妳是不是有人。我說的是專業醫生，我很樂意幫妳推薦。」他頓了一下。「如果妳已經找到人，那就……算了。」又是停頓，這次更長了。

最後：「我不知道妳想找我做什麼。」

我錯了，他不是進入心理醫生模式，他不希望幫助我。他接到我留言，兩天之後才回電，他只想逃開避開。

我又希望從他身上得到什麼？好問題，我不怪他，真的。我不恨他，也不想念他。

我打到他診所時——才兩天前嗎？一定有所希冀。但尼諾芮莉說出那些神奇字句，世界就此改變。一切都無所謂了。

我肯定大聲說了出來。「什麼無所謂了？」他問。

就是你，我心想。但沒說出口。

只是掛斷電話。

79

十一月十一日　星期四

十一點整，門鈴響了。我勉強從床上起身，望出窗外。來人是碧娜，那頭黑髮在陽光照耀下格外美麗。我都忘了她今天會來，壓根不記得。

我後退，打量對街的屋子，從東邊掃視到西邊：葛雷姊妹、米勒家、武田家、空置的雙戶打通大宅。這些就是我的南方帝國。

門鈴又響了。

我下樓，走到門邊，看到她出現在對講機螢幕。我按下擴音鍵。「我今天不太舒服。」我說。

我看著她說話。「我該進來嗎？」

「不用，我沒事。」

「我可以進來嗎？」

「不了，謝謝，我想一個人靜靜。」

她咬唇。「妳沒事吧？」

「我想一個人靜靜。」我重複。

她點頭。「好。」

我等她離開。

「費丁醫生都告訴我了，警方告訴他的。」

我不語，只是閉上眼睛。久久都沒聲音。

「好吧——那我們下週見，」她說。「一樣是週三。」

也許不會。「好。」

「如果有任何需要，妳會打給我吧？」

不會。「會的。」

我張開眼睛，看到她再度點頭。碧娜轉身，走下台階。

好了。先是費丁醫生，現在是碧娜。還有誰？對了，明天是伊夫。我要寫電郵給他取消上課，**Je ne peux pas**……（我不能……）

我還是用英文寫吧。

上樓之前，我幫拳拳倒飼料盤和水。牠過來，伸舌頭舔「珍喜」貓罐頭，然後豎起耳朵，因爲水管發出汩汩聲。

是樓下的大衛。我有好幾天都沒想到他。

我站在地下室門口，將梯子搬到一旁。我敲門，喊他的名字。

沒回應，我又叫了一次。這次我聽到腳步聲，我開鎖，提高音量。

「我開了門，你可以上來。」我補上一句。

話還沒說完，門開了，他就站在我面前，離我只有兩階。他穿著合身T恤、泛白牛仔褲。我們看著對方。

我先開口。「我想——」

「我正在收拾東西搬走。」他說。

我眨眼。

「情況變得……很尷尬。」

我點頭。

他在後口袋拉出一張紙條，遞給我。

我一語不發地收下，打開。

沒辦法住下去。抱歉讓妳不開心。鑰匙就在門下。

我又點頭，聽到房間另一端的立鐘發出滴答聲。

「嗯。」我說。

「鑰匙給妳，」他拿給我。「我離開之後會帶上門。」

我收下，又是靜默。

他直視我。「至於那個耳環。」

「喔，你不必——」

「那是某位凱瑟琳小姐的耳環。我說過，我不認識羅素家的太太。」

「我知道，」我說。「我很抱歉。」

現在換他點頭，然後關上門。

我沒上鎖。

我回臥室，傳了一則簡明扼要的簡訊給費丁醫生：我很好，週一見。他立刻打給我，電話響了又響，終於安靜。

碧娜、大衛、費丁醫生。我正在清除家裡。

我站在主臥室門口，打量淋浴間的眼神猶如在畫廊評鑑畫作。不適合我，我認定，至少今天不適合。我選了睡袍（我提醒自己，一定要洗髒掉的那件，只不過現在那抹紅酒漬已經洗不掉了），走進書房。

我已經三天沒坐在電腦前。我握住滑鼠，滑向一側，螢幕發亮，要我輸入密碼，我照辦。

我又看到自己的睡臉。

我往後靠向椅背。這張照片一直潛藏在休眠狀態的螢幕上，猶如一個醜陋的祕密。我的手就像蛇撲老鼠般地抓住滑鼠，將游標拖到角落，點×關閉。

現在我看著附帶照片的那封電郵，guesswhoanna。

猜猜我是誰。我不記得做過這件事，這張——諾芮莉是怎麼說來著？「半夜自拍」？我發誓，我毫無記憶。但那的確是我的口頭禪，我們常說的話。大衛有不在場證明（我從來不認識任何人有或沒有不在場證明）；其他人都無法進入我的臥室。沒有人像《煤氣燈下》裡的主角一樣故弄玄虛。

……但是那張照片應該還在我的相簿裡吧？

我皺眉。

應該在。除非我想過要刪除，可是……應該不會。應該不會。

我的相機就放在桌子邊緣，帶子垂在桌外。我伸手將相機拖過來，開機檢查相簿。

最近的一張是亞歷斯泰·羅素，他裹著大衣走上台階。日期是十一月六日週六，之後就沒有照片了。我關掉相機，放回桌上。

不過相機太大，不可能拿來自拍。我從睡袍拿出手機，輸入密碼，點進相簿。

有了，就是第一張，那是同一張照片，只是在 iPhone 上看來比較小。微張的嘴巴，毛糙的頭髮，蓬鬆的枕頭，時間是凌晨兩點零二分。

只有我有密碼。

還有一樣要驗證，但是我已經瞭然於心。我開了瀏覽器，輸入 gmail.com。信箱立刻出現，使用者名稱寫著：guesswhoanna。

果然是我自己幹的好事。猜猜我是誰，安娜。

一定是我，沒有人知道電腦密碼。就算有人闖進我家，即使大衛上來，也只有我有密碼。

我垂下頭。

我發誓我一丁點也不記得。

80

我將電話放回口袋，深呼吸，然後登入「空曠」網站。

我收到好多訊息。大部分都是常登入的使用者例行問候：有「迪斯可米奇」、玻利維亞的沛卓、灣區的妲莉雅。甚至「第四個莎莉」都留言：「我有囉!!!預產期是四月!!!」

我盯著螢幕，心好痛。

其他是新朋友，其中有四個尋求協助。我的手盤旋在鍵盤上方，又放回腿上。我有什麼資格教導別人面對這種病？

我點選所有訊息，按下「刪除」。

正要登出時，有個聊天室出現了。

莉莉奶奶：妳好嗎，安娜醫生？

有何不可？反正我都向其他人道別了。

醫生來也：哈囉，莉莉！妳的兒子還陪著妳嗎？

莉莉奶奶：威廉還在！

醫生來也：太好了！妳有進步嗎？

莉莉奶奶：還滿神奇的，我最近都能定時出門。妳好嗎？

醫生來也：很好！今天是我生日。

天啊，沒錯，我都忘了。是我的生日，但我這週一次也沒想到。

莉莉奶奶：生日快樂！你們要盛大慶祝嗎??

醫生來也：完全沒有。除非妳認為三十九歲是大生日！

莉莉奶奶：要是我能……

莉莉奶奶：家人最近有跟妳聯絡嗎？

我握緊滑鼠。

醫生來也：我必須老實告訴妳。

莉莉奶奶：??

醫生來也：我的家人去年十二月過世了。

游標閃爍著。

醫生來也：車禍過世。

醫生來也：我外遇。我們夫妻為了這件事情吵架，結果車子飛出去。

醫生來也：是我把車子開出去。

醫生來也：我正在看醫生，他幫我面對罪惡感和恐曠症。

我必須結束這個對話。

醫生來也：我要走了，很高興妳有進步。

莉莉奶奶：噢，親愛的孩子

我看到她正在打下一段留言，但是我沒留下來等。我關掉聊天室，登出。

我不會再回「空曠」網站了。

81

我已經三天沒喝酒。

我刷牙時突然想到。（身體可以晚點再洗，嘴巴可不能等。）三天了，我上次忍那麼久是什麼時候？而且我幾乎沒想到。

我低頭，啐了一口。

藥櫃裡滿滿的管子和大小罐子。我拿出四個。

我下樓，天井打下灰濛濛的暮光。

坐在沙發上，我挑了一個小罐子，打斜罐口，拖過茶几。所經之處留下一道藥丸，就像麵包屑。

我仔細打量，清點，掃進我的掌心，再散到桌上。

取起一顆吞下。

不行——時候未到。

夜晚很快就降臨。

我轉向窗戶，注視著公園對面。那棟房子。那是我騷動心靈的劇院。眞是詩情畫意，我心想。

窗戶裡燈火通明，猶如點了許多生日蠟燭，房裡卻空無一人。

我覺得某種瘋狂的心態似乎放開我了。我打個寒顫。

我上樓回房。明天我會重看最愛的電影：《午夜蕾絲》、《海外特派員》——至少要看風車那幕、《盲人破巨案》。也許還會再看《迷魂記》，畢竟我上次睡著了。

至於後天……

我昏昏沉沉躺在床上，聽著屋子的脈動聲——樓下的立鐘敲響九點，地板吱嘎聲。

「生日快樂。」艾德和小莉齊聲說。我轉身，不想聽。

我記起今天也是珍的生日，我賦予她的生日，十一月十一日。

後來半夜醒轉，我聽到貓咪在漆黑的樓梯上徘徊。

82

十一月十二日　星期五

陽光從天窗流瀉到屋內，照得樓梯白晃晃，最後打在廚房外的地板。我走到那裡，就覺得站在聚光燈下。

屋裡其他地方都很陰暗。我關上所有窗簾、百葉窗。這片陰鬱黑煙似的，我幾乎都能聞到它的味道。

電視放映著《奪魂索》最後一幕。兩個俊俏的青年，一個遇害的同學，屍體就放在起居室中央的骨董木箱裡，同樣又有詹姆斯．史都華，整部片似乎一鏡到底（其實是八個十分鐘的膠卷合成，效果卻天衣無縫，何況那還是一九四八年的作品）。「貓抓老鼠，貓抓老鼠。」法利．葛倫格怒斥，當時他已經快露出馬腳。「但誰是貓，誰是老鼠？」我大聲唸出這句台詞。

我自己的貓在沙發椅背上伸懶腰，尾巴甩動的模樣就像聞笛起舞的蛇。拳拳扭傷後腳，我今天早上發現牠嚴重跛行。我倒了好幾天的貓飼料，以防——

門鈴響了。

我嚇得往墊子上靠，頭扭向門口。

他媽可能是誰？

不是大衛，不是碧娜，也絕對不可能是費丁醫生——他雖然留了好幾通留言，但不可能不知會我就臨時闖來，除非他在我置之不理的留言中提過。

門鈴又響了，我按下暫停鍵，雙腳落地起身，走向對講機。

是伊森。他雙手插在口袋，脖子上繞著一條圍巾。在陽光照耀下，他的頭髮猶如一團紅火。

我按開擴音器。「爸媽知道你過來嗎？」

「沒事。」他說。

我頓住。

「外面很冷。」他加上。

我按開門。

不一會兒，他便走進客廳，一陣冷風跟著他進來。「謝謝，」他喘氣。「外面非常冷。」他環顧四周。「屋裡好暗。」

「那是因爲外面很亮。」他說得對，我打開落地燈。

「要我拉開百葉窗嗎？」

「好啊。不過還是算了。這樣就可以，對不對？」

「好。」他說。

我坐在躺椅上。「是不是該坐這裡？」伊森指向沙發。是不是，該不該，對青少年而言，這種語氣異常恭敬。

「好啊。」他坐下。拳拳從椅背上落下，迅速爬到沙發底下。

伊森檢視房裡。「壁爐能用嗎？」

「壁爐用的是瓦斯，可以啊，你要我打開嗎？」

「不用，我只是好奇。」

靜默。

「這些藥丸是幹嘛？」

我望向撒著藥丸的茶几，桌上站著四個小罐子，猶如塑膠樹林，一個已經清空。

「我只是正在點算，」我解釋。「該買藥了。」

「這樣啊。」

又是沉默不語。

「我過來——」他開口時，我正說出他的名字。

我繼續說：「我很抱歉。」

他抬頭。

「我眞的很抱歉。」這下他盯著腿看，我兀自說下去。「抱歉給你帶來這麼大的麻煩，還把你扯進來。我——之前很……篤定。很篤定你家發生了某件事情。」

他對地板點頭。

「我碰上……這一年很不好過。」我閉上眼睛，張開眼睛看到他盯著我看，晶亮的眼神彷彿探索著什麼。

「我失去孩子和丈夫。」我呑一口口水。說吧。「他們過世，死了。」呼吸，呼吸。一，二，三，四。

「然後我開始酗酒，喝得比往常更凶。我還自己配藥，這不但危險，也很不應該。」他看著我，目光灼灼。

「其實不是——我不是認爲他們還在與我對話——就是從……」

「從另一邊。」他的聲音低沉。

「沒錯。」我調整姿勢，身子往前傾。「我知道他們走了，死了。但是我喜歡聽到他們的聲音，喜歡覺得……我很難向你解釋清楚。」

「覺得你們心意相通？」

我點頭，他眞是個不尋常的少年。

「至於其他事情——我不……我甚至不太記得。也許我想接觸其他人，或者說我需要吧。」我擺動腦袋時，髮絲拂過我的臉頰。「我不懂。」我直視他。「但是我很抱歉。」我清清喉嚨，坐直身子。

「我知道你不是過來看大人流眼淚。」

「我在妳面前哭過。」他點出。

我微笑。「那就算扯平。」

「妳借我電影，記得嗎？」他從大衣口袋拿出套子，放在茶几上。是《荒林髗骨》，我都忘了這件事。

「你可以看嗎？」我問。

「可以。」
「覺得如何？」
「男主角讓人毛骨悚然。」
「羅柏・蒙哥馬利。」
「他就演丹尼？」
「對。」
「非常恐怖。我喜歡他問那個女孩——呃……」
「羅莎琳・羅素。」
「她就是奧莉薇亞？」
「對。」
「他問她是否喜歡他，她說不喜歡，他說：『其他人都喜歡』。」他呵呵笑，我也咧嘴笑。
「很高興你喜歡。」
「是啊。」
「黑白片也沒那麼糟。」
「對，還不錯。」
「歡迎你再借其他電影。」
「謝謝。」
「但是我不希望你被爸媽罵。」他別開頭，打量壁爐。「我知道他們很生氣。」我繼續說。

他嗤之以鼻。「他們有自己的問題。」他又望著我。「和他們住很辛苦，超級辛苦。」

「很多年輕人對家長都有同樣的感想。」

「可是他們眞的難相處。」

我點頭。

「我等不及要去上大學，」他說。「再兩年，甚至不到了。」

「你知道你想去哪裡嗎？」

他搖頭。「不清楚，總之遠一點就好。」他一手伸到後面抓背。「反正我在這裡也沒朋友。」

「你有女朋友嗎？」我問。

他搖頭。

「男朋友呢？」

他看著我，一臉驚訝。聳聳肩。「我還在摸索。」他解釋。

「了解。」不知道他的父母是否曉得。

立鐘敲了一下、兩下、三下、四下。

「對了，」我說。「樓下空了。」

伊森皺眉。「原來那個人呢？」

「離開了。」我又清清喉嚨。「可是——如果你願意，那裡可以給你用。我知道擁有自己的空間有多重要。」

我這是報復亞歷斯泰和珍嗎？應該不是。我不這麼想。如果家裡有個人，應該挺好的——絕對不錯。而且還是個年輕人，儘管他是個寂寞的青少年。

我繼續說，彷彿推銷商品。「樓下沒有電視，但是我可以給你無線網路密碼。而且那裡有沙發。」我語氣活潑，說服自己。「如果家裡氣氛太差，可以來這裡避難。」

他瞪大眼睛。「那就太好了。」

我趁他還沒改變心意便站起來。大衛的鑰匙在廚房流理臺上，在昏暗光線中發出銀光。我取過，遞給站著的伊森。

「太好了。」他重複，將鑰匙放進口袋。

「隨時歡迎。」我告訴他。

他盯著地板。「我該回家了。」

「好。」

「謝謝——」他拍拍口袋。「也謝謝妳借我電影。」

「不客氣。」我跟著他走到玄關。

他離開之前，轉身向沙發揮手——「小傢伙今天很害羞。」他說——然後注視著我。「我有手機了。」他驕傲地宣布。

「恭喜。」

「要看嗎？」

「好啊。」

他拿出一支舊 iPhone。「是舊的，不過聊勝於無。」

「很棒啊。」

「妳的是第幾代？」

「我沒概念。你的呢？」

「第六代，幾乎是最新款。」

「太好了，很高興你有電話了。」

「我輸入妳的電話，妳要我的嗎？」

「你的號碼？」

「對。」

「好啊。」他點開螢幕，我察覺手機在我的睡袍口袋深處震動。「傳給妳了。」他掛斷電話。

「謝謝。」

他伸手要握門把，又放下手看著我，突然一臉嚴肅。

「很遺憾妳碰上這些事情。」他的聲音好溫柔，我的喉嚨一陣緊縮。

我點頭。

他離開。我在他背後鎖上門。

我走回沙發邊坐下，看著茶几，看著星辰般散開的藥丸。我伸手拿遙控器，繼續看電影。

「老實說，」詹姆斯．史都華說。「我還眞有點害怕。」

十一月十三日　星期六

83

時間是十點半，我心情有所轉變。

可能是因爲睡眠（兩顆替馬西泮，睡上十二小時）；可能是因爲我的胃——伊森離開、看完電影之後，我做了一個三明治，這是我整週以來最像話的一餐。

無論是這樣或那樣，無論原因是甲或是乙，總之我的心境改變了。我覺得好多了。

我淋浴，站在蓮蓬頭下，水沖濕我的頭髮，打在我的肩頭。十五分鐘過去、二十分鐘、半小時，當我刷洗一番之後，皮膚猶如新生。我套上牛仔褲和毛衣。（老天爺！我上次穿牛仔褲是何時？）

我走到臥室另一端的窗邊，拉開窗簾，陽光灑進房裡。我閉上眼睛，在陽光下取暖。

我覺得自己有力氣奮鬥，準備面對這一天，準備來一杯紅酒。一杯就好。

我漫步下樓，途中走訪每個房間，拉開百葉窗、窗簾。屋子沐浴在光線中。

我在廚房幫自己倒了幾隻手指高的梅洛紅酒。（「只有威士忌會用手指測量。」我可以聽到艾德的聲音。我推開他，又倒了一指的高度。）

現在要看《迷魂記》，這是第二回合。我坐到沙發上，倒轉到屋頂那場致命的鏡頭。詹姆斯．史都華從下方進入鏡頭，爬上梯子。我最近常與他朝夕相處。

一小時後，當我喝到第三杯——

「他本來就打算送他妻子去精神病院，」驗屍人員宣布。「那裡才有專人可以處理她的精神問題。」我坐立不安，決定再去倒杯酒。

我決定了，今天下午要下棋，上老片網站，也許整理一下家裡——樓上的房間覆滿灰塵。我絕對不看鄰居有何動靜。

甚至不觀察羅素家。

尤其不能看羅素家。

我站在廚房窗邊，甚至沒望向他們家。我背對窗戶，回沙發上躺下。

又過了一陣子。

「明明知道她有自殺傾向，可惜……」

看著散布桌面的藥丸，我坐起身，腳踩在毯子上，將藥丸掃到掌心。這些藥在我手上堆成小山。

「陪審團判定梅德琳．艾斯特因爲精神錯亂而自殺。」

你們錯了，我心想。*這不是事實眞相。*

我將藥丸一顆一顆放回小罐子，旋緊瓶蓋。

坐好之後，我發現自己納悶著伊森何時才會來，也許他想再和我聊聊。

「我只能爬到這裡。」詹姆斯悲傷地說。

「只能到這裡。」我跟著說。

又過了一小時，西邊的餘暉照進廚房，這時我已經喝茫了。貓咪一跛一跛地走進來，我檢查拳拳腳掌時，牠哀號了一下。

我皺眉。這一年來，我想過獸醫嗎？「我太不負責了。」我告訴拳拳。

牠眨眼，趴在我雙腿之間。

螢幕上的詹姆斯逼迫金．露華上塔樓。「我無法跟她上去，老天知道我試過。」他抓住金的肩頭大叫。「很少有人能得到第二次機會，我不想再失魂落魄。」

「我不想再失魂落魄。」我說，然後閉上眼睛，又說了一次。我摸摸貓咪，伸手拿杯子。

「結果死的是她，不是妳，是真正的老婆，」詹姆斯大喊，雙手勒住她的喉嚨。「妳假扮她，妳是冒牌貨。」

我突然靈光乍現，彷彿雷達發出聲響。那聲音不大，是遙遠卻柔和的高音，但終究讓我閃了神。不過只維持了一時半刻。我往後靠，啜飲紅酒。

有修女出現，尖叫聲，鐘塔敲響鐘，播映完畢。「我也想這麼離開。」我告訴貓咪。

我從沙發上撕開自己，將拳拳放到地上，牠喵喵抱怨。我將杯子放到水槽，現在要好好保持整潔，伊森也許會想來這裡待上一段時間——我總不能當隱士郝維香[22]。（這是克麗絲汀．葛雷讀書會選的另一本書。我應該查查她們最近讀哪些書，這就無妨吧。）

我上樓回到書房，登入西洋棋論壇。兩個小時後，外面夜色低垂。我已經連贏三場，該好好慶祝一番了。我從廚房拿了一瓶梅洛——喝醉之後，我下得最好——我邊上樓邊倒酒，濺出來的紅酒弄髒籐氈。晚點再擦吧。

兩個小時後，我又贏了兩場，眞是所向無敵。我將最後一點酒倒進杯子。我本來不想喝這麼多，但我明天會乖一點。

開始下第六盤時，我回想過去兩週，回想我之前的狂熱。那簡直就像被催了眠，如同《魂斷今宵》裡的珍．泰妮；就像發了狂，如同《煤氣燈下》的英格麗．褒曼。我做了自己不復記憶的事情，我沒做自己可以記得的事情。我內心的心理醫生洋洋得意：這是解離症？費丁醫生就會——

該死。我不小心犧牲了皇后，因爲誤將它看成主教，我髒話連連。我好幾天沒口出穢言了。我細細品味這些髒話。

但我還是犧牲了皇后，「城堡」當然不會放過出手機會

搞什麼啊妳???他留言。這一步下得太差了吧!!!

看錯棋子。我解釋，然後舉杯湊到嘴邊。

接著我呆若木雞。

22 狄更斯小說《孤星淚》裡的角色，這位富有的繼承人年輕時遭人悔婚，成了個性古怪的老婦。

84

如果……

專心思考。

思緒捲曲離開，如同滴進水裡的血。

我放下杯子。

如果……

不可能。

有可能。

如果——

我以爲是珍的女人根本不是珍呢？

……不可能。

……有可能。

如果——

如果她根本就是另一個人呢？

這就是李鐸告訴我的事情。錯，這只是李鐸那番話的一部分。他說二〇七號的女子，那個髮型時髦、臀部狹窄的女人絕對是珍．羅素。好，我接受。

但是如果我見到，或是以爲我見到的女人，其實存在呢？只是她冒充珍？就像我看錯棋子，將皇后看成主教。如果遇刺身亡的她是冒牌貨呢？如果她假冒珍呢？

杯子離開我的唇邊，我放到桌上推開。

爲什麼要這麼做？

專心思考。假設她眞實存在。沒錯，別管李鐸，別理會邏輯那套，假設我的主張始終都對，或者說有部分正確。眞的有這個人，她去過他們家。羅素一家爲何會——也的確這麼做了——否認這個人的存在？他們大可說這個人不是珍就得了，卻做得更徹底。

她又爲何這麼了解他們？她又爲什麼假扮別人？爲何冒充珍的身分？

「她可能是誰呢？」艾德問。

不要，別說了。

我起身走到窗邊，抬頭看羅素家，看那棟房子。亞歷斯泰和珍站在廚房說話，他一手拿著一部筆記型電腦，她雙手抱胸。我心想，他們儘管回頭看。在黑暗的書房中，我覺得很安全，很隱密。

我眼角瞥到上方有動靜，便往上望向伊森的房間。

他站在窗邊。襯著背後的燈光，他只是一個窄長的影子。他兩手壓在玻璃上，似乎努力要看穿玻璃。一會兒之後，他舉起一隻手向我揮。

我心跳加快，也慢慢揮手。

下一步。

85

碧娜第一聲就接起電話。

「妳沒事吧？」

「我——」

「妳的醫生打給我，他很擔心妳。」

「我知道。」我坐在台階上，沐浴在微弱的月光中。腳邊有一處略濕，因爲紅酒先前就灑到這裡。一定要用海綿清理。

「他說他一直想聯絡妳。」

「對，我沒事，告訴他我沒事。聽我說——」

「妳先前喝了酒？」

「沒有。」

「妳的聲音——聽起來像口齒不清。」

「沒有，我剛睡醒。聽我說，我剛剛在想——」

「妳不是說妳剛睡醒？」

我不理她。

「我最近想到很多事情。」

「什麼事情？」她提高警覺。

「公園對面那家人，那個女人。」

「噢，安娜。」她嘆氣。「這——我星期四就想和妳談這件事情，但是妳不肯讓我進去。」

「我知道，抱歉。可是——」

「那個女人根本不存在。」

「不對，我只是無法證明她的存在，證明她存在過。」

「安娜，太瘋狂了，這件事情結束了。」

我不語。

「根本沒有需要證明的事情。」語氣強硬，幾乎可說是憤怒。我從沒聽過她有這種語調。「我不知道妳之前想什麼，或是妳……究竟怎麼了。總之這件事結束了，妳這是搞砸自己的人生。」

我聽到她的呼吸。

「妳越不肯走出這件事，就得花更久的時間療傷。」

靜默。

「妳說得對。」

「妳說的是真心話嗎？」

我嘆氣。「是。」

「請告訴我，妳不會做任何瘋狂的事情。」

「我不會。」
「我需要妳向我保證。」
「我保證。」
「妳必須說這都是妳的幻想。」
「這都是我的幻想。」
靜默。
「碧娜，妳說得對，抱歉。那只是——餘震吧，就像死後神經細胞持續放電。」
「這個嘛，」她的聲音轉趨友善，「這我就不知道了。」
「抱歉，總之我不會做瘋狂的事情。」
「妳保證。」
「我保證。」
「我下週來復健時，我不要聽到任何——妳知道——恐怖的話題。」
「絕對不會，只會聽到我平常發出的恐怖聲音。」
我聽到她微笑。「費丁醫生說妳又出門了，這次還去了咖啡館。」
那就像上世紀的事情。「沒錯。」
「情況如何？」
「很可怕。」
「依舊可喜可賀。」

「是啊。」

又是停頓。「最後再提醒妳……」她說。

「我保證，這只是我的幻想。」

我們道別，掛斷電話。

我一手摩娑著頸背，我說謊就會有這個動作。

86

進行下一步之前，我必須專心思考。不容任何差錯，畢竟我沒有盟友。

也許有一個，但是我不會求助於他。不可以。

專心思考。我必須思考。首先，我得睡上一覺。也許是因爲我喝了酒——可能就是這個原因——我突然覺得好累。我看手機，將近十點半了，時間飛逝。

我回客廳關燈，上樓進書房，關掉電腦（「城堡」留言：妳跑哪兒去了???）。再度回房間，拳拳跛著腳尾隨我。我得想辦法治療牠的後腳，也許伊森可以帶牠去看獸醫。

我望著浴室，累得沒力氣洗臉刷牙。況且我早上都做過，明天再補吧。我脫衣服，抱起貓咪，爬上床。

拳拳在床上走一圈，最後坐在遙遠的角落，我聽著牠的氣息。

睡意再度襲來，也許是紅酒的緣故，一定是，然而我不能睡。我仰躺，盯著天花板，看著邊緣的線板；然後側躺，望著黑暗的走廊；俯臥，臉壓著枕頭。

替馬西泮，還在茶几上的藥罐裡。我應該起身下樓，結果只是翻到另一側。

現在可以看到公園另一端。羅素家已經就寢，廚房一片漆黑，起居室拉上窗簾，伊森的臥室只發出電腦螢幕的微弱光芒。

我盯到眼睛疲乏。

「媽咪，妳要怎麼做？」

我翻身，把臉埋進枕頭，用力閉上眼睛。現在別來，現在別來。轉移注意力吧，任何事情都好。

把注意力放在珍身上。

我倒帶，重新播放先前和碧娜的對話。我想像伊森背對光源，十指壓在玻璃上。我換一卷帶子，快轉跳過《迷魂記》，跳過伊森來訪。這一週的孤單時光匆匆倒帶；我的廚房站滿客人——先是警探，接著是大衛，然後是亞歷斯泰和伊森。現在加快速度，畫面變得模糊，回到咖啡館之前，回到醫院之前，回到我目睹她身亡之前，相機又從地板上跳回我手中——倒轉，倒轉，轉回她從水槽轉身面向我。

停。我轉身仰躺，張開眼睛，頭頂的天花板就是投影螢幕。

畫面中的人就是珍——我以爲是珍的人。她站在廚房窗邊，辮子垂在肩胛骨之間。

那一幕是慢動作放映。

珍轉身面對我，鏡頭拉近到她快樂的臉龐、迷人的眼睛，閃閃發亮的銀墜子。鏡頭拉遠，她一手拿著水，一手拿著白蘭地。「不知道白蘭地有沒有用！」她的抖音有立體音響效果。

我讓畫面停格。

衛斯理會怎麼說？福克斯，我們提出的問題要精確。

第一個問題：她爲何自稱珍．羅素？

第一個問題的附錄：她有嗎？難道不是我先開口，先用這個名字稱呼她？

我再次倒帶，回到我第一次聽到她聲音的片段。她轉回水槽，放映：「我正要往隔壁走……」

對，就是這句，當時我就認定她的身分，那時我就誤會了。

第二個問題：她如何回應？我快轉，瞇眼看著天花板，拉近鏡頭瞄準她的嘴，我聽到自己說：「妳是公園對面那個女人，」我說：「妳是珍．羅素。」

她雙頰泛紅，張開嘴唇說——

結果我聽到其他聲音，聽到螢幕外的聲音。

那聲音來自樓下。

有人打破杯子。

87

如果我現在撥九一一，他們能多快趕來？如果我打給李鐸，他會接嗎？

我手伸到旁邊。

沒有手機。

我拍打旁邊的枕頭、被子，什麼也沒有。手機不在這裡。

專心思考。思考。我上次用是什麼時候？在樓梯上，當時我和碧娜通電話。然後——然後我進客廳關燈，我把電話放哪兒去了？帶上書房了？丟在那裡？

我發現這都不重要，總之手機不在我身邊。

那聲音再度劃破寧靜，又有杯子被砸碎。

我下床，一腳先落地，另一腳才跟上，兩腳踩在地毯上，我起立。睡袍披在椅子上，我穿上身，走到門口。

房外是天窗灑進來的朦朧光線。我躡手躡腳出門，背貼著牆壁，走下螺旋樓梯，呼吸短淺，心臟猶如砲火狂轟。

我走到下一個轉角，樓下靜悄悄。

我緩緩踮腳走進書房，腳下先是籐氈，接著是地毯。我在門邊掃視書桌，手機不在這裡。

我轉身，離一樓只有一層了，我手無寸鐵，又無法打電話求援。

樓下又傳來玻璃碎裂聲。

我顫抖，臀部撞上工具間的門把。

工具間的門。

我握住門把旋轉，聽到門閂鬆開，拉開門。

眼前一片漆黑，我往前走。

進去之後，我向右揮手，手指掠過架子。燈泡拉繩打到我的額頭，我可以冒這個風險嗎？不行——太亮了，光線會照到樓梯井。

我摸黑往前走，張開雙臂摸索，彷彿蒙眼玩捉迷藏。一手終於摸到冰冷的金屬工具箱，我摸索到開關，彈開，手伸進箱子。

找到美工刀。

我從工具間走出來，手裡握著武器，滑動推柄，刀刃在月光下發亮。我走到樓梯頂端，夾緊手肘，刀子向前。另一手抓穩扶手，一腳向前。

我想起圖書室那支室內電話，只有幾碼之遙，因此我轉身。

還來不及跨出一步，樓下傳來另一個聲音。

「福克斯太太，」有人呼喊。「請來廚房吧。」

88

我認得這個聲音。

我小心翼翼下樓時，刀子在我的手中顫抖，另一手握著的扶手滑溜不已。我聽到自己的呼吸聲、腳步聲。

「很好，麻煩走快一點。」

我走到一樓，在廚房門口徘徊。因爲深呼吸太大口，以致嗆到咳嗽。我想掩飾聲音，儘管他已經知道我在。

「進來吧。」

我進去。

月光照映廚房，流理臺一片銀輝，窗邊的空瓶中也盛滿月光。水龍頭閃亮亮，水槽就像光潔的臉盆。即使硬木地板也光輝燦爛。

他靠在中島，身形籠罩在白光中，拖著長長的陰影。他腳邊的碎玻璃反射光線，地上散布著各種形狀的碎片。他旁邊的流理臺上有一排酒瓶、杯子，容器內都是盈盈月光。

「抱歉搞得……」他伸手揮過廚房示意。「這麼亂。我不想上樓。」

我不語，將手裡的美工刀抓得更緊。

「福克斯太太，我很有耐心，」亞歷斯泰嘆氣，別過頭去，我因此看到他在月光照映下的側臉：高額頭、挺鼻粱。「福克斯醫生，無論妳……怎麼稱呼自己。」他的話語帶著酒意，我發現他喝得很茫了。

「我很有耐心，」他又重複。「百忍千忍。」他嗤之以鼻，選了一個平底杯放在兩手之間把玩。「我們都捱過許多事情，尤其是我。」現在我看得更清楚，他的外套拉鍊拉到脖子，還戴著手套。我的喉嚨一緊。

我依舊不回答，只走到電燈開關邊，伸出手。

杯子砸在我手掌幾吋之外，我往後跳。「妳他媽不准開燈。」他咆哮。

我不敢動，手指緊抓著門框。

「應該有人警告我們要注意妳。」他搖頭大笑。

我吞口口水。他的笑聲越來越小，終於停止。

「妳把家裡鑰匙給我兒子。」他舉起來。「我拿來還。」鑰匙落到中島時發出清脆聲響。「就算妳沒喪失……他媽的理智，我也不希望他和成年女性待在一起。」

「我要報警。」我輕聲說。

他冷笑。「請便，妳的電話在這裡。」他從流理臺拿起我的電話，拋接了兩次。

沒錯——我丟在廚房。我本來以為他會丟到地上或往牆上砸，結果他只是把電話放在鑰匙旁。「警方認為妳是瘋子。」他向我走來，我舉高刀子。

「喔！」他咧嘴笑。「喔！妳想拿那個做什麼？」他又往前走。

這次我也往前走。

「滾出去。」我告訴他。我的胳膊搖搖晃晃，手掌顫抖。刀刃閃閃發亮，猶如一小片銀光。

他停住，屏氣凝神。

「那個女人是誰？」我問。

他的手突然勒住我的脖子，推我向後撞牆，以致我的腦袋遭到重擊。我大叫，他的手指陷進我的皮膚。

「妳有妄想症。」他滿嘴酒氣，熱燙燙的鼻息噴到我臉上，薰痛我的眼睛。「不要接近我兒子，離我太太遠一點。」

我無法說話，只能發出刺耳的聲音。我一手抓他的手指，指甲劃過他的手腕。另一手將刀子刺向他。

但是我沒瞄準，美工刀掉到地上。他踩住，勒緊我的喉嚨，我發出粗嘎的叫聲。

「妳他媽離我們遠一點。」他壓低聲音。

過了片刻。

又過了一會兒。

我視線模糊，淚水流下臉頰。

我就快昏過去——

他放手，我滑坐在地上喘氣。

現在他俯視我，一腳迅速往後拖，將美工刀踢到角落。

「記得這個教訓。」他喘氣，聲音刺耳。我無法抬頭看他。

但是我聽到他又說了一句話，音量微弱、輕柔。「拜託。」

寂靜無聲。我看著他穿靴子的雙腳轉向離開。

經過中島時，他一手掃過。玻璃全都落到地上碎裂、彈開。我想大叫，嗓子卻只能發出咻咻聲。

他走向玄關開門，我聽到門閂鬆開又關上。

我一手摸著脖子，一手抱住自己，落淚啜泣。

拳拳一跛一跛穿過門口，輕輕舔著我的手，我哭得更慘。

89

十一月十四日　星期日

我就著浴室鏡子檢視脖子，五道紫青色的指痕，還有暗色的勒痕。

我低頭看拳拳蜷縮在磁磚地板上，照料自己受傷的後腳。好一對傷兵。

我不會向警方報告昨晚的事，不會也不能。當然，這次有證據，我的皮膚上有指痕，但是他們會問起亞歷斯泰爲何闖進來，事實就是……算了。我先前跟蹤、騷擾某家人，現在提議出借地下室給他們的十幾歲兒子，因爲他可以替代我過世的孩子和丈夫。局勢不利於我。

「局勢不利於我。」我測試自己的聲音，虛弱又沙啞。

我離開浴室下樓，睡袍口袋深處的手機不斷撞擊我的大腿。

我掃掉酒瓶和高腳杯的碎玻璃，撿起地上的碎片，丟進垃圾袋。努力不回想他抓住我、勒緊我、俯視我，最後還踩過光亮的碎玻璃離開。

我拖鞋底下的白樺木地板猶如一片發亮的沙灘。

我坐在餐桌邊把玩美工刀，聽著推柄推出刀刃的切鑿聲。

我看著公園彼端。羅素宅第回望我，窗邊空蕩蕩。不知道他們在哪裡，不知道他在哪裡。

我應該瞄得更準，揮得更用力。我想像刀片劃破他的外套，割開他的皮膚。

那麼妳家就會有個負傷男子。

我放下美工刀，拿起馬克杯。櫃子裡已經沒有茶包，因爲艾德不喜歡，我又愛喝其他飲料，現在只能喝加了鹽巴的溫水。我因爲喉嚨一陣灼痛而皺眉。

我又望向公園對面，起身，拉下百葉窗。

昨晚似乎是發高燒做惡夢，猶如一縷青煙。我在天花板看到的電影、摔玻璃的聲響、不斷盤繞的樓梯。還有他，站在那裡呼喊我、等候我。

我撫摸喉嚨。別告訴我這只是夢，說他從來沒來過。我在哪裡——喔，又是《煤氣燈下》。

這不是夢。（這不是做夢！眞的發生過！《失嬰記》裡的米亞．法蘿說。）眞的有人闖進我家，損毀我的物業。我遭人威脅、攻擊，卻無計可施。

我對每件事都無計可施。現在我知道亞歷斯泰有暴力傾向；現在我知道他能幹出什麼樣的事情。但是他說得對，警方不會理我。費丁醫生認爲我有妄想症。我告訴碧娜，也向她保證，說我不會繼續糾結。我不能找伊森，衛斯理已經離我遠去，沒有人了。

「猜猜我是誰？」

這次是她，聲音雖然微弱卻很清晰。

不行，我搖頭。

那個女人是誰？我問過亞歷斯泰。

如果眞有這個人。
我不知道，永遠不會知道了。

90

我整個早上都待在床上，下午也不肯下床，努力忍著不哭，努力忍著不想；不想昨晚，不想今天，不想明天，不想珍。

窗外烏雲密布，雲層又低又暗。我點開手機上的氣象應用程式，看到晚上會有雷雨。昏暗的薄暮降臨。我拉上窗簾，打開筆記型電腦，放在旁邊。我上網看《謎中謎》時，電腦漸漸溫熱床單。

「要怎麼做，妳才滿意？」卡萊．葛倫問。「要我成爲下一具屍體嗎？」

我打寒顫。

電影結束時，我已經半睡半醒，終場音樂震耳欲聾，我一手將電腦蓋上。

後來電話震動吵醒我。

緊急警報

北美東部時區凌晨三點前，本地有大水警報。請避開低窪地區。

請收看當地新聞。國家氣象局提醒。

國家氣象局眞有警覺心，我的確計畫避開低窪地區。我打個呵欠，勉強下床，拖著腳步走到窗簾邊。外面一片漆黑。尙未下雨，但是天空低垂，雲層又更矮了。梧桐樹枝狂舞，可以聽到風聲。我一手抱住自己。

公園對面的羅素家廚房開了燈，他正要走到冰箱前。他開門，拿出一個瓶子——我猜是啤酒。不知道他是不是又要喝個酩酊大醉。

我的手指在頸部摩娑，瘀青處還痛著。

我拉上窗簾，回到床上，清除手機簡訊，看到時間是晚上九點二十九分。我可以再看一部電影，也可以喝杯酒。

我心不在焉地點著螢幕。就一杯吧，因爲我現在連吞口水都痛。

指尖出現繽紛色彩，我瞥一眼手機，原來我開了相簿。我的心跳減緩，那就是我自己睡著的照片，他們說我自拍的那張。

我不寒而慄，一會兒之後便刪除。前一張照片因此緊接著出現。

起初我認不出來，後來才想起，我在廚房窗邊拍了一張照片。日落是雪酪橘，前方的遙遠大樓就像牙齒。有條街在光線下金碧輝煌，天邊鴿子靜止不動，而且正展翼飛翔。

而映在玻璃上的女子，正是我認得的珍。

91

半透明，邊緣模糊，但就是珍，絕對不會錯；她幽靈魍魎般地占據照片右下側。她平視攝影機，張開的一手伸到鏡頭之外——我記得她當時正在碗裡摁熄菸頭。她的頭上有一縷明顯的煙霧，時間顯示爲晚上六點零四分，日期是將近兩週前。

珍。我駝著身子看螢幕，幾乎無法呼吸。

珍。

這個世界很美，她說。

不要忘了這一點，不要錯過了。她說。

非常好，她說。

她的確說過這些話，她都說過，因爲她曾經確切存在過。

珍。

我踉蹌地站起來，被單被我捲出來，筆記型電腦滑到地上。我跳到窗前，用力拉開窗簾，現在羅素家起居室亮著燈，那就是展開這一連串事件的地點。他們兩人就坐在那張條紋雙人沙發，亞歷斯泰和他的妻子。他癱坐著，握著啤酒罐。她雙腿盤坐，一手梳過那頭亮麗的頭髮。

兩個騙子。

我看著手裡的電話。

現在該怎麼辦？

我知道李鐸可能說什麼，一定會說什麼：這張照片只能證明世上有這個名字不詳的女子。

「費丁醫生也不會聽妳說。」艾德告訴我。

閉嘴。

但他說得對。

思考，專心思考。

「媽咪，碧娜呢？」

別說了。

思考。

只有這一步了。我的目光從起居室移到樓上的黑暗臥房。

拿下小卒吧。

「喂？」

雛鳥般的聲音，脆弱、模糊。我望進他漆黑的房裡，沒有他的蹤跡。

「我是安娜。」

「我知道。」幾乎是耳語。

「你在哪裡？」

「我的房裡。」

「我看不到你。」

一會兒之後，他鬼魂般地現身在窗戶前，穿著白色T恤的身影纖細又蒼白。我一手放到玻璃上。

「你看得到我嗎？」我問。

「可以。」

「我需要你過來一趟。」

「不行。」他搖頭。「他們不准。」

我垂下目光看起居室，亞歷斯泰和珍沒移動。

「我知道，但是這件事很重要，非常重要。」

「我爸把鑰匙拿走了。」

「我知道。」

頓了一下。「如果我看得到妳……」他的音量越來越小。

「什麼？」

「如果我看得到妳，他們也看得到。」

我一腳往後踩，拉上窗簾，只留了一條細縫。再看看起居室，他們還在。

「來就對了。」我說。「拜託，你不……」

「什麼？」

「你——什麼時候可以離開你家？」

又是一陣靜默。我看到他望望自己的手機，又放回耳邊。「我爸媽十點會看《傲骨賢妻》，也許那時候可以溜出去。」

這下換我看手機，還有二十分鐘。「很好。」

「沒事吧？」

「沒事。」不要驚動他。你不安全。「有件事必須和你談談。」

「我明天再過去比較方便。」

「不能等了，這很——」

我瞄到樓下。珍凝視著大腿，握著一瓶啤酒。

亞歷斯泰不見了。

「掛斷電話。」我的聲音突然轉變。

「爲什麼？」

「掛斷。」

他張著嘴。

他的房間突然大放光明。

亞歷斯泰站在他背後，一手放在開關上。

伊森轉身，垂下胳膊，我聽到電話掛斷了。

我看著無聲的畫面。

亞歷斯泰走進房間，張嘴說話。伊森往前一步，舉手左右擺動電話。

他們有一刻都沒動靜。

接著亞歷斯泰大步走向他兒子，搶過手機來看。

他看著伊森。

然後經過他走到窗邊怒目而視，我退到房間更遠處。

他伸開雙臂，拉上窗簾蓋過窗戶兩側，再拉緊。

我看不到了。

將（軍）！

92

我轉身背對窗簾，盯著我的房間。

我無法想像那裡發生什麼事情，一切都怪我。

我緩緩走向樓梯，想著伊森在關上的窗戶後方與父親獨處的境遇。

下去，下去，下去。

我走到廚房。在水槽洗杯子時，遠方傳來低沉的雷聲，我從百葉窗縫隙往外望，烏雲快速移動，樹枝瘋狂揮舞，風勢越來越強。風雨欲來。

我坐在餐桌邊，面前擺著一杯梅洛紅酒。酒標寫著：紐西蘭銀灣，上面蝕刻著一艘航在巨浪中的小船。也許我可以搬到紐西蘭，在那裡展開嶄新人生。我喜歡「銀灣」這兩個字的發音，也想再開船。

只要能離開這間房子就去。

我走向窗邊，撥開一片百葉窗片，雨水打在玻璃上，公園對面那個房間的窗簾依舊沒拉開。

我才回到桌邊，門鈴就響了。

警鈴般劃破靜夜。我的手抖了一下，紅酒濺到杯外，我盯著門看。

是他。是亞歷斯泰。

一陣恐慌突然撲襲而來。我伸進口袋抓緊手機，另一手拿美工刀。

我起立，慢慢穿過廚房，走向對講機。準備好之後便望向螢幕。

是伊森。我鬆了一口氣。

伊森用腳跟當支點前後搖晃，雙手抱著自己。我摁下按鈕。他一會兒之後便進門，髮絲上閃爍著雨滴。

「你怎麼會過來？」

他瞪大眼睛。「是妳叫我過來。」

「我以為你爸爸……」

他關門，經過我走向客廳。「我說是游泳的朋友。」

「他不是看了你的手機？」我跟上。

「我把妳的號碼輸入在另一個名字底下。」

「如果他回撥呢？」

伊森聳肩。「他沒撥啊。那是什麼？」他看著美工刀。

「沒事。」我放進口袋。

「可以借一下廁所嗎？」

我點頭。

他進紅房間時，我點開手機，好整以暇。

馬桶沖水聲，水龍頭嘩啦嘩啦，他再次走向我。「拳拳呢？」

「不知道。」

「牠的後腳還好嗎？」

「沒事。」這不是我現在關心的事。「給你看樣東西。」我將手機放進他的手裡。「點開照片。」

他皺眉看我。「點開照片就對了。」我重複。

我觀察他的表情，立鐘開始敲，我屏氣凝神。

片刻過去了，毫無反應。他面無表情。「這是我們這條街，時間是傍晚。也可能是——等等，那是西方沒錯，所以的確是傍——」

他頓住。

有了。

一會兒過去了。

他抬頭瞪大眼睛看我。

鐘敲了六下，現在是第七下。

他張嘴。

「這是什——」他說。

第八下，第九下。

第十下。

「該說實話了。」我告訴他。

93

立鐘敲完低沉的第十下，他站在我面前，幾乎無法呼吸，我只好扶著他的肩膀，引他走向沙發。我們坐下，伊森手裡依舊握著電話。

我不發一語，只凝視著他。我的心臟亂跳，猶如被困住的蒼蠅，雙手則交疊著放在腿上，免得抖個不停。

他低語。

「什麼？」

清清喉嚨。「妳何時發現的？」

「今晚，就在我打給你之前。」

點頭。

「她是誰？」

他依舊看著手機，我以為他沒聽到。

「她是——」

「她是我媽。」

我皺眉。「可是警探說你母親——」

「我眞正的母親，生母。」

我瞪大眼睛。「你是養子？」

他沒說話，只是點頭，垂下目光。

「所以……」我身子往前傾，雙手耙過頭髮。「所以……」

「她——我甚至不知道該從哪裡講起。」

我閉上眼睛，先放下自己的困惑心情，他需要有人引導。這點我還做得到。

我把身子轉向他，撫平腿部的睡袍，然後看著他。「他們什麼時候收養你？」我問。

他嘆氣，往後坐，體重壓得靠墊發出聲音。「我五歲時。」

「爲什麼這麼晚？」

「因爲她——因爲她嗑藥。」他頓住，就像小馬第一次走路。不知道他這句話說過幾次。「因爲她嗑藥，而且年紀很小。」

難怪珍看起來那麼年輕。

「所以我就和我爸媽一起住了。」我端詳他的臉，他用舌尖舔過嘴唇，太陽穴邊的雨滴還發亮著。

「你在哪裡長大？」我問。

「到波士頓之前嗎？」

「對。」

「舊金山。我爸媽就是在那裡領養我。」

我抗拒自己想摸摸他的衝動，只拿回他手裡的電話，放到桌上。

「她找到我一次。」他繼續說：「那年我十二歲。她在波士頓找到我，跑到我們家，問我爸爸能不能看看我。他說不行。」

「所以你沒機會和她說話？」

「對。」他打住，深呼吸，眼神晶亮。「我爸媽很生氣，還說她如果再想來看我——我應該告訴他們。」

我點頭，往後靠。現在他已經能暢所欲言。

「後來我們搬到這裡。」

「結果你爸爸失業。」

「對。」他提高警覺。

「爲什麼？」

他侷促不安。「好像和他上司的老婆有關，我不清楚，他們常因爲這件事大吼大叫。」

整件事超級神祕，艾利克斯曾經幸災樂禍地說。現在我知道了，原來是緋聞，沒什麼特別。不知道他覺得值不值得。

「我們搬過來之後，我媽回波士頓處理事情，可能也是爲了避開我爸吧。後來他也上去，留我一人在家過夜，這也不是第一次。結果她找上門。」

「你的生母？」

「對。」

「她的名字是什麼？」

他吸鼻子，然後用手抹過。「凱蒂。」

「她去你家。」

「對。」又抽鼻子。

「何時？確切日期是什麼時候？」

「我忘了。」他搖頭。「不，等等——是萬聖節。」

就是我遇見她的那晚。

「她說她……『戒掉』了，」他說那句話的模樣彷彿捏著濕抹布。「她不嗑藥了。」

我點頭。

「她說她在網路上看到我爸調職，知道我們搬來紐約，所以就跟來。她還想著該怎麼做的時候，我爸媽就去了波士頓。」他打住，一手抓抓另一手。

「後來呢？」

「後來……」他閉上眼睛。「她就上門來。」

「你和她說到話了？」

「對，我讓她進門。」

「那是萬聖節嗎？」

「對，白天時。」

「我就是在當天下午認識她。」我說。

他低頭看著大腿。「她回飯店拿相簿，想給我看以前的照片，就是我還是寶寶那時期。她要到我家的途中看到妳。」

我想到她兩手扶著我的腰，髮絲掠過我的臉頰。「她自我介紹說是你媽，你的——就是珍．羅素。」

他再度點頭。

「你知道。」

「對。」

「爲什麼？她爲什麼要假扮別人？」

他終於正眼看我。「她說她沒有。她說妳用我媽的名字稱呼她，她反應又不夠快，想不到其他藉口。記得嗎？她不該出現在那裡。」他的手劃過房間。「她不該來這裡。」打住，又開始抓手。「而且她喜歡假裝自己是——妳知道，是我媽。」

一聲響雷，彷彿天空就要裂開。我們都被嚇到。

一會兒之後，我逼他說下去。「後來呢？她幫過我之後呢？」

他的目光垂向手指。「她回到我家，我們又聊了一會兒，聊我襁褓時期的事，聊她出養我之後的人生。她拿照片給我看。」

「然後呢？」

「她離開了。」

「回飯店嗎？」

搖搖頭，這次比較慢。

「她去了哪裡？」

「當時我不知道。」

我的胃部一陣緊縮。「她去了哪裡？」

他再次抬頭看我。「來這裡。」

時鐘滴答聲。

「什麼意思？」

「她認識了樓下那個人，以前住在這裡的那個。」

我瞪大眼睛。「大衛？」

點頭。

我想起萬聖節隔天早上，大衛和我看著死老鼠時，水管發出聲響。我想到他床頭桌的耳環。那是某位凱瑟琳小姐的耳環。那人就是凱蒂。

「她來過我家地下室。」我說。

「我後來才知道。」他堅稱。

「她在這裡待了多久？」

「待到……」他的聲音卡在喉頭。

「什麼？」

現在他十指交錯。「萬聖節隔天，她又回來，我們聊了一會兒。我說我會告訴爸媽，說我想正式見她。因爲我已經快滿十七歲，十八歲之後想做什麼都可以。所以我隔天就打電話給我爸媽，告訴他們。」

「我爸抓狂，」他說。「我媽很生氣，但是我爸暴跳如雷。他直接回來，問我她在哪裡，我不肯說，他就……」一滴眼淚落下來。

我一手放在他的肩頭。「他打你？」

他無聲點頭，我們淡坐不語。

伊森深呼吸，然後又吸了一口。「我知道她見過妳。」他發抖著說。「我從房間，」他看著廚房。「看到妳們。最後我還是告訴他了，對不起，我眞的很抱歉。」他開始哭泣。

「噢……」我的手在他的背上盤旋。

「我不想他再煩我。」

「我明白。」

「我是說……」他將一根手指放在鼻子下。「我看到她離開妳家，所以我知道他找不到她。所以他才來找妳。」

「對。」

「當時我就在對面看，祈禱他不會對妳發脾氣。」

「他沒有。」

只想請問妳今晚是不是有客人來過，他解釋。後來又說：我是來找兒子，不是找太太。說謊。

「他回家之後，她……她又來了。她不知道他已經回來，因爲他原本預定隔天才會回家。她按電鈴，他逼我去開門，請她進去。我好害怕。」

我沒說話，默默傾聽。

「我們想和他講道理，我們兩個都試過。」

「在你們的起居室。」我喃喃低語。

他眨眼。「妳看到了？」

「看到了。」我記得他們。伊森和珍——凱蒂坐在雙人沙發上，亞歷斯泰坐在他們對面的椅子。誰會知道別人家有什麼問題？

「那次商量不順利。」他的氣息斷斷續續，已經開始抽噎。「爸爸說，如果她再來，他就報警說她騷擾我們。」

我依然想著那個景象：孩子、父親、「母親」。誰會知道別人家……

我想起另外一件事。

「隔天……」我說。

他點頭，盯著地板，擺在腿上的手指緊張地交握。「她又回來。爸爸說他要殺了她，然後就掐住她的喉嚨。」

沉默。那句話彷彿有回音。他要殺了她。他掐住她的喉嚨。我記得亞歷斯泰將我壓在牆上，一手抓住我的脖子。

「她大叫。」我靜靜說。

「對。」

「我就是那時候打到你家。」

他又點頭。

「當時你爲什麼不老實告訴我？」

「他在旁邊，我也很害怕。」他音量提高，臉頰濕潤。「我其實想要說的。她走了之後我來過。」

「我知道，我知道你來過。」

「我努力了。」

「我知道。」

「我媽隔天從波士頓回來。」他抽鼻子。「那晚她也來了，我說的是凱蒂。她大概以爲媽比較好說話。」他把臉埋進手掌擦一擦。

「結果呢？」

好一會兒他都沒說話，只從眼角看著我，幾乎可說是神色懷疑。

「妳眞的沒看到？」

「沒有，我只看到你的——我只看到她對某人大吼大叫，然後就……」我的手在胸口揮動。「有樣東西……」我的音量漸漸變小。「我沒看到其他人。」

他再度開口時，聲音比較低，也比較沉穩。「他們到樓上說話，就是我爸、我媽和她。我待在房間，但是聽得到所有聲音。我爸想報警，她——我的——她一直說我是她兒子，我們應該可以碰面，我爸媽不該阻止我們。這時我媽對她大吼大叫，說她絕對不讓她再見我。後來就沒有聲音，一分鐘後，我下樓，她已經——」

他皺起臉孔，原本忍著不哭，後來終於無法壓抑。他望向左邊，坐立難安。

「她已經躺在地上，她捅死她。」現在換伊森指著自己的胸口。「就用拆信刀。」

我點頭，然後停住。「慢著，誰捅死她？」

他抽噎。「我媽。」

我睜大眼睛。

「她說她不要讓別人奪」——他打嗝。「奪走我。」然後往前傾，雙手撐住額頭，肩膀隨著哭聲抽動、搖擺。

我媽。我搞錯了，徹底搞錯了。

「她說她等了那麼久才等到孩子，而且……」

我閉上眼睛。

「她說她不會再讓她傷害我。」

我聽到他低聲啜泣。

一分鐘過去，又過了一分鐘。我想到珍，想到眞正的珍。我想到那種母獅本能，想到我在岩崖時也有同樣的衝動。*她說她等了那麼久才等到孩子。她不要讓別人奪走我。*

我睜開眼睛時，伊森已經停止哭泣，開始喘息，彷彿剛短跑過來。「她是爲了我才動手，」他說。

「爲了保護我。」

又過了一分鐘。

他清清喉嚨。「他們把她——把她運到我們北邊的房子，在那裡埋了她。」他雙手放在腿上。

「她現在就在那裡？」我說。

他迅速地深呼吸了幾次。「對。」

「後來警方隔天去盤問，你們怎麼應付？」

「好可怕。」他說。「我在廚房，但是聽得到他們在客廳的對話。警察說前一晚有人報案，我爸媽直接否認。後來他們知道報案的人是妳，警方只有妳和他們的說詞，就是我們家的說詞。別人都沒見過她。」

「但是大衛見過，他還跟她……」我在腦中盤算天數。「共度四晚。」

「我們後來才知道，還是因為看她手機確認她和誰談過。我爸說，沒有人會相信一個住在地下室的人，所以警方不是信他們，就是信妳。我爸說妳——」他打住。

「說我怎樣？」

他吞口口水。「說妳精神不穩定，還酗酒。」

我沒回覆。我聽得到雨聲，雨水萬箭齊發地打向窗戶。

「當時我們不知道妳家人的事情。」

我閉上眼睛，開始數。一，二。

數到三時，伊森又開口了，聲音緊繃。「我覺得自己對所有人隱瞞了所有事，我受不了了。」

我睜開眼睛。在昏暗客廳中，在朦朧的檯燈光線下，他就像個天使。

「我們必須告訴警方。」

伊森往前傾，雙手抱膝。然後坐直身子，望了我一會兒又別開頭。

「伊森。」

「我知道。」聲音幾乎小到聽不到。

背後傳來一個叫聲。我扭頭看，拳拳坐在我們後面，頭側向一邊，又喵了一聲。

「原來牠在這裡。」伊森手伸向沙發後方，但是貓咪走開。「牠大概不喜歡我了。」伊森的聲音輕柔。

「聽著。」我清清喉嚨。「這是大事，非常重要，我要打給李鐸警探，請他過來。你就把先前告訴我的事情據實稟報。」

「我可以先告訴他們嗎？」

我皺眉，「告訴誰？你的——」

「我媽和我爸。」

「不行。」我搖頭。「我們——」

「拜託，拜託。」他的聲音如同水壩洩洪。

「伊森，我們——」

「拜託拜託拜託。」現在簡直是尖叫了。我瞪著他看，他淚流滿面，臉泛紅斑，驚慌失措到半瘋狂。我要不要等他發洩完情緒？

可是他旋即邊流淚邊說：「她是爲了我。」他熱淚盈眶。「她是爲了我。我不能——我不能對她做這種事，畢竟她出手都是爲了我。」

我的呼吸急促。「我——」

「自首不是對他們比較好嗎？」他問。

我考慮了一下，對他們比較好就是對他比較好。可是——

「事發之後，他們一直很緊張，都快發瘋了。」他的上唇因爲汗水和鼻涕而閃閃發亮，他抹了一下。「我爸告訴我媽，說他們應該去警局。他們會聽我的。」

「我不——」

「他們一定會。」他堅定地點頭，深呼吸。「我會說我和妳談過，如果他們不自首，妳就要報警。」

「你確定……」你可以信任你媽？確定亞歷斯泰不會攻擊你？確定他們不會找上我？

「妳能不能等我先和他們談過？我不能——如果我放任警察來抓他們，我沒辦法……」他的目光飄到手上。「我實在辦不到。我不知道以後如何……承受良心譴責。」他的聲音又變大。「我一定要先給他們機會，先讓他們自助。」他激動到幾乎無法說話。「她是我的母親。」

他指的是珍。

光憑過去的經驗，我不知該如何應對。我想到衛斯理，想到他的建議，福克斯，自己思考。

我可以讓他回到那間屋子？回去那些人身邊嗎？

可是我能讓他終生悔恨嗎？我了解這種心情，我明白這種無休止境的痛苦，這種揮之不去的低鳴。

我不希望他和我一樣。

「好吧。」我說。

他眨眼。「可以嗎？」

「好，告訴他們。」

他目瞪口呆，彷彿不可思議，片刻之後才回過神。「謝謝。」

「拜託你，一定要非常小心。」

「會的。」他起身。

「你要說什麼？」

他又坐下，嘆了一口氣。「大概——我會說……妳知道了，說妳有證據。」他點頭。「我會實話實說。我告訴妳實情，妳說我們必須去自首。」他的聲音顫抖。「否則妳就報警。」他揉揉眼睛。「妳覺得他們會有什麼下場？」

我頓住，小心斟酌字句。「應該……我認爲——警方會了解你的爸媽遭人騷擾，她——凱蒂根本就是偷偷跟蹤你，可能也違反當初出養你的協議。」他緩緩點頭。「而且，」我補上：「他們會考慮到當時發生激烈爭執。」

他咬唇。

「要做這件事的確不容易。」

他垂下目光。「對，」他低聲說，然後目光炯炯看得我侷促不安。「謝謝。」

「我……」

「眞的。」他嚥口口水。「謝謝。」

我點頭。「你有手機吧？」

他拍拍大衣口袋，「對。」

「打給我，以防——總之打個電話給我報平安。」

「好。」他再度起身，我也站起來。他走向門口。

「伊森——」

他向後轉。

「有件事得問你，是關於你的父親。」

他看著我。

「他——他晚上來過我家嗎？」

他皺眉。「有啊，就是昨晚。妳不是——」

「不，我說的是上週。」

伊森一語不發。

「他們說你家發生的事情純粹是我的想像，現在我知道不是。他們說那幅畫出自於我，但我眞的沒畫。我想——我必須知道誰拍了我的照片。因爲——」我聽到自己的聲音顫抖著。「我眞的不希望是我自己拍的。」

靜默。

「我不知道。」伊森說。「他怎麼進來？」

那我就答不上來了。

我們一起走到門口，他伸手拉門把時，我伸出雙手，將他拉過來緊緊抱著。

「一定要小心。」我低聲說。

雨水打在窗上，風在屋外呼嘯，我們站了一會兒。

他挪開步伐，悲愴地微笑離開。

94

我撥開百葉窗，看他走上前廊台階，鑰匙戳進鎖孔開門。門關上，他也消失。

我應該讓他走嗎？我們是不是該先警告李鐸？是不是該把亞歷斯泰和珍喚來我家？

太遲了。

我望著公園對面空無一人的窗戶、房間。在那座大宅深處，他正在和他的父母談話，正在擊潰他們的世界。我現在的心情就像奧莉薇亞還在世的每一天：請小心安全。

要說我和孩子相處學到哪件事，如果我能把那些年濃縮成一個啓示，那就是：他們都有超強適應力。他們禁得起冷落，捱得過虐待，可以忍耐，甚至繼續茁壯成長，成人可能早像雨傘般倒塌。我的心臟因爲伊森而快速跳動，他會需要那種適應力，他必須忍耐。

好一個故事，好一個不幸的故事。我回到客廳，關掉檯燈時，渾身顫抖。那個可憐的女人。那個可憐的孩子。

而且是珍。不是亞歷斯泰，而是珍。

一滴淚珠滾落我的臉頰，我用一手沾起淚珠，好奇地察看。接著在睡袍上擦擦手。

眼皮沉重，我上樓進臥室，擔心著，等候著。

我站在窗邊，掃視公園對面的房子，沒有任何動靜。

我咬著指甲，咬到滲血。

我在房裡來回踱步，繞著毯子轉圈。

我看一眼手機，已經過了半小時。

我需要轉移注意力，我需要冷靜下來。必須做一件能安定我情緒、又熟悉的事情。

就看《辣手摧花》吧。編劇是桑頓・懷德，在希區考克作品中，導演本人最喜歡這部。故事描述天眞的年輕女主角發現愛慕的偶像有不爲人知的一面。「我們只是過日子，但是什麼也沒發生。」她抱怨。「日復一日，無聊至極。我們吃飯，睡覺，如此而已。我們甚至沒有任何眞正的對話。」一直到查理舅舅來訪。

老實說，我覺得她被矇在鼓裡也太久了。

我用筆記型電腦觀看，一邊吸吮著我受傷的拇指。幾分鐘後，貓咪走進來，跳上床。我壓牠的後腳，牠發出不悅的叫聲。

隨著故事情節越來越緊張，我心裡也越來越糾結，總覺得有種莫名的不安。不知道公園對面怎麼樣了。

我的電話嗡嗡響，在旁邊枕頭上震動。我拿起來。

現在去警局。

晚上十一點三十三分，我剛剛睡著了。

我下床，拉開窗簾，雨水打在窗上，滂沱的雨勢猶如砲火，窗邊都成了小水窪。

我透過暴風雨空隙望向公園對面，屋子一片漆黑。

「有好多事情妳不知道，太多了。」

電影還在我背後繼續播放。

「妳住在夢裡，」查理舅舅冷笑。「只是盲目地夢遊。妳怎麼知道真實世界是什麼模樣？妳知道撕開房屋門面，會看到裡面盡是下流胚子嗎？用用妳的腦袋，好好學學。」

我就著窗外的光線，無精打采地走向浴室。我需要外力幫助才能繼續睡，就褪黑激素好了，我今晚很需要。

我吞了一顆。螢幕上有個身軀落下，火車發出巨大聲響，接著就開始跑片尾名單。

「猜猜我是誰。」

這次我沒打發他，因爲我睡著了，雖然我知道自己是做夢，夢境卻很清晰。

但我依舊做困獸之鬥。「艾德，別煩我。」

「跟我說說話嘛。」

「不要。」

我沒看到他，什麼也沒看到。慢著，有他的蹤跡，不過只是個影子。

「我們需要談談。」

「不要，走開。」

漆黑，靜默。

「不對勁。」

「我不聽。」不過他說得對，是不對勁，我心裡也騷動不安。

「天啊，那個亞歷斯泰眞的是怪胎，妳說對不對？」

「我不想談。」

「我差點忘了，小莉有問題要問妳。」

「我不想聽。」

「一個就好。」一排牙齒，一抹微笑。「只有一個簡單問題。」

「不要。」

「小親親，問媽咪吧。」

「我說——」

但是她的嘴已經湊到我耳邊，將那些話送進我腦袋；每次她分享祕密時，就有這種粗啞的喉音。

「拳拳的腳怎麼了？」她問。

我醒了，瞬間清醒，彷彿有人拿水潑我。我睜大眼睛，一道閃電打在屋頂上。

我側身起床，拉開窗簾，周遭一片黑灰。在窗外的風雨中，我看到羅素家上方是一片不祥的天空。

鋸齒狀的閃電打下來，緊接著是低沉的雷聲。

我回到床上，躺下來時，拳拳輕聲抱怨。

拳拳的腳怎麼了？

就是這個了，就是這個問題讓我糾結。

伊森前天來時，他看到貓咪坐在沙發椅背上，後來溜到地上，鑽到沙發底下。我瞇起眼睛，從各個角度重新播映那一幕。沒錯，伊森沒看到牠腿受傷，不可能看到。

難道有嗎？我同情起拳拳，抓過牠的尾巴，牠移動發出沙沙聲。我看了一下手機時間，凌晨一點十分。

手機光線很刺眼，我閉上眼睛，然後望向屋頂。

「他怎麼知道你的腳受傷？」我在黑暗中問貓咪。

「因爲我晚上來妳家。」伊森說。

十一月十五日　星期一

95

因爲太震驚，我弓身躍起，頭扭向門口。閃電打亮房間，照得白光閃閃。他站在門口，倚在門邊，頭上閃爍的雨水猶如天使光圈，脖子上鬆鬆地打著圍巾。

字句衝出我的舌頭。「我以爲——你回家了。」

「是啊。」他的聲音低沉但清晰。「我道過晚安，等他們上床睡覺。」他的嘴角出現淺淺的微笑。「然後才回這裡。我常常來呢。」他又補上。

「什麼？」我完全搞不清楚狀況。

「我不得不說，」他說。「我見過很多心理醫生，妳是第一個沒診斷出我有人格障礙的。」他睜大眼睛。「妳可能不是多厲害的醫生吧。」

我的嘴猛地閉上又張開，就像故障的門。

「但是我對妳很有興趣。」他說。「眞的。所以我才一次又一次地回來找妳，即使知道不該這麼做。年長的女人都讓我覺得很有意思。」他皺眉。「抱歉，妳會覺得遭到冒犯嗎？」

我無法動彈。

「希望不會。」他嘆氣。「我爸上司的老婆就讓我覺得很有意思，她名叫珍妮佛。我喜歡過她，她也喜歡我吧。只是……」他轉換消瘦的身體重心，靠向另一邊的門框。「我們搬家前發生了一點……小誤會。我跑去他們家，晚上去的，她不太高興，或者該說，她說她不太高興。」現在他瞪大眼睛。「她很清楚自己做了什麼。」

這時我看到他手裡握著一根發亮的銀色栓狀物。

是刀子，拆信刀。

他的目光從我的臉上移到他手上，又飄回來。我喉嚨鎖緊。

「我就是用這個對付凱蒂。」他活潑地解釋。「因爲她不斷糾纏我。我說過了，而且我對她說了好多次，她就是……」搖頭。「不肯放手。」他嗤之以鼻。「跟妳有點像。」

「可是，」我聲音粗啞。「晚上——你才……」我口渴，說不出話。

「什麼？」

我舔嘴唇。「你說——」

「我說那麼多只是爲了——抱歉，只是爲了讓妳閉嘴。很抱歉必須這麼說，因爲妳很親切。但是我必須讓妳閉嘴，至少先等我處理完。」他心煩意亂。「妳想報警，但我需要一點時間才能——妳知道，把事情安頓好。」

我的眼角有動靜，是貓咪，牠在床邊伸懶腰，看到伊森，喵喵叫了起來。

「那隻臭貓。」他說。「我小時候很愛那部電影，《酷貓妙探》。」他對拳拳微笑。「對了，我可能摔到牠的腳，抱歉。」他對床揮動拆信刀，刀刃發出光芒。「牠晚上一直跟著我在屋裡走，我有點失去耐性。況且我說過，我對貓咪過敏，不想打噴嚏吵醒妳。抱歉妳現在醒了。」

「你晚上會過來？」

他向我走近一步，刀鋒在陰暗的光線中亮晃晃。「幾乎每晚都過來。」

我聽到自己屏住呼吸。「怎麼進來？」

他又微笑。「那天妳在抄手機號碼時，我就拿了妳的鑰匙。我第一次來就看到鑰匙掛在鉤子上，後來發現妳根本不會注意到它不見，因爲妳根本不用。我打了之後就放回來。」又笑。「超簡單。」

他用另外一手掩著嘴巴，開始呵呵笑。「抱歉，只是——我還以爲妳今晚打給我時一定想到了。當時我還——我不知所措，其實之前我口袋裡就放了這把刀。」他又再度揮動拆信刀。「以防萬一。我拚命胡扯，沒想到妳聽得這麼起勁。『我爸爸脾氣暴躁。』『噢，我好害怕。』『噢，他們不讓我用手機。』妳幾乎是樂在其中。我說過，妳可能不是多厲害的醫生吧。」

「啊！」他驚呼。「有了，妳分析我吧。妳想了解我的童年，對不對？他們每個都想打聽我的孩提經歷。」

我麻木地點頭。

「妳聽了一定開心死。這是心理醫生的夢幻案例。凱蒂，」他說這兩個字時，幾乎不屑至極。「以前是毒蟲。她是吸毒婊子，只不過她不是吸毒，是注射海洛因。她甚至沒說過我爸是誰，天啊，她實在不該生小孩。」

他看著拆信刀。「她在我一歲時開始嗑藥，這是我爸媽說的，我其實不太記得。他們帶我離開時，我大概五歲，只記得自己常常餓肚子。我記得針頭，記得她男友只要不高興就狂踢我。」
沉默。
「我的生父絕對不會這麼做。」
我不語。
「我記得看到她朋友服毒過量，就死在我眼前。那是我第一個記憶，當時我四歲。」
又是一陣靜默。他輕輕嘆息。
「我開始爲非作歹。她想幫助我，阻止我，但是她毒癮太大，以致身體太虛弱。後來我進入寄養家庭，最後爸媽領養了我。」他聳肩。「他們……對，他們很照顧我。」又是嘆息。「我給他們惹了很多麻煩，我知道，所以他們才要我離開學校。因爲我想多認識珍妮佛，害我爸丟了飯碗。他很生氣，可是，妳知道……」他眼色一暗。「只能說他們倒楣。」
房間又因爲閃電一陣大亮，接著是雷聲大作。
「總之，」現在他凝視窗外，望著公園對面。「就像我先前說的，凱蒂在波士頓找到我們，但是我媽不准她和我說話。後來她又在紐約找到我們，而且還在我獨自在家時找上門來。她給我看放了我照片的墜子，我和她聊了一會兒，因爲我對她有興趣。況且我想知道我的生父是誰。」
他的目光轉向我。「妳知道這種心情嗎？不知道自己父親是不是像母親一樣歪歪倒倒？希望他不是？但是她只說這不重要，照片裡也沒有他。她的確有舊照片，妳的確沒說錯。」
「可是……」他看起來有點難爲情。「也不全對。妳那天不是聽到她尖叫嗎？那是因爲我掐著她的脖子。其實也不是太用力，可是我已經對她感到厭煩，只希望她趕快走。她發狂地亂叫，就是不肯閉嘴。那時候我爸才知道她在我家，他只說：『趕快走，免得他幹下壞事。』然後妳打來，我只能假裝害怕，妳後來又打來，我爸只好假裝一切都好……」他搖頭。「結果那個賤貨隔天還來。」

「那時我已經對她感到厭煩，煩死了。我不在乎那些照片，不在乎她學過划船，或是正在上手語課那類。就像我說的，她不肯透露任何我生父的事情，也許她沒辦法說。可能根本不認識他。」他嗤之以鼻。

「沒錯，她又來了。我在我房間，聽到她和我爸吵架，我實在受不了。我希望她離開，也不在乎她悲慘的故事。我恨她，因爲她先前對我做那些事；我恨她，因爲她不肯透露我父親的身分，我希望這輩子不要再見到她。所以我就從桌上拿了這個，」他揮動拆信刀——「下樓，衝進去……」他拿著刀子往下刺。「事情發生得很快，她甚至一聲都沒吭。」

我想到他幾小時前告訴我的事：說珍如何刺傷凱蒂。我想起他的眼神往左飄。

如今他兩眼晶亮。「實在很痛快。妳沒看到事發經過，或者應該說妳沒從頭看到最後，算我走運。」他瞪了我一眼。「但是妳看到的也夠多了。」

他慢慢走向床邊，又開口說話。

「我媽完全不知情，什麼也不知道。她根本不在家，她是隔天早上才回來。我爸逼我不准說，他想保護她。我有點同情他，竟然得保守這麼大的祕密，不告訴另一半。」他第三次往前走。「她只覺得妳神經不正常。」

又往前一步，現在他站在我旁邊，刀子就在我脖子邊。

「怎麼樣？」

我因爲恐懼而哀號。

他坐在床墊邊緣，下背部頂著我的膝蓋。「分析我吧。」他抬頭。「想辦法治好我。」

我往後退。不行，我沒辦法。

妳可以的，媽咪。

不行，不行，一切都完了。

安娜，振作點。

他有武器。

妳有妳的腦子。

好好好。

一，二，三，四。

「我知道自己是什麼樣的人。」伊森的聲音輕柔，幾乎令人感到安心。「這有幫助嗎？」

精神變態。花言巧語，易變的個性，情感貧乏。他手裡那把拆信刀。

「你——從小就會虐待動物。」我努力穩住聲音。

「對，可是這也太好猜。我餵妳的貓吃我開膛剖肚的老鼠，我在我家地下室捉到。這個城市眞是噁心。」他看著刀刃，又看看我。「還有呢？拜託，妳不只這點能耐吧。」

我深呼吸，再猜一次。「你喜歡擺布別人。」

「呃，對，我是說……對。」他抓抓頭背。「很好玩，也很容易。妳眞的很單純。」他對我眨眼。

有東西碰到我的胳膊。我瞟向旁邊，原來是手機從枕頭上滑下，靠在我的手肘邊。

「我對珍妮佛的攻勢太積極，」他看起來若有所思。「結果她——太離譜了。我應該放慢速度。」他將刀子放在腿上摩娑，動作就像磨刀，刀子在牛仔褲上飛快移動。「我不希望妳認爲我是個威脅，所以我才說我想念朋友，假裝自己可能是同性戀，每次都他媽的流淚。一切的一切就是要讓妳同情我，認爲我是……」聲音漸漸變小。「我說過，這都是因爲我實在太喜歡妳。」

我閉上眼睛。我可以在腦中想像手機，彷彿電話已經發亮。

「嘿，上次我在窗前脫衣服，妳有看到嗎？我脫了兩次，我知道妳看到一次。」

我嚥口水，慢慢將手肘拉向枕頭，手機劃過我的前臂。

「還有呢？也許有戀父情結？」他又得意地笑。「我知道我數度提起他，我說的是我的生父，不是亞歷斯泰。亞歷斯泰只是個可憐的小男人。」

手機螢幕已經碰到我的手肘，又冰又滑。「你不……」

「什麼？」

「你不尊重別人的空間。」

「否則我怎麼會在這裡？」

我點頭，用大拇指刷開手機。

「我說過，妳讓我覺得很有意思。街底那個死老太婆向我提過妳，不過顯然也沒說出每件事，後來我自己又有其他發現。總之那就是我帶蠟燭來的原因，我媽才不知道，否則她絕對不准。」他停住，打量我。「我打賭妳以前很漂亮。」

他的拆信刀靠近我的臉，撥開我臉上的髮絲。我嚇得低聲嗚咽。

「那個老太婆只說妳永遠都待在家裡，所以我很有興趣。竟然有個足不出戶的怪女人，好個怪胎。」

我抓住手機，我要刷開螢幕，輸入那四個數字。我打過許多次，可以在黑暗中輸入，即使伊森坐在我旁邊，我也辦得到。

「我知道我一定要認識妳。」

就是現在，我壓手機上的按鍵，以咳嗽聲掩飾喀答聲。

「我的父母——」他轉向窗戶，然後打住。

我的頭也轉過去，看到他所見到的景象：手機發出的光反映在玻璃上。

他倒抽一口氣，我也是。

我望向他，他瞪著我。

然後咧嘴笑。「開玩笑啦。」他用拆信刀指著手機。「我已經更改了密碼，就在妳睡醒前改的。我又不笨，不可能留支電話在妳旁邊。」

我無法呼吸。

「我也拿出了圖書室那支電話的電池，免得妳輕舉妄動。」

我的血液凍結。

他側頭示意門口。「總之我晚上來妳家已經有幾週了，只是到處走，看看妳。我喜歡這裡，安靜又黑暗。」口氣似乎很親切。「而且妳的生活方式很有趣，我彷彿在觀察研究妳，就像拍紀錄片。我甚至——」他微笑。「用妳的手機照妳。」他做個鬼臉。「是不是太過分？我自己覺得挺惡劣的。喔——

問我如何解開妳的手機密碼。」

我沒說話。

「問啊。」語帶威脅。

「你怎麼解開我手機密碼的？」我小聲說。

他咧開嘴，就像自知要說出聰明答案的小朋友。「是妳自己告訴我的。」

我搖頭。「我沒有。」

他翻白眼。「好吧——妳不是告訴我。」他傾身靠向我。「而是告訴蒙大拿那個死老太婆。」

「莉莉？」

他點頭。

「你偷看我們的對話紀錄？」

他重重嘆口氣。「天啊，妳眞的很笨。對了，我沒有教殘疾小孩游泳，我寧可殺了我自己。不對，安娜，我就是莉莉。」

我張大嘴巴。

「應該說我曾經是。」他說。「她最近常出門，應該好多了，多虧她的兒子——他們叫什麼名字來著？」

「波伊和威廉。」我來不及阻止自己就脫口。

他又呵呵笑。「我的媽啊，妳竟然還記得。」這下又笑得更開心。「波伊！我發誓那是當時隨便亂掰。」

我盯著他看。

「我第一天來這裡，妳的筆記型電腦上就是那個怪胎網站。我一回家就立刻開帳戶，認識了各式各樣的孤單窩囊廢。好像有個叫『迪斯可米奇』這類的。」他搖頭。「眞可悲。但是他介紹我認識妳。我不想莫名其妙就找上妳，不希望妳——妳知道，起疑。

「反正妳告訴莉莉如何創造密碼，要她把字母換成數字，還眞天才哩。」

我想嚥口水，卻做不到。

「或是用生日——那是妳說的。妳說妳女兒是情人節出生，0—2—1—4，所以我才能解開妳的手機密碼，拍下妳打鼾的照片。然後我更改密碼，純粹只想逗逗妳。」他對我擺動手指。

「我下樓，進入妳的桌上型電腦。」他湊過來，緩緩說。「密碼肯定就是奧莉薇亞的名字，電腦和電子郵件帳號都是。妳當然也只是把字母換成數字，就像妳告訴莉莉的。」他搖頭。「妳他媽到底是有多蠢？」

我不發一語。

他怒目相視。「我在問妳問題，」他說。「妳他媽到底有多——」

「超級。」我說。

「超級什麼？」

「超級蠢。」

「誰？」

「我。」

「他媽蠢到極點。」
「對。」
他點頭，雨水打在窗上。
「所以我在妳的電腦上開 Gmail 帳號。妳告訴莉莉，說妳家人聊天時很喜歡說『猜猜我是誰』，這個線索實在太棒，我捨不得不用。猜猜我是誰，安娜？」他呵呵笑。「然後我把照片傳到妳的電子信箱，眞希望能現場看到妳的表情。」他又笑了。
房裡密不通風，我喘不過氣。
「我必須把我媽的名字放在帳戶上，妳一定很興奮。」他笑得很得意。「妳也告訴莉莉其他事情。」他的身子又往前傾，拆信刀指著我的胸口。「妳搞外遇，妳這蕩婦，還害死自己的家人。」
我無法說話，我已經無話可說。
「妳爲了凱蒂發瘋眞是太扯了，妳很瘋狂。不過我大概理解，我在我爸面前下手，他也嚇得半死。但是老實說，她死了，我爸也鬆一口氣，我就是。我說過，她讓我火冒三丈。」
他在床上移動，更靠近我。「過去一點。」我盤起腿，頂著他的大腿。「我應該留意窗戶，但是事情發生得太快。不過否認也很容易，比說謊輕鬆多了，也比供出事實簡單。」他搖頭。「不過我挺爲他難過，他只是想保護我。」
「他想保護你遠離我，」我說。「即使他知道——」
「不是。」他的聲音平淡。「他是想保護妳別接近我。」
我不希望他和成年女性待在一起，亞歷斯泰說過。原來不是爲了伊森，而是顧及我的安全。

「可是妳能怎麼辦呢？有個心理醫生告訴我爸媽，我就是壞胚子。」他又聳肩。「很好，他媽好得很。」

心生怒意，口出穢言，這表示他的情緒越來越高漲。血液衝到我的太陽穴。專心，好好回憶，努力思考。

「我也挺同情那些條子。那個男人拚命忍受妳，眞是個聖人。」又是冷笑。「另一個女人就只是個凶婆娘。」

我幾乎沒怎麼聽。「聊聊你的母親。」我低聲說。

他看著我。「什麼？」

「你的母親，」我點頭。「聊聊她的事情。」

停頓。外面劈下一道雷。

「例如……什麼？」他提高警覺。

我清清喉嚨。「你說她的男友虐待你。」

這下他瞪大眼睛。「我是說他們海扁我。」

「對，我猜這種事情常發生。」

「對。」依舊瞪大眼睛。「怎麼了？」

「你說你認爲自己『就是壞胚子』。」

他歪著頭。「難道妳不認爲？」

「對。」我努力調整呼吸平穩。「我不相信有人天生邪惡。」我靠著枕頭坐直，拉平腿上的被單。

「你不是天生就壞。」

「不是嗎？」他鬆鬆地握著拆信刀。

「你還小的時候發生了某些事情。看到了……某些事情，那些事情超出你所能控制的範圍。」我的聲音越來越堅定。「而你活下來了。」

他猛地往後抽。

「她不是好媽媽，你說得對。」他嚥口水，我也吞了一口。「你爸媽領養你的時候，你已經受到嚴重傷害。我認爲……」我這是不是太冒險？「我認爲他們非常關心你。即使他們不是十全十美。」我補充。

他直視我的眼睛，肌肉微微抽動，表情有些許改變。

「他們怕我。」

我點頭。「你自己說過，」我提醒他。「你說亞歷斯泰是爲我著想，才要你——才要我們離遠一點。」

他動都不動。

「我認爲他也爲你提心吊膽，也想保護你。」我伸出手。「我認爲他們帶你回家時，就是救了你。」

他看著我。

「他們愛你，」我說。「你値得被疼愛。如果我們找他們談，我知道——我也確定，他們一定會竭盡所能保護你，兩個都會。我知道他們想……了解你。」

我的手接近他的肩頭，在他肩膀上方盤旋。

「你小時候碰上的那些事情不能怪你。」我輕聲低語。「而且——」

「不要再說這些廢話。」他突然抽身，所以我碰不到他。我收回手。

我失去他了。我覺得腦子裡的血液一下子被抽空，而且口乾舌燥。

他靠向我，望進我的眼睛。他自己的眸子晶亮、熱切。「妳覺得我聞起來像什麼？」

我搖搖頭。

「快點，聞聞看，妳聞到什麼味道？」

我深呼吸，想到我們第一次見面，我聞著芳療蠟燭的香味。是薰衣草。

「雨水。」我回答。

「還有呢？」

我實在不想說。「古龍水。」

「是拉夫・勞倫的羅曼史。」他追加說明。「我希望盡量讓妳舒坦一點。」

我再度搖頭。

「一定要。不過有件事我拿不定主意。」他若有所思地說。「是要讓妳摔下樓，還是服藥過量。妳最近很悲傷，茶几上又有那麼多藥丸。但是妳也喝得醉醺醺，有可能，妳知道，踩空一階。」

我不相信事情發展到這個地步，我看著貓咪，牠側躺著睡著了。

「我會想念妳，其他人都不會。好幾天都不會有人發現妳走了，以後也沒有人在乎。」

我在被單下縮起腳。

「也許妳的心理醫生會想妳，但是我猜他也受夠了。妳告訴莉莉，說他忍受妳的恐曠症和罪惡感。老天爺，又是另一個他媽的聖人。」

我緊閉雙眼。

「賤貨，我跟妳說話時要看著我啊。」

我用盡全身力氣，拚命一踢。

96

我踢中他的腹部。他彎下腰，我縮腳，再往他臉上踹。我的腳跟踢到他的鼻梁，他倒在地上。

我掀開被子，從床上跳起，衝出門，奔進黑暗的走廊。

滂沱大雨彷彿要鑽開我頭頂的天窗，我在長條地毯上踉蹌了一下，跪地撲倒，但是亂揮的手抓住欄杆。

閃電打下來時，樓梯井突然大放光明，我從紡錘狀的欄杆之間看到每級台階都被照亮，旋轉的樓梯往下延伸到最下方。

下去，下去，下去。

我眨眨眼，樓梯井又恢復漆黑。什麼也看不到，什麼也感覺不到，只聽得到雨水敲擊聲。

我站起來，飛快奔下樓梯，外面是轟隆隆的雷聲。然後——

「妳這個賤貨。」我聽到他跌跌撞撞走到樓梯最上級，喉嚨發出咕嚕聲。「妳這個賤貨。」扶手被他撞得發出吱嘎聲。

我得衝進廚房，拿到擺在流理臺上刀片外露的美工刀。我要衝到垃圾桶拿閃閃發亮的玻璃罐，趕到對講機邊。

衝向大門。

妳能出門嗎？艾德輕聲問。

非出去不可，少煩我。

他在廚房就會制伏妳，妳出不去，就算出去了……

我到了下一層樓，然後像羅盤指針般轉圈，確定方向。四周有四扇門：書房、圖書室、儲藏室、半套的洗手間。

選一個。

慢著。

選一個。

就選洗手間。那間「普天同慶」。我握住門把，拉開門，跨進去。我埋伏在門口，呼吸既短又淺——

——他已經衝下樓梯，來了。我屏住呼吸。

他跑到樓梯轉角，站定，離我只有四步，我可以感覺到空氣中的騷動。

此時我什麼也聽不到，只聽到雨聲。汗水慢慢滑下我的背。

「安娜。」聲音低沉、冷酷。我不寒而慄。

我一手抓著門框，力氣大到都快把門框拆下。我望著漆黑的轉角。

他的身影朦朧，就像影子中的影子。但是我能勾勒出他的肩寬，飄浮在半空中的白色手掌。他背對著我，我不知道他哪隻手握著拆信刀。

他緩緩轉身。我看到他側身的輪廓，他面對著圖書室往前看，一動也不動。

接著又轉身，這次比較快。我還來不及退回洗手間，他便盯著我看。

我沒動，因爲動不了。

「安娜。」他悄悄說。

我嘴唇微張，心臟怦怦跳。

我們四目相交，我都快驚聲尖叫。

他又轉身。

他沒看到我，因爲他在黑夜中看得不遠。但是我已經習慣昏暗的光線，甚至習慣伸手不見五指。我可以看到他——

如今他走向樓梯，手裡的刀鋒反射光芒，另一手插在口袋裡。

「安娜。」他呼喊，從口袋抽出手，舉到眼前。

他的手心開始發光，他開了手機的手電筒。

我在門口看到樓梯一覽無疑，牆壁一片白，雷聲在附近隆隆響。

他再度轉身，光線如燈塔的光束，掃過樓梯轉角，先照到儲藏室的門。他邁開步伐走過去，倏地開門，手機對裡面照。

接著就是書房，他走進去，用手機照了一圈。我看著他的背，準備再往下一層。下去，下去，下去。

但是他會抓住妳。

沒有其他地方可逃了。

妳有。

哪裡？

上去，上去，上去。

他走出書房時，我搖搖頭。他接著走進圖書室，再來就是洗手間，我必須動作快，趁他——

我的臀部壓著門把，轉開時發出微弱的吱嘎聲。

他猛然回頭，光線劃過圖書室門口，直接打在我臉上。

我什麼也看不到，時間靜止不動。

「妳在這裡啊。」他低聲說。

我往前衝。

我衝出門，撞上他，直接用肩膀撞他的腹部。我往前推時，他發出喘氣聲，我繼續將他往旁邊推，推向樓梯——

——突然間，他消失了。我聽到他摔下樓，應聲落地，光線倏地劃過天花板。

上去，上去，上去，奧莉薇亞悄悄說。

我轉身，依舊眼冒金星，一腳踢到樓梯，晃了一下，半爬半走上了一級，然後站直身子，拔腿就跑。

我在樓梯轉角迅速旋轉，眼睛已經適應黑暗。臥房就在我前方，對面是客房。

上去，上去，上去。

但是樓上只有另一間空房和妳的房間。

上去。

屋頂嗎？上去。

怎麼可能？我怎麼上去？

懶蟲，艾德說，妳別無選擇。

兩層樓底下的伊森開始往上跑，我轉身，慌亂地上樓。籐氈扎著我的腳跟，掌心下的樓梯扶手嘎嘎響。

我衝到樓上轉角，飛奔到活門底下，舉起手找鍊子，然後用力扯。

97

門打開時，水潑到我的臉上。梯子快速落下，發出金屬碰撞聲。伊森在下方樓梯大叫，但是風吹散他的聲音。

我閉上眼睛，冒雨往上爬。一、二、三、四，金屬橫檔又冰又滑，梯子被我壓得發出聲響。第七步時，我覺得腦袋已經冒出屋頂，那聲音……

那聲音幾乎將我往後推。風雨如同野獸般低吼，風將空氣撕成碎片。雨水利如牙齒，咬進我的皮膚。雨水舔著我的臉，將我的頭髮往後沖刷。

他的手抓住我的腳踝。

我發狂踢開，爬到外面，滾到活門和天窗之間。我一手撐在拱形玻璃上，掙扎地起身，睜開眼睛。世界在我身邊傾斜、翻覆，風雨呼嘯中，我還能聽到自己嗚咽哀號。

即使在暗夜中，我也看得到屋頂成了一片荒野。植物蔓延到花盆、花床之外，牆壁爬滿藤蔓，空調機器上湧現茂密的常春藤。我的前方是十二呎長的棚架拱門，枝葉壓得拱門歪向一邊。

屋頂上不只是下雨，簡直是狂風巨浪，寬廣的水簾一片片打過來。風雨重重地打在屋頂上，石雕發出嘶嘶聲。睡袍已經緊貼著我的身體。

我慢慢地原地打轉，膝蓋痠軟。三面之外都是高低差四層樓的平地，東側的聖鄧娜學校則高聳如山。

頭頂是天空，周圍是空地。我的手指蜷曲，膝蓋發軟，呼吸不順暢。風雨聲肆虐。

這片漆黑延伸到活門下。有隻彎曲的手臂出現在雨中，是伊森。

他爬上屋頂，猶如一抹黑影，手中的拆信刀就像銀色的尖刺。

我往後跌跌撞撞，腳跟碰到天井圓頂，玻璃似乎微微往下陷——很脆弱，大衛警告過我。如果樹枝掉在這上面，整片玻璃都會破掉。

黑影接近我，我尖叫，但是強風立刻吹走我的聲音，猶如捲走一片枯葉。

伊森嚇得往後退，隨後便大笑。

「沒有人聽得到。」他的聲音蓋過強風。「現在是……」雨勢更大了。

我不能再往後退，否則就要踩上天井。我往旁邊挪動，腳碰到濕濕的金屬。我往下看，是大衛上次踢翻的灑水壺。

氣喘吁吁的伊森步步進逼，全身濕答答，陰暗的臉上一雙明亮的眼睛。

我彎腰拿起灑水壺揮向他，但是我頭暈目眩，重心不穩，結果灑水壺飛出去。

他閃過。

我開始狂奔。

我跑進黑夜，跑進荒野，害怕頭頂的天空，又畏懼背後的少年。我靠記憶描繪出屋頂的藍圖：左邊有黃楊屬灌木，後方有花床。右側有幾袋土壤醉漢似地癱在空花盆之間。隧道般的棚架拱門就在正前方。

雷聲隆隆，閃電打亮雲層邊緣，屋頂一片強光。雨幕飄搖。我衝過滂沱大雨。天空可能隨時塌陷，壓得我粉身碎骨，但是現在衝進拱門時，心臟還跳著，血液還熱呼呼地竄過血管。

拱門入口是一片水簾，我衝進隧道中，裡面就像拱廊橋般陰暗，雨林般潮濕。在枝枒、防水布籠罩下，這裡比較安靜，彷彿有牆壁隔開聲音，我可以聽到自己的喘息。小長凳就在另一頭。披星戴月，登峰造極。

它就在隧道另一頭，正如我願。我衝過去，雙手握住，轉身。

有個剪影接近水簾。我想起第一次見到他也是同樣的情景，他的身影逐漸出現在我門口的毛玻璃外。

他走進門內。

「太完美了。」他抹掉臉上的雨水，向我走來。整件外套濕答答，圍巾垂在脖子上，拆信刀就握在他手裡。「我本來想折斷妳的脖子，但是這樣更好。」他挑眉。「妳神智不正常，決定從屋頂上跳下。」

我搖頭。

他微笑。「妳不喜歡？妳拿了什麼？」

他看到我手裡的東西。

園藝剪刀在我手裡顫抖著，因爲剪刀很重，我又全身打顫。但是我逼近他時，還是勉強舉到他的胸口。

笑意全失。「放下來。」他說。

我再度搖頭，繼續往前，他猶豫了。

「放下來。」他重複。

我向前走一步，合攏刀剪。

他的目光飄向拆信刀。

他退向水簾。

我等了一會兒，因爲喘氣而胸口劇烈起伏。他已經消失。

我慢慢地走向拱門入口，停下腳步。水霧噴在我的臉上，我先將剪刀往前戳出水簾，就像拿著探礦杖。

就是現在。

我拿著剪刀用力往前刺，如果他等在那裡，現在就——

我愣住，頭髮如同湍急的水流，全身濕透。他不見了。

我環顧屋頂。

他不在灌木叢邊。

我望向空調主機。

目光飄向花床。

一道閃電劈下來，屋頂瞬間閃耀白光。我看到四周猶如廢墟，到處是久疏整理的花草和淒風苦雨。

如果他不在這裡，那麼——

他從後面撲上來，又急又猛，撞得我失聲尖叫。我掉了剪刀，和他一起摔到地上。我的膝蓋彎曲，太陽穴撞到濕滑的屋頂，我聽到喀嚓聲，嘴裡滿口血。

我們滾過瀝青木板，轉了一圈、兩圈，最後撞上天井邊緣。玻璃抖了一下。

「賤貨。」他說，熱熱的鼻息噴在我耳邊，他已經起身，腳踩著我的脖子。我喘不過氣地發出咯咯聲。

「不准跟我耍花招。」他聲音粗嘎。「妳給我自己跳下去，否則我也會把妳丟下去。妳自己看著辦吧。」

我看著暴雨打在我旁邊的瀝青木板上。

「妳要選哪邊？公園還是街道？」

我閉上眼睛。

「你的母親……」我輕聲說。

「什麼？」

「你的母親。」

踩在我脖子上的力道變輕，但也只是鬆開一點點。「我的母親？」

我點頭。

「她怎麼了？」

「她告訴我——」

現在他踩得更用力，幾乎將我當油門踩到底。「告訴妳什麼？」

我的眼睛往前凸，嘴巴鬆開，我無法出聲。

他又稍微鬆開腳。「告訴妳什麼？」

我深呼吸。「她告訴我，」我說。「你父親是誰。」

他動也不動。傾盆大雨籠罩我的臉，鮮血的味道在舌頭上越來越鮮明。

「妳說謊。」

我咳嗽，躺在地上搖頭。「我沒有。」

「妳連她眞正的身分都不知道。」他說。「妳當她是別人，也不知道我是養子。」他的腳又用力踩我脖子。「妳怎麼可能——」

「她告訴我的。我當時不——」我嚥口水，感到喉嚨腫脹。「我當時聽不懂，但是她告訴我……」

他又安靜下來。空氣灌進我的喉嚨，雨水打在瀝青木板上發出嘶嘶聲。

「誰？」

我不語。

「誰？」他踢我腹部，我吸氣，蜷曲身體，但是他已經抓住我的衣服，拖我起身跪坐。我往前倒，他一手掐住我的脖子。

「她說什麼？」他大吼。

我在脖子上亂扒亂抓。他開始將我舉起來，我的膝蓋顫抖著，最後我們已經彼此平視。

他看起來那麼年輕，淋雨的嘴唇光華豐腴，頭髮貼在額頭上。一個好孩子。我越過他看到公園、他家的巨大影子。我的腳跟碰到球狀天窗。

「告訴我！」

我想開口說話，卻無法發出聲音。
「告訴我。」
我講不出話。
他鬆開抓住我喉嚨的手，我往下瞟，他的手裡依舊抓著拆信刀。
「他曾是建築師。」我喘氣。
他看著我。傾盆大雨打在我們身邊，我們兩個之間。
「他喜歡苦巧克力，」我說。「他叫她『懶蟲』。」他放開我。
「他喜歡看電影，他們都喜歡。他們喜歡——」
他皺眉。「她何時告訴妳？」
「她來看我的那晚，她說她愛他。」
「他發生了什麼事情？他人呢？」
我閉上眼睛。「他死了。」
「什麼時候？」
我搖頭。「有一陣子了，時間不重要。他死了，她因此崩潰。」
他又抓住我的喉嚨，我睜開眼睛。「很重要，他什麼時候——」
「重要的是他愛你。」我粗啞地說。
他愣住，放開我的脖子。
「他愛你，」我重複。「他們兩個都愛你。」

伊森瞪著我，手裡就抓著拆信刀，我深呼吸。

然後我擁抱他。

他全身僵硬，一會兒之後身體稍微放鬆。我們站在雨中，我雙手環抱著他，他垂著手。

我搖搖擺擺，感到暈眩，往另一邊倒時，他扶住我。我站穩時，我們已經互調位置。我的雙手放在他胸口，感覺到他心臟跳動。

「他們都愛你。」我輕聲說。

然後我用全身的重量往他身上靠，將他推向天窗。

98

他面朝上地往後躺，天窗巍巍顫動。

他沒說話，只是困惑地看著我，彷彿我問了一個困難的問題。

拆信刀滑到一邊，他張開雙手貼著玻璃，想撐起身子站好。我心跳減緩，時間也慢下來。

這時天窗在他底下無聲裂開。

他一會兒就不見蹤影，即使尖叫，我也聽不見。

我踉蹌地走到天窗邊緣，探頭往屋裡看。雨水星火般地往底下捲，一樓的碎玻璃猶如閃閃發亮的星雲。我無法看得更遠，太暗了。

我頭暈目眩地站在風雨中，水積在我腳下。

我小心翼翼地繞著天窗，走回敞開的活門邊。

我下樓，下去，下去，下去。手指抓不穩梯級。

我踩到地板，長條地毯已經濕透。走到樓梯頂端，經過天窗位置的大洞，雨水打在我身上。

走到奧莉薇亞臥房，止步，探頭望。

我的寶貝，我的天使，我很抱歉。

一會兒之後，我轉身下樓，籐氈又乾又粗。走到樓梯轉角時，我又停住腳步，穿過天井位置的大雨，全身滴水站在我的臥室門口。我打量床鋪、窗簾、公園對面黑漆抹烏的羅素家。

我再次穿過瀑布，再次往下走，現在走進圖書室——艾德的圖書室，我的圖書室——望著大雨斜打在窗上。壁爐上的時鐘敲鐘報時，凌晨兩點了。

我別開目光，離開房間。

站在樓梯轉角，我已經可以看到他嚴重損毀的身子癱在地板上，好個墮落天使。我走下樓。

他頭部周圍的暗紅色血液往外蔓延，彎曲的手就靠在心臟上。他看著我。

我望著他。

然後我走過他身邊。

進入廚房。

我接上室內電話的電線，才能打電話給李鐸警探。

六個星期後

99

一小時前，天空灑落最後一陣雪花，現在正午的太陽高掛在蔚藍到刺眼的高空——這種天空「無法讓肌膚暖烘烘，只是讓眼睛看得開心」。這句話出自納博科夫（Nabokov）的《塞巴斯蒂安·奈特的眞實生活》。我已經爲自己設計書單，不再參加遠距離之外的讀書俱樂部。

看得的確開心。底下的街道也一片白茫茫，在陽光照耀下光芒四射。這個城市今天早上下了十四吋的雪，我在臥房窗邊看了許久許久，看著白雪飄落堆積，在人行道上結霜，鋪上門前台階，在花盆中堆高。十點之後，葛雷家四人有說有笑地魚貫出現。他們在風雪中尖叫，搖搖晃晃往前走，漸漸走出我的視線之外。對街的麗泰·米勒走到前廊賞雪，裹著睡袍，一手拿著馬克杯。她的丈夫在背後出現，環抱妻子，下巴靠在她的肩上。她輕啄他的臉頰。

對了，我知道她的眞名了——李鐸訪談鄰居之後告訴我。她名叫蘇，眞令人失望。

公園成了一片雪場，潔白乾淨到熠熠生輝。公園另一端的樓房窗戶緊閉，蹲伏在炫目的天空下，唯恐天下不亂的報社就稱那裡是「殺人少年的四百萬豪宅！」。其實不必那麼貴，我很清楚，但是三百四十五萬的價格聽起來就是不夠性感。

幾週前，那裡已經人去樓空。當天早上警方抵達，急救人員運走他的屍體之後，李鐸二度到我家。警探說亞歷斯泰．羅素被捕，檢方以殺人共犯罪名起訴他。他聽到兒子的事情之後立刻認罪，事發經過就像伊森所言，他承認了。亞歷斯泰顯然徹底崩潰，珍才是堅強的那個。我不知道她了解多少，不知道她是否知情。

「我應該向妳道歉。」李鐸囁嚅，搖頭。「小薇——天啊，她真的該賠不是。」

我並未反駁。

他隔天又來。那時記者已經拚命敲門、按電鈴，我都聽而不聞。過去一年來，我練就一身自絕於世的好工夫。

「妳好嗎，安娜．福克斯？」李鐸問。「這位一定就是大名鼎鼎的心理醫生。」

費丁醫生從圖書室跟我走出來，現在站在我旁邊，目瞪口呆地看著體型龐大的警探。「幸好她有你，先生。」李鐸上下搖晃醫生的手。

「也幸好有你。」費丁醫生回答。

我也是。過去這六週讓我心神安定許多，也澄清我的思緒。第一，天窗已經修好。再者，專業清潔工人徹底打掃過屋子。而且我按指示吃藥，也喝得比較少。事實上，我滴酒不沾，這多少要歸功於刺青女郎潘創造奇蹟。「我碰過各式各樣的人，他們有各式各樣的問題。」她第一次來就這麼告訴我。

「我可能是新案例。」我說。

我想向大衛道歉，至少打給他十幾次，但是他沒接過電話。不知道他下落何方，也不知道他是否平安。我在地下室床底下找到捲成一圈的耳機，我拿到樓上，放進抽屜，以防他打來問。

祉。

幾週前，我重新登入「空曠」網站。他們是我的同路人，就像家人。恪守爲病患謀福，提升健康福祉。

我不斷抗拒艾德和奧莉薇亞。但不是每次都推開，不是徹底捨棄他們。某些夜晚，聽到他們時，我也會低聲回應。但是我們已經不再交談。

100

「來啊。」

碧娜的手很乾燥，我的手則不然。

「來啊，來嘛。」

她拉開院子門，一陣風吹進來。

「妳連風雨中的屋頂都敢上去了。」

那不一樣，當時我是奮力求生。

「這是妳的院子，現在還有陽光。」

那倒是。

「而且妳還穿了雪靴。」

這也是。我在櫃子裡找到這雙鞋，佛蒙特那晚之後，我就沒再穿過。

「所以妳在等什麼？」

沒——已經不等了。我等家人回來，他們不會再回來。我等抑鬱心情離開，它不肯走，除非我出力幫忙。

我等著重新走入世界，時候到了。

就是此刻，趁陽光照耀我的屋子。就是此刻，趁我頭腦清晰。就是此刻，趁碧娜引我走到門口，走到台階上。

她說得對，我連風雨中的屋頂都敢去了。當時我拚命求生，肯定是不想死。

如果我不想死，就得活下去。

妳等什麼？

一，二，三，四。

她放開我的手，走進院子，在雪地踩出腳印，然後轉身呼喚我。

「來啊。」

我閉上眼睛。

睜開眼睛。

走進光明。

致謝

謝謝珍妮佛・喬爾（Jennifer Joel），我的朋友、經紀人、重要的嚮導。

謝謝費莉希蒂・布隆（Felicity Blunt），謝謝妳創造奇蹟。

謝謝傑克・史密斯波桑奎（Jake Smith-Bosanquet）和愛莉絲・狄爾（Alice Dill），謝謝你們給我這個世界。

謝謝ＩＣＭ和Curtis Brown出版社。

謝謝珍妮佛・布魯（Jennifer Brehl）和茱莉亞・威斯頓（Julia Wisdom），妳們是思緒清晰又宅心仁厚的大好人。

謝謝Morrow和哈潑出版社。

滿心感謝我的國際出版商。

謝謝裘西・傅里曼（Josie Freedman）、葛瑞・穆拉丁（Greg Mooradian）、伊莉莎白・蓋柏勒（Elizabeth Gabler）和茱兒・瑞德（Drew Reed）。

謝謝我的親朋好友。
謝謝霍浦・布魯克斯（Hope Brooks），妳是第一個聰明的讀者，也是從不懈怠的啦啦隊。
謝謝羅柏・道格拉斯費赫特（Robert Douglas-Fairhurst），你是我長久以來的靈感泉源。
謝謝莉亞特・史特利克（Liate Stehlik），謝謝妳說我做得到。
謝謝喬治・S・裘奇夫（George S. Georgiev），謝謝你說我應該放手去做。

愛讀本006

後窗的女人
THE WOMAN IN THE WINDOW

作者　A. J. 芬恩
譯者　林師祺

出版者　愛米粒出版有限公司
地址　台北市10445中山北路二段26巷2號2樓
編輯部專線　（02）25622159
傳真　（02）25818761
【如果您對本書或本出版公司有任何意見，歡迎來電】

總編輯　莊靜君
特約編輯　葉懿慧
校對　金文蕙
印刷　上好印刷股份有限公司
電話　（04）23150280
初版　二〇一八年（民107）八月一日
定價　480元
總經銷　知己圖書股份有限公司　郵政劃撥：15060393
（台北公司）台北市106辛亥路一段30號9樓
電話：（02）23672044／23672047　傳真：（02）23635741
（台中公司）台中市407工業30路1號
電話：（04）23595819　傳真：（04）[illegible]
E-mail: service@morningstar.com.tw

網路書店　http://www.morningstar.com.tw
法律顧問　陳思成
國際書碼　978-986-96331-4-7　CIP：874.57/107008334

愛米粒出版有限公司
Emily Publishing Company, Ltd.

因為閱讀，我們放膽作夢，恣意飛翔。在看書成了非必要奢侈品，文學小說式微的年代，愛米粒堅持出版好看的故事，讓世界多一點想像力，多一點希望。

● 書名：後窗的女人

● 這本書是在哪裡買的?

a.實體書店 b.網路書店 c.量販店 d. ________

● 是如何知道或發現這本書的?

a.實體書店 b.網路書店 c.愛米粒臉書 d.朋友推薦 e.__________

● 為什麼會被這本書給吸引？

a.書名 b.作者 c.主題 d.封面設計 e.文案 f.書評 g.__________

● 對這本書有什麼感想？有什麼話要給作者或是給愛米粒？

※請沿虛線剪下，對摺裝訂寄回，謝謝！

※ 只要填寫基本資料，就有機會獲得愛米粒讀者專屬綁書帶或是《小熊學校》童書繪本相關商品喔！

填好回函卡內容以及正確基本資料後，請將回函卡寄回，
也可以拍照以私訊上傳到愛米粒臉書
或寄到愛米粒信箱emilypublishingtw@gmail.com
或掃描QRcode填寫線上回函卡。
即可獲得晨星網路書店50元購書優惠券。
購書優惠券將mail至您的電子信箱（未填寫完整者速無法贈送。）
並有機會得到精美小禮物喔！

得獎名單會於愛米粒臉書公布，敬請密切注意！
愛米粒臉書 https://www.facebook.com/emilypublishing

線上回函QRcode

愛米粒出版有限公司
Emily Publishing Company, Ltd.

愛米粒出版
Emily

廣	告	回	信
台北郵局登記證			
台北廣字第04474號			

平　信

To：愛米粒出版有限公司　收

地址：台北市10445中山區中山北路二段26巷2號2樓

當讀者碰上愛米粒

姓名：＿＿＿＿＿＿＿＿　□男 / □女　出生年月日：＿＿＿＿＿＿

職業 / 學校名稱：＿＿＿＿＿＿＿＿＿＿＿＿＿＿＿＿

地址：＿＿＿＿＿＿＿＿＿＿＿＿＿＿＿＿＿＿＿＿

E-Mail：＿＿＿＿＿＿＿＿＿＿＿＿＿＿＿＿＿＿＿

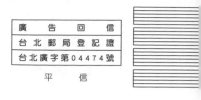